KB141869

안녕, 엄마

일러두기

작품의 자연스러움을 위하여 사투리, 비표준어, 옛말을 되도록 살려 두었습니다. 독자의 이해를 돕기 위하여
일부 사투리, 비표준어, 옛말의 경우 각주 혹은 괄호()로 설명을 추가하였습니다.

안녕, 엄마

김하인 지음

 쌤앤파커스

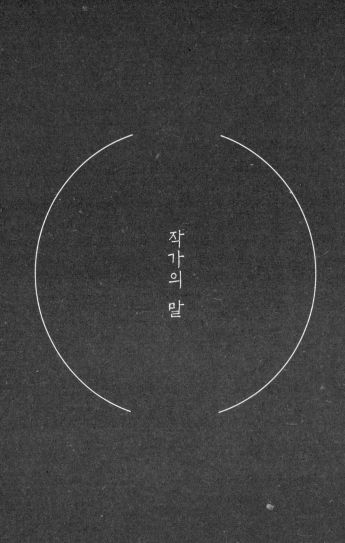

작가의 말

"밥은 먹었나? 밥 차려 줄까?"

돌이켜 보면 내가 어른이 된 후에도

'밥' 얘기를 가장 많이 해 준 사람이

엄마셨다.

내 엄마뿐만이 아니라 세상 모든 엄마들이

그러하실 것이다.

학교에서, 직장에서 지쳐 돌아온 자식에게

따뜻한 밥을 지어 먹이는 일을

삶의 보람으로 여기셨다.

"밥은 꼭 챙겨 먹고 다니거라!" 하고 말하던

엄마 목소리가 생생하다.

'밥'은 엄마의 마음이다.

목차

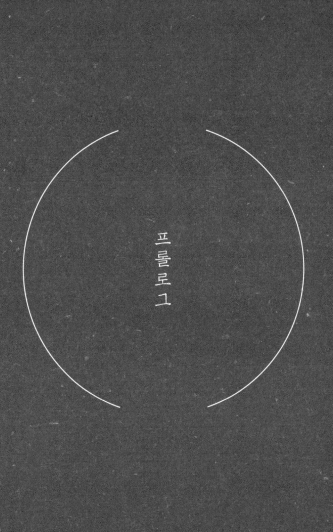

프롤로그

어머니······

엄마······

눈을 감고 불러 보는 '어머니' '엄마'는 세상을 살아가면서 가장 위로가 되는 힘이다. 그리움이다. 언제나 따스하고 눈물겹게 포근하다.

열 달을 배 안에 품어 태어나게 하고 젖 먹여 길러 주셨다. 걸음마 떼는 아기가 넘어져서 다칠까 비에 젖어 감기라도 들까 노심초사하셨다. 끼니때마다 더운 밥 지어 먹였고 밤마다 잠자리를 봐 주고 머리맡을 지켜 주셨다. 돌아가실 때까지 자식 걱정에 맘을 졸이며 대문가에 서서 기다려 주었던 이 세상에서 유일한 분이시다.

이틀 전이 엄마 기일이었다. 엄마의 자식인 다섯 형제들이 고향 집에 모여 제사를 지냈다. 돌아가신 지 벌써 10년 세월이 훌쩍 지나갔는데도 엄마 생각만 하면 눈물이 마르지 않는다. 내가 다섯 형제 중 막내여서 그런지 모르겠지만 제사를 준비하고 드리는 내내 가슴속이 젖어 있었다.

나는 586세대다. 아내와 장성한 자식을 하나 둔 중년의 남자다. 아버지는 오래전에 작고하셨고 세상에 마지막 남은 어머니마저 돌아가셨던 그날 밤을 생각하면 지금도 가슴속이 에인다.

이번 제사를 끝으로 엄마가 홀로 사셨던 시골 아파트를 처분하기로 했다. 엄마 아버지는 맏이인 큰형님이 서울 집으로 모셔 가기로 했다. 둘째 형은 대전, 셋째 형은 서울, 내 바로 위 형인 넷째 형은 고향 집과 가까운 점촌시에 산다. 나는 강릉에서 글을 지으며 살고 있다.

전국에 뿔뿔이 흩어져 사는 우리 형제는 이제껏 엄마가 사셨던 집을 고향에 남겨 두었다. 저마다 고향 동창들이 있기도 하고 엄마 체취가 가득 밴 집을 엄마 품 삼아 그대로 두었다. 하지만 이제 형제들도 나이가 들고 부모님 안 계시는 고향에 가는 것도 시들해져서 엄마가 운명하셨던 그 아파트를 정리하기로 한 것이다.

그 일을 막내인 내가 맡기로 했다. 일 처리가 정확하고 형들에 비해 시간 내기가 수월해서였다. 형들이 떠나고 시골 고향 집에 딸과 함께 남게 된 나는 생전에 엄마가 쓰시던 유품들을 정리하기 시작했다.

외국에서 대학을 졸업하고 국내로 돌아온 딸이 "아빠! 아빠 어머니는 어떤 분이셨어?" 물어 왔을 때 나는 장롱 속 엄마 옷가지를 꺼내 박스에 담던 손이 멈춰졌다. "나중에! 나중에 얘기하자꾸나!" 그렇게 말했다. 엄마를 단 한두 줄 대답으로 줄이는 게 불가능했기에 그렇게 얼버무릴 수밖에 없었다. 나는 착잡했다. 많은 생각이 한꺼번에 밀려왔다. 하나밖에 없는 여식이 유학 생활을 오래 했

다고는 하나 제 할머니에 대해 아는 게 거의 없다는 자책
감 때문이었다.

　세진아파트 108호 집은 고향에서 세 번째 집이다. 시
장통 붉은 함석지붕 집과 황소고개 쇠 주물집을 거쳐 부
모님 모두 60대 중반을 넘어섰을 때 마지막 집으로 이 서
민 아파트를 마련하셨다. 집 곳곳을 정리하다 보니 아버
지 물건이며 엄마가 사용하시던 물품과 옷가지들이 생각
이상으로 많았다. 형들은 이제 집을 처분하는 만큼 유품
정리를 깨끗이 해야 한다고 내게 일렀다. 태울 것은 다 태
워 버리고 나머지는 박스에 담아 내다 버려야 된다고까
지 해서 내가 그 정리를 도맡겠다고 나선 것이었다. 딴생
각이 있어서도 아니다. 이불 속, 혹은 장판 밑에 혹여라도
들었을지 모를 돈이나 금붙이 때문이 아니라 엄마의 체
취가 밴 유품들이 그렇게 일괄 폐기되는 게 싫었다.

　나는 엄마와의 기억이 공유되는 게 있다면 그것이 참
빗이든, 치부책이든, 흑백사진이든 하나도 남김없이 챙
겨서 내 집으로 가져가고 싶었다. 엄마 물건을 하나하나

정리하면서 나는 비로소 엄마를 보내 드린다는 생각에 빠져들었다. 10년 전 장례식 기간에도, 49제에도, 그리고 이전의 그 많은 제삿날에도 들지 않았던 감정이었다. 상자 속에 하나하나 물건을 담으면서 세상과의 매듭을 이제서야 풀어 드린다는 느낌을 받았다.

기억이 떠오르는 유품은 따로 분류했다. 이미 고향 집이 처분되고 뒷정리까지 하는 이상 나는 언제까지 엄마를 잘 추억할 수 있도록 엄마의 일화들을 내 마음속 선반과 서랍에 잘 정리해 둬야겠단 생각이 들었다. 그리고 또, 딸의 질문으로 인해 불현듯 든 생각 한 가지. 내가 내 엄마를 어릴 때부터 돌아가실 때까지 '어머니'라는 호칭으로는 단 한 번도 불러 본 적이 없다는 것이었다.

내 선입견일 테지만 어머니란 호칭은 대청마루 위에 한산 모시옷을 차려입고 미소를 머금은 채 서 있는 여인의 우아한 자태를 떠올리게 한다. 처마 끝이 하늘로 날아오르는 커다란 기와집 안주인이 아니어도 좋다. 비록 수수한 옷을 입었을지라도 허리를 꼿꼿하게 세운 채 회초리를 들고 무릎 꿇은 어린 아들에게 엄하게 예의범절을 가르치는 여인네, 그런 이미지가 내게 있어 어머니다. 그런 선입견은 내가 엄마를 어머니라고 한 번도 불러 보지 못한 자책감에 대한 핑계고 과다 부여한 의미인지도 모르겠다. 어쨌거나 막내인 나나 내 위의 네 명의 형 모두가 생전의 엄마를 언제나 '엄마!' 하고 불렀지 '어머니!'라고 부른 적은 없었다.

같은 의미의 두 호칭을 두고 하나만 사용했다면 그 이유가 있겠다 싶어 난 골똘히 생각에 빠졌다. 그 까닭은 이내 짐작되고 헤아려졌다. 우리 자식들에게 있어 '엄마'는 수더분하니 편해서이고 '어머니'는 왠지 조심스럽고 삼가야 할 부분들이 배어 있기 때문일 테다.

내 기억 속의 엄마는 언제나 농투사니*셨다. 고동색 몸뻬를 입고 머리에 수건을 둘러쓴 엄마는 시커먼 아궁이 앞에서 몽당빗자루를 엉덩이 밑에 깔고 앉아 풍로를 돌

---

* '농부'를 낮춰 부르는 사투리

리며 불을 때고 계셨다. 과일 껍질이 둥둥 떠 있는 구정물이 든 양동이를 들고 돈사로 걸어가 돼지 밥통에 부어 주시거나 아니면 해거름 녘까지 호미를 들고 드넓은 밭두렁을 기어 다니다시피 하면서 잡초를 뽑고 계셨다.

내 엄마는 '어머니!' 하고 길게 부를 만큼 잠시라도 한가하게 앉아 계신 적이 없었다. 뭐 먹을 게 없나? 하며 항상 눈알을 뚜릿뚜릿 사방에 굴리면서 자라나던 우리 자식들 또한 엄마에게 예의고 염치고 차릴 겨를이 없었다. 언제나 엄마를 보기만 하면 "엄마, 배고파!" "엄마, 밥 줘!" "엄마, 내 신발 어딨어?" "엄마, 나 눈깔사탕 사 먹게 10원만 주면 안 돼?" 하고 저마다 엄마를 불러 대기 바빴기 때문이다.

물론 지금의 난 걸신들린 그 옛날의 아이가 아니다. 다 장성했고 삶의 여유를 누리는 중년이 되었다. 하지만 나는 내 엄마를 엄마 대신 어머니로 호칭을 바꿔 불러 보고 싶은 생각이 전혀 없다. 왜냐하면 나는 어머니보다 엄마가 훨씬 편하고 좋기 때문이다.

나의 '엄마'는 '어머니'보다 젖에 가깝고, 떡 벌어지게
차린 교자상이 아니라 개다리소반에 가깝다. 해 질 녘 먼
지투성이 얼굴로 집 안으로 뛰어 들어와 답삭 안겨들던
그 품이 '엄마'다. '엄마'가 그리움으로 젖어 드는 눈물과
정(情)의 거리가 '어머니'보다 훨씬 더 가깝기 때문이다.
어머니란 단어 속에 목련이나 모란꽃이 피어 있다면 엄
마란 단어 속에는 어린 시절 내 고사리손에 잔뜩 쥐어진
진달래와 개나리꽃이 흐드러져 있기 때문이다.

엄마 유품을 정리하던 그 며칠 동안 나는 '수고한다'며
걸려 오는 형들의 전화를 수시로 받았다. 나는 그 통화 말
미마다 "형님은 엄마를 생각하면 제일 먼저 떠오르는 게
뭐야?" 하고 물어봤다. 형들은 느닷없는 내 질문에 "글
쎄……" 하며 난감해했다. "나중에라도 생각나면 꼭 나
한테 얘기해 줘" 하고 말했을 때는 영문을 몰라 어리둥절
해했다. 개중에는 네 마음 익히 짐작한다는 듯 "그래, 알
았다. 생각나면 내가 연락해 주지!" 하고 선선히 전화를

끊는 형도 있었다.

  그 이후 형들과 통화하거나 대면할 때마다 나는 형들한테서 제일 기억나는 엄마 얘기를 하나둘씩 수집했다. 나이가 들 만큼 든 형님들은 자기 머릿속 먼지를 털고 거미줄을 걷어 낸 기억들을 하나씩 끄집어내듯이 내게 들려주었다. 책을 써 보기로 마음먹게 된 계기가 그것이었다.

  막내인 나 또한 엄마 체취가 진하게 밴 기억들을 우선적으로 추려 냈다. 엄마를 얘기의 주안점으로 둔 것에 대해 선친께서 서운해하실지도 모르겠지만, 자식들이 아버지보다 엄마를 더 좋아하는 것은 본능이고 순리이다. 너그럽게 이해해 주실 것이다. 그렇게 엄마 기일과 고향 집 처분을 기점으로 해서 엄마 자식들인 우리 다섯 형제가 모두 공감하는 여러 이야기가 차곡차곡 모아졌다. 나는 그 공감이 큰 순서로 엄마 얘기들을 마음속 생각으로 배열하고 정리했다.

  이 작업을 하면서 흥미로웠던 점은 우리 형제들 공통

기억으로 모아진 대부분의 얘기가 내 어렸을 적 얘기와 깊숙이 맞물렸다는 거다. 보다 못살고 보다 힘들었던 시기를 둥지 삼아 우리 형제의 추억이 상존해 있었다. 그래서 1960-70년대 경상도 면 단위 조그만 시골에서 태어나고 자란 성장 얘기가 주를 이루었다. 까닭에 앞으로 풀어 낼 얘기에는 그 시대 그 시절의 풍경과 일상이 고스란히 스며 있다.

내 본적은 경상북도 상주군 함창면 구향리 115번지이다(현재는 상주시 함창읍). 우리 부모님은 삶을 사셨던 그 기간 동안 함창에서 세 채의 집을 옮겨 가며 사셨다. 제일 첫 번째 집이 5일마다 장이 서던 장터 가에 있던 붉은 함석지붕 집. 막내인 나는 이 집에서 태어났고 국민학교 2학년 때까지 그 집에 살았다. 두 번째 집이 붉은 함석지붕 집을 팔고 이사 간 황소고개 쇠 주물집이었다. 공장이던 그 집의 본채는 함창면에서 점촌읍(현재는 점촌시)으로 가는 신작로 옆 허름한 기와집이었다. 그 집은 일대에서

'쇠 주물집'이라 불렸는데 왜냐하면 그 집이 예전에 쇠 세숫대야, 쇠 양푼, 쇠 풍로, 쇠 난로 같은 것을 주물 떠 만들어 내던 공장이었기 때문이다.

나나 우리 형제들의 기억과 추억 대부분이 붉은 함석 지붕 집과 이 쇠 주물집하고 연관되어 있다. 주요한 기억 과 추억이 서린 두 집인 만큼 먼저 그 집들에 대해 언급 하겠다.

시장통 붉은 함석지붕 집은 'ㄱ'자를 좌우로 뒤집어 놓 은 형태다. 처마가 나지막한 집이고 실내는 낮에도 항상 어두컴컴했다. 안방과 건넌방, 마루, 부엌이 딸린 구조가 본채였다. 본채 앞에는 창고, 그 창고 뒤쪽으로는 10여 평 의 단독 슬레이트집(고치실을 뽑아내던 가내 잠사공장)이 있 었다. 그 슬레이트집 안쪽 앞이 본채의 뒷마당이고 그 뒷 마당 벽돌 담벼락 안에 펌프와 장독대, 커다란 감나무 가 있었다. 본채와 뒷마당, 슬레이트집까지 다 포함해 50-60평 정도였다.

황소고개 쇠 주물집은 신작로 아래 납작하게 엎드려

있는 허름한 기와집이 본채였다. 본채 앞에도 네 칸의 커다란 방이 들여진 일자형 낡은 기와집이 서 있었다. 옆쪽으로 난 철 대문을 열고 20-30미터 쭈욱 걸어 들어가면 세수하고 채소를 씻던 펌프가 나오고 그 앞에 돼지를 길러 내는 세 칸의 돈사가 있었다. 그리고 작은 마당을 끼고 반대편에 소여물을 끓이던 쇠죽방과 커다란 황소를 포함해 소들이 네 마리까지 들어찼던 길쭉한 기와채인 외양간이 있었다.

그리고 쇠 주물집 전체 집 배치에 있어 그 마당 중심에는 '용광대(鎔鑛臺)'가 서 있었다. 단단하게 구운 흙벽돌을 둥글게 쌓아 올린 이 특이한 구조물은 경주 첨성대를 한 2분지 1로 축소한 크기로, 예전에 그 하단부에 철 성분이 함유된 돌들이 들어갔다. 커다란 쇠 함지에 넙적삽으로 잔뜩 퍼 넣고 바닥을 가열시켜서는 돌과 철 성분을 따로 분리했다. 엉덩이 쪽에는 커다란 주전자 꼭지 모양의 구멍이 나 있는데 거기서 뜨거운 붉은 쇳물이 흘러나왔다. 그러면 인부가 두 손으로 들어야만 하는 기다란 쇠 국자에 붉은 쇳물을 그득 받아서 진흙으로 미리 주물을 뜬 곳에다가 수평이 되도록 찰랑찰랑 부었다. 그 위에 진흙 두껑(뚜껑)을 덮고는 그 사이사이를 다시 붉은 진흙을 짓이겨 발라 완전히 봉했다. 이틀 후 정도 쇳물이 식어 완전한 쇠틀로 굳었을 때서야 작은 망치로 가볍게 마른 흙 주조 틀을 부숴 내면 원하는 모양의 쇠틀이 말짱하게 드러났다.

그처럼 쇠 주물집은 예전에 인부가 열댓 명까지 숙식을 했던 곳이기에 가마니로 포장한 상품을 들여놓던 방들까지 더해서 여러 채의 집으로 이루어졌다. 그리고 돈사를 포함한 300평 정도의 넓은 밭을 끼고 있었다(현재는 점촌시에서 함창읍을 통과하지 않고 상주시 쪽으로 곧바로 가는 우회 도로가 밭 중간을 통과해서 쇠 주물집의 전체 위용이 사라졌다).

시장통 붉은 함석지붕 집에서 우리 식구가 황소고개로 이사해 갔을 당시 쇠 주물집은 그 일대에서 가장 큰 집이었다. 그러니까 우리 부모님은 읍내 장터 집에 사는 동안 가내 잠사공장을 해서 억척같이 돈을 모으셨던 것이다. 함석지붕 집에 비해 쇠 주물집의 평수가 열 배 가까이 넓어졌다고 하나 그것은 결국 우리 형제들이 하나둘 성장해 대구로 유학을 가고 대학을 가는 과정이었다. 집이 넓어진 게 아니라 부모님에겐 결국 일거리만 훨씬 많아진 것에 불과했다.

아이로니컬한 것은 우리 형제 누구한테서도 엄마 아버지가 만년(晩年)을 사셨던 세진아파트 108호 집과 관련된 추억이 나오지 않았다. 그 집은 함창면에서 최초로 지어진 아파트였다. 그렇다면 역시나 자식들의 기억과 추억은 부모님의 고생과 깊이 잇대어져 있는 것이던가. 엄마의 땀과 눈물이 묻은 체취는 누적된 세월에 고스란히 배어들어야 그리움의 향기가 눅진하게 배어나는 게 아닌가 싶었다.

엄마의 물건

청동 주물 양푼

엄마는 열여덟 살 꽃다운 나이에 시집을 갔다. 아홉 살이나 나이가 더 많은 아버지와 서둘러 혼사를 치렀던 것이다. 당시는 일제 강점기 말이고 태평양전쟁이 막바지로 치닫던 무렵이었다.

어렸을 적 엄마 집은 함창소학교 뒤편 언덕배기 초가집이었다. 엄마의 엄마인 할머니는 당시 남편을 일찍 여읜 청상과부셨다. 그런데 어느 날이었다. 장녀였던 엄마와 어린 두 아들을 키우던 그 초가집 마당에 두 남자가 나타났다. 두툼한 검정 호적부를 손에 든 면서기와 긴 칼을 허리에 찬 일본 순사였다. 그들은 이 집에 열여덟 살 처자가 있다는 것을 알고 온 것이다.

두 남자는 할머니에게 손짓, 발짓을 하며 열심히 설명했다. 이 집 딸이 간호사가 될 수도 있고 공장에 가서 옷 만드는 기술도 배울 수 있다며, 월급도 많이 받게 해 주겠다고 했다. 그러면서 건네는 말이 맏딸을 정신대에 보내라는 거였다. 할머니는 정신대가 뭘 의미하는지 세상 소문을 들어 익히 알고 있었다.

할머니는 큰일이 났다 싶었다. 입안이 버쩍버쩍 마를 정도로 혼비백산한 할머니는 그때부터 마땅한 신랑감을 구하기 위해 사방팔방으로 사람을 대었다. 정신대 징집은 처녀가 대상이었다. 힘없고 돈도 빽도 없는 할머니가 할 수 있는 일은 한시라도 빨리 딸을 시집보내서 유부녀로 만들어 버리는 것밖에 없었다.

그래서 면서기와 순사가 다시 찾아오기 직전인 그달 말일경에 할머니는 부랴부랴 길일을 잡았다. 그래서 열여덟 살 처녀는 함창면과 이웃한 사벌면 대나무집 셋째 아들과 그야말로 번갯불에 콩 구워 먹듯이 초례청을 차리고 혼사를 치렀다. 앳된 처녀였던 엄마는 족두리를 쓰고 연지 곤지를 찍고 나서야 신랑이 될 총각 얼굴을 처음 본 것이다.

사벌면은 돗질 냇가 넓은 평야를 품은 함창면에 비한다면 그야말로 깡촌이다. 아버지 본가도 가난이 누대로 대물림되는 집안이었다. 그래서 울 아버지가 장가갈 때 본가에서 받은 거라고는 지게에 얹힌 나락 두 가마니뿐이었다. 찧은 쌀 두 가마니도 아니었다. 과부 살림살이보다 하나도 나을 게 없었다.

우리 할머니는 피난시키듯 벽촌으로 시집보내는 딸에게 청동으로 만든 커다란 양푼을 건네주었다. 사람이 망치로 두들겨 만든 자국이 역력한 지름 110센티, 높이 32센티의 그 청동 주물 양푼은 할머니가 시집올 때 할머니의 엄마가 쌀 다섯 섬을 주고 만들어 준 것으로, 그곳에 쌀과 돈을 그득히 담을 정도의 부자가 되라는 주문이 담긴 귀물이었다. 처음에 할머니는 자신도 그것만 받았다며 청동 주물 양푼만 덩그러니 내줬는데, 그러면 엄마가 시집 안 가겠다고 삽살문˙가에서 훌쩍거리자 마지못해 자물쇠 걸린 반닫이를 열어서는 푸르고 붉은 비단 두 폭을 그 누런 청동 양푼에 담아 주셨다.

신랑과 각시가 혼사를 치렀음에도 신혼살림을 차릴 방 한 칸도 준비된 게 없었다. 나락 두 가마니를 지게에 진 남자와 비단 두 필이 든 청동 양푼을 머리에 인 열여덟 살 앳된 여자가 만나 혼배주를 마셨으니 두 사람이 헤쳐 나갈 인생길이 어떠했겠는가. 그 고생인들 오죽하셨겠는가.

당시 아버지는 전선 설치하는 전기 기술을 익혀 둔 덕분으로 구향3리 이장이 신혼살림을 차릴 문간방 한 칸을 내주었다. 벼와 쌀 저장고인 커다란 창고를 지을 때라 일을 도와준 품삯 치고는 후하게 받은 셈이다.

시대가 일제 강점기 말인 것과는 상관없이 당시 시골 면 단위 촌 동네에서는 문전옥답이 재산의 첫 번째다. 그

˙ 나무 기둥에 이엉 등을 엮어 만든 문의 한 형태

런데 논 한 마지기는커녕 밭 한 뙈기 없이 시작한 두 분의 신혼 살림살이가 어떠하셨을지는 가늠하기조차 힘들다.

하지만 그처럼 척박한 살림으로 시작했을지라도 아버지와 엄마는 다섯 자식을 낳았다. 두 분 다 억척같이 일해서 살림도 조금씩 불려 나갔다. 엄마는 아들만 다섯을 낳았는데 우리 5형제 나이 차이가 4년, 4년, 3년, 3년이 난다. 그사이에 우리나라는 해방이 되었고 또 6·25 전쟁이 터졌고 3년 뒤 휴전이 되었다. 엄마가 셋째 형을 낳을 무렵이던 살림 11년 차에 부모님은 본인들의 첫 번째 집인 시장통 붉은 함석지붕 집을 빚을 안고 장만하셨다.

◆   난 이 얘기를 제일 큰 형님으로부터 전해 들었다. 이 얘길 들으면서 일제 강점기가 아주 먼 과거가 아니며 내 부모님, 그 자식인 나한테까지 직접적인 영향을 미치고 있었다는 사실에 무척이나 놀랐다. 만약 당시 할머니가 기민하시지 않았거나 몸져누울 만큼 많이 편찮으셨다면 열여덟 살 처녀였던 엄마는 꼼짝없이 정신대로 끌려가셨을 게 아닌가. 그렇다면 우리 형들은 물론이고 막내인 나 또한 이 세상에 태어나지 못했을 것이다.

◆◆   이 소중한 청동 주물 양푼은 엄마가 살아 계신 내내 안방 장롱 위에 신줏단지처럼 놓여 있었다. 엄마가 만약 사내아이만 다섯이 아니고 딸을 하나라도 낳으셨다면 자신이 엄마에게 혼례품으로 물려받았듯 틀림없이 그 딸에게 물려주셨을 것이다. 엄마 유품 정리를 도맡아 했던 나는 그 귀중한 청동 주물 양푼을 넷째 형수에게 드렸다. 함창과 이웃한 점촌시에 거주하는 넷째 형수는 집 거리가 가까웠던 터라 가장 많이 생전의 엄마를 들여다보고 챙기셨다. 내 아내와 네 명의 형수님들 중 그 청동 주물 양푼을 가질 자격이 그나마 있는 사람이 넷째 형수라고 나는 판단했다. 부디 나머지 형수님들과 형들께서 잘 이해해 주시기를.

쌀뒤주

첫 번째 집인 시장통 붉은 함석지붕 집 마루 한 켠에는 어른 가슴 높이 정도 되는 커다란 쌀뒤주가 놓여 있었다. 재질이 박달나무인지 참나무인지 몰랐으나 곰곰이 생각해 보니 위쪽에 호랑이 눈 모양의 관솔 구멍이 분명히 나 있었기에 아주 잘 말린 두꺼운 송판으로 만들었겠구나 싶었다.

높이가 한 160센티 되고 너비가 120센티, 그리고 남은 옆면 한 폭이 90센티 이상 되는, 그야말로 어마어마한 크기의 쌀뒤주였다. 검붉게 옻칠까지 되어 있었다. 미취학

꼬마였던 내가 기어 올라가 상판을 굴러 대기에 딱 좋았다. 엄마는 뒤주 높이 때문에 조석으로 끼니때마다 쌀 퍼내기가 적당치 않다고 해서 아버지 힘을 빌려 그 뒤주를 마루 한 켠에 올려다 놓았다. 대신 엄마는 부엌 모퉁이에다가 중간 크기의 독을 놓고서 그 단지를 쌀뒤주 삼아 사용했다.

내가 여섯 살 무렵이었을 거다. 푹푹 찌는 여름의 한가운데 날이었다. 나는 엄마와 함께 점심을 먹은 뒤 잠이 쏟아져 안방 장판 바닥에 고꾸라지듯 그대로 엎어져 잠이 들었다. 얼마나 잤을까나, 깨어나 보니 엄마가 없었다. 함석지붕 집 안이 텅 비어 있었다. 더군다나 빗방울처럼 소리를 내며 쏟아지는 땡볕에 붉은 함석지붕 밑은 정말 불이 난 것처럼 후끈 달아 있었다. 헐렁한 반바지에 런닝거(러닝셔츠) 차림인 내가 가만히 앉아만 있어도 목에서 굵은 땀방울이 줄줄 흘러내렸다.

날씨는 무덥고 집은 적막하고. 빈 집에 혼자 담겨져 있기가 무료했던 나는 평소처럼 형들이 쓰는 책상 의자를 쌀뒤주 옆으로 질질질 끌고 갔다. 의자를 밟고 오른 나는 낑낑거리면서 묵직한 나무 뒤주의 상판 절반을 비스듬히 들어 올렸다. 내 바로 위의 형이 곧잘 뒤주 상판 절반 문을 완전히 들어 올려 젖힌 뒤 들어가 앉아 노는 놀이를 즐겼기 때문이다. 나도 그때마다 들어가 쪼그려 앉았다가 펄쩍거리는 뜀뛰기를 즐겼다.

그때 나는 내 힘으로 그 빈 나무 뒤주 상판 문을 처음 여는 거였다. 한 발을 뒤주 안으로 집어넣은 상태였던 나는 상판이 짓누르는 압력에 힘에 부쳤다. 나는 완전히 상판 문을 다 열어젖히지 못한 어중간한 자세였다. 그 순간 팔의 힘이 달린 나는 우당탕탕 소리를 내며 몸 전체가 뒤주 바닥으로 굴러떨어졌다. 동시에 쾅! 하는 천둥 치는 소리와 함께 육중한 상판 절반의 나무 문이 위에서 내리꽂히듯 닫혀 버렸다.

닫히자 그 안은 아무것도 보이지 않을 만큼 깜깜했다. 겁이 더럭 났다. 하지만 난 내 힘으로 문을 열었으니 당연히 밀고 나갈 수 있다고 생각했다. 하지만 그게 아니었다. 무거운 상판 반 짝이 떨어져 닫히면서 공교롭게도 앞쪽 상단에 부착된 걸쇠가 함께 걸려 버렸다. 내가 두 손으로 상판을 받쳐 힘껏 밀어도 꼼짝도 하지 않았다(지금 생각하면 그때 걸쇠가 걸리지 않았다고 하더라도 여섯 살배기 힘만으론 그 상판을 완전히 밀어젖힐 수 없었다. 내 키보다 훨씬 더 높은 턱을 기어 넘으면서 동시에 밀 수는 없을 테니 말이다). 나는 뒤주 안에서 수십 번의 발돋음질을 하며 두 손바닥으로 상판을 밀어 올려 봤지만 허사였다.

　나는 너무 캄캄한 데에 완전히 갇혀 버렸다는 것을 온몸으로 느끼자 그때부터 악을 쓰며 울기 시작했다. 답답했다. 질식할 것 같았다. 나는 주먹을 쥐고 뒤주 속 사방을 두드려 대며 살려 달라고 소리쳤다. 정말이지 나는 어느 순간부터 죽을지도 모른다는 공포감에 휩싸였다. 그래서 발악을 하듯 안에서 미친 듯이 날뛰었다. 어깨로 밀고 발길질 주먹질로 우당탕탕거렸다. 나는 좁은 공간 안에서 너무 날뛰어서 날숨이 헉헉거릴 정도였으며 온몸이 땀에 젖었다. 결국 기진맥진해서 뒤주 바닥에 엉덩이를 붙이고 털썩 주저앉았다. 관솔 구멍이 뒤주 상단부인 내 이마 한 뼘쯤 위에 나 있긴 했는데 내가 아무리 두 발로 발돋움질을 하고 깨금발짓까지 해 봐도 그 조그만 구멍에 내 눈을 정확히 맞춰 낼 수는 없었다.

만약 그때 내가 만화로 그려진 《이야기 조선사》를 읽을 수 있었다면 뒤주에 갇혀 죽은 사도세자를 틀림없이 떠올렸을 것이다. 그래서 비운의 사도세자처럼 나도 공포감에 지레 죽어 버렸을 것이다. 하지만 그때 나는 다행히 여섯 살이었고 국민학교를 다니지 않아 사도세자를 알지 못했다.

단지 나는 내 목소리에서 쇳소리가 나도록 용을 쓰며 울어 댔다. 바락바락 울어 젖히다가 결국은 남은 울음을 껄떡거리면서 정신을 놓듯이 그 속에서 잠이 들어 버렸다. 악을 쓰며 울면 얼마나 급격하게 힘이 소진되는가. 더군다나 거대한 아가리로 나를 통째 삼켜 버린 듯한 커다란 뒤주 속에서 발작을 일으키듯이 고래고래 울어 댄 탓에 어린 나는 너무나 피곤했다. 뒤주 안의 그 캄캄한 어둠, 마치 숯검댕이를 박박 문지른 것 같은 사면의 검은 나무 벽 안에 고여 있던 짙은 어둠이 눈물 가득한 내 눈동자에 마지막 남은 초점마저 완전히 지워 버리고 꺼뜨려 버리고 말았던 것이다.

나는 그날 족히 네댓 시간은 그렇게 혼절한 채 닫힌 뒤주 안 바닥에 널브러져 있었다. 엄마는 진작에 집 안으로 들어왔지만 막내인 내가 이웃집인 경주한의원 집에 놀러 갔나 싶어 찾지도 않았다. 경주한의원 한의사 할아버지의 손주가 나보다 한 살 더 많아서 나는 그 집에 자주 가서 놀았다. 그 집에는 장난감 자동차도 많고 신기한 그림들이 그려진 만화책도 많았다. 더군다나 한의사 할아버지가 나를 볼 때마다 약방 서랍에서 달콤하고 쌉싸름한 계피를 꺼내 주셨기 때문에 그걸 손바닥에 한 움큼씩 얻어먹는 재미가 쏠쏠했다.

엄마는 저녁 밥상을 차린 뒤 그 밥상을 안방 안에 들여

놓고서야 보이지 않는 나를 찾아 이웃집을 다녔다. 경주 한의원에 가 보고 경향신문 지국장 집인 내 친구 수호네도 가 봤다. 그런데 다들 내가 놀러 안 왔고 본 적도 없다고 하자 그제야 엄마는 걱정이 가득한 얼굴로 "대체 이노마 자슥이 어디 갔더노?" 하면서 집 안부터 다시 뒤졌다.

우선 창고부터 시작했다. 뒷마당 한 켠의 슬레이트집 입구에 있는 안 쓰는 방의 문도 열어 보았다. 엄마는 코앞 마루 위의 뒤주 속에 나뒹굴어져 있는 나를 두고서 어둑어둑해지고 있는 장터 곳곳을 돌아다니며 손나팔을 하고 내 이름을 크게 연신 불러 대기까지 했다. 엄마는 울상을 짓다시피 하고 빈손으로 집에 돌아왔다.

"아히구야! 정말 별일이네. 대관절 니 동생은 어디 갔띠나? 니는 동생하고 안 놀고 뭐했디노?" 엄마가 멀뚱거리고 선 내 바로 위 형을 보고 화를 냈다. 그즈음에서야 그 넷째 형 눈에 마루 끝 쌀뒤주 근처에 놓인 의자가 들어왔다. 형이 손끝으로 그 의자를 가리키자 엄마는 눈을 휘둥그레 뜨고 혹시나 하는 마음으로 철컥 걸린 뒤주 고리를 벗기고 묵직한 나무 상판 절반을 열었다. 그리고 그 안으로 얼굴을 떨어뜨렸다. 온몸이 땀에 흠뻑 젖어 있던 나는 그 무렵에서야 정신이 들 듯 혼곤했던 잠에서 풀려났다. 그리고 부스스 뒤주 바닥에서 비틀거리면서 일어났다. 나는 얼굴을 젖히고 어이가 없어 반쯤 맥을 놓아 버린 엄마의 흐린 얼굴을 올려다보았다.

 ─엄마야······.

 나는 엄마를 향해 두 손을 들어 올리며 울먹거렸다.

 ─하이구마. 니는 그 안에서 뭐했띠노?

 엄마는 몸을 굽혀 두 손을 내 겨드랑이에 끼고 나를 번쩍 들어 올려서는 마룻바닥 위에다가 내려놓았다.

 ─대체 뒤주엔 뭣한다고 기어 들어갔노 그 말이다!

 ─기어 들어간 거 아냐!

 ─그라문?

 적당한 표현이 생각이 안 났다. 쥐처럼 기어 들어간 게 아니고 그냥 위에서 굴러떨어진 거다. 엄마가 한숨을 내쉬다가 나무라기까지 하자 나는 억울해서 화가 날 대로 났다. 오랜 시간 다리가 겹질러졌던 나는 비틀거리며 뒤주 가까이 걸어가 발로 뒤주를 차기 시작했다. 주먹 쥔 두 손으로 마구 두드렸다. 하지만 뒤주는 당연히 끄떡도 하지 않았다. 나를 꼼짝 못 하게 가둬 놓고는 발뺌하고 앉은 것처럼 뻔뻔해 보였다.

　-이기 이기 되게 나빠. 이거 당장 없애치와!

　나는 뒤주 안에 갇혔을 때 장날에 봤던 상자들이 떠올랐다. 5일장이 서면 우시장 앞의 가축시장에서 봤던 토끼 울타리, 큰 개들이 서로 끼겨 앉아 있던 철망 상자, 궤짝 같은 것들이 떠올라 무서웠다. 까닥 잘못하다간 어린애 죽일 수도 있는 저런 흉포한 덩어리를 마루 한 켠에 번듯이 모셔 놓을 필요가 있냐고 나는 엄마에게 항의했다.

　-저거 되게 나빠! 당장 도끼로 때려 뿌셔!

　-야가 야가 뭐라 카노? 와 가만 있는 뒤주가 뭘 잘못했다고 없애라 마라 카노. 니가 백지 고기로 들어갔다가 갇혀 뿌렀응께 순전히 니 잘못이제.

　엄마가 내 편을 안 들고 뒤주 편을 들자 나는 다시 서러움에 복받쳐 남은 울음을 터뜨렸다. 두 주먹을 틀어쥐고 잰 제자리걸음으로 몇 바퀴나 돌면서 목쉰 소리를 고래고래 사방에다 흩뿌려 댔다.

-아부지 어딨어?

-갑자기 너거 아부진 왜?

나는 줄무늬 런닝거 밑에 든 홀쭉한 배를 맹꽁이배로 한껏 부풀려 대면서 악바라지게* 소리쳤다.

-아부지 당장 오라고 해! 내가 저거 지금 뿌셔 놓으라고 할 거야! 도끼 어딨어?

◆　　우리 형제들에게 붉은 함석지붕 집 마루 구석에 놓여 있던 커다란 나무 뒤주는 큰형님 빼고는 모두 들어가 본 적이 있을 정도로 각별한 놀이 공간이었다.

◆◆　　어른이 되고 난 후 나는 언젠가 엄마에게 우리 집에 왜 그렇게 큰 나무 뒤주가 필요했었나 여쭤 본 적이 있었다. 우리 집은 한 번도 논 한 뙈기조차 가진 적이 없어 논농사를 지어 본 일이 없었다. 그리고 난 그 쌀뒤주 안에 보릿자루나 콩 자루가 든 것을 보았지 한 번도 쌀이 그 큰 뒤주를 가득 채우고 있는 것을 본 적이 없었다. 엄마 말씀이 아버지가 호기로 들여온 뒤주라고 하셨다. 아버지는 엄마와 혼사를 치른 그 첫날밤에 어떤 일이 있어도 집에 양식이 떨어지게 하진 않겠다는 약속을 하셨단다. 그래서 첫 집으로 붉은 함석지붕 집을 마련한 뒤 그 약속을 잊지 않기 위해서 그 큰 나무 뒤주를 솜씨 좋은 목수로부터 짜 오신 것이다. 다른 건 몰라도 아버지가 첫날밤 엄마에게 한 그 약속만은 평생 지켜졌다고 만년의 엄마가 내게 말씀해 주셨다.

흑백사진 한 장

어릴 때부터 나는 잔병치레가 잦았다. 중년이 되어서도 나는 형들에 비해 상대적으로 키와 몸집이 눈에 띄게 작을 만큼 왜소하다. 엄마는 막내인 나를 마흔 가까운 늦은 나이에 낳으셨다. 노산이어서일까. 엄마는 젖이 나오지 않아 전전긍긍하셨다. 내 위, 네 명의 형들을 낳아 기를 때는 전혀 그렇지 않았다. 아무리 먹여도 터져 나갈 것처럼 부풀어 오르기만 하던 젖이었다. 젖샘에는 언제나 젖이 넘칠 정도로 찰랑거렸다. 그런데 그 뿌옇게 맑고 기름졌던 엄마 젖은 내 차례가 되어서 긴 가뭄에 먼지 쌓인 우물처럼 바닥을 드러냈다. 왜 그렇게나 바짝 말라 버렸을까.

어린 시절 나는 양지 녘에 쪼그려 앉아 있을 때가 많았다. 내게서 유독 말라 버린 엄마 젖에 대해 막연히나마 생각했던 적이 있었던 것 같다. 괜시리 눈물부터 삐져나와 옷소매로 눈가만 연신 문질러 댔다. 제대로 젖을 먹지 못했다는 그것은 분명 상실감이었다.

나를 서럽게 한 원인은 이내 찾아졌다. 또래에 비해 한 뼘이나 되는 키를 빼앗아 간 원흉들이 바로 눈앞에서 방 안에 이불을 잔뜩 깔아 놓고 레슬링을 하고 있었다. 나는 골골할 만큼 바싹 마른 데 비해 한결같이 형들은 피둥피둥한 게 살집이 좋았다. 형들은 엄마 가슴에 달라붙어 너무 많이 젖을 빨아 먹은 것이다. 가엾은 막내인 내가 빨아 먹을 젖을 남겨 두지 않고 네 형들은 엄마 젖을 양손으로 움켜잡고 바닥까지 딸딸 긁어 빨아 젖혔다. 그렇게 아귀 같이 먹어 버려서 엄마 젖을 완전히 고갈시켜 버렸던 것이다. 억지 아니냐고? 아니다, 충분한 근거가 있다.

나는 그것을 동네 송아지가 엄마 젖을 빨아 먹는 것을 보고는 완전히 이해했다. 송아지가 제 어미젖을 먹을 때 어떻게 빨아 먹던가. 젖이 잘 안 나올 때마다 주둥이로 제 엄마 젖통을 쿡쿡 처박으며 쥐어짜듯이 해서 쭉쭉 빨아 먹는다. 그야말로 송아지는 제 어미 젖통을 대가리로 헤딩을 하듯이 연신 아랫배까지 힘차게 처박아 대며 찹찹 찹찹 꿀꺽꿀꺽 삼켜 대는 것이다. 나는 내 몫의 엄마 젖이 왜 메말라 버렸는지 고개가 저절로 끄덕거려졌다.

"모유가 부족했다고? 그렇다면 분유를 먹었으면 됐잖아!" 누군가는 내게 그렇게 철없는 어느 유럽 왕비처럼 말하기도 했다. 물론 당시에도 분유가 있었다. 하지만 경상도 면 단위 시골 동네에선 둥근 분유통은커녕 비닐봉다리 분유조차 보기 힘들었다. 우리 집은 값비싼 분유를 구해 타 먹일 형편이 못됐다. 그리고 엄마는 악착같이 돈을 모으는 사람이라 땡전 한 푼 허투루 쓰지 않는다. 돈이 주머니에서 나가는 것을 죽기보다 싫어하셨다.

돈은 농작물을 심을 땅을 늘릴 때 자식 공부시킬 때, 그 두 가지 경우에 한해서만 사용이 되었다. 그래서 엄마는 배고프다고 보채고 칭얼대는 젖먹이인 내게 항상 밥 끓인 멀건 밥물을 식혀서 먹였다. 미음을 쑤어 한 숟갈씩 떠먹여서 나를 키우셨다. 찹쌀을 찧어 가루를 내 물을 붓고 끓여 낸 멀건 죽을 주로 떠먹이셨다는데, 예전에 돌아가신 엄마의 엄마, 할머니 말씀에 의하면 그것도 반듯한 얘기가 아니었다. 엄마는 끼니 자리마다 이불을 쌓아 놓고 나를 기대어 밥상머리에 앉혔다. 먼저 쌀과 보리, 콩이 섞인 밥을 본인 입에 떠 넣고 우물우물 씹어 완전히 으깨서는 숟가락에 다시 뱉어서 두세 살 아기인 내 입에 거푸거푸 떠 넣어 주셨다고.

"이그, 더러워라! 갓난아기한테 위생상 불결하고 안 좋은데!" 또 누군가는 그렇게 이맛살을 찌푸리고 고개를 설레설레 가로젓겠지만, 어쨌든 사실이다. 나는 엄마 젖이 아니라 엄마가 입으로 씹어 다시 뱉어 준, 엄마 침이 반쯤 섞인 그 날것스런 이유식을 받아먹고 자랐다. 그렇

게 나를 키워 낸 엄마 저작물이 풍부한 영양분의 엄마 젖
과 차이가 났던 것은 분명하다.

　두세 살 걸음마를 떼고 서너 살 아장아장 걷고 쪼르르
달구새끼(병아리)처럼 뛰기 시작하던 무렵의 나는 귄터 그
라스의 소설《양철북》의 아이처럼 잘 자라나지 않았다. 내
가 자라기를 거부했던 게 전혀 아니었는데도 말이다.

　엄마는 다른 형제들에 비해 체구가 작고 골골한 체질이
기까지 한 나를 쳐다볼 때면 내 눈길을 피했다. 뒤돌아서
서 혀를 차기도 했다. 돈이 들더라도 어떻게 소젖이라도
진작 먹일걸, 하는 뒤늦은 후회를 했단다. 그 가책 때문이
었을까. 나는 우리 형제들 중 유일하게 유치원을 다녔다.

　함창면에는 유치원이 두 개 있었다. 가톨릭 성당에 속
한 성모유치원과 돗질 냇가 가는 오사1리 산기슭에 선
교회에 속한 에덴유치원이 바로 그것이다. 나는 유치원
또래들 중에서도 가장 작은 축에 들었다. 나는 엄마에게
내 키가 왜 이렇게 작냐고 대놓고 물어본 적이 있다.

그랬더니 엄마는 서울에서 대학 다니는 큰형님에게 얘기를 미리 들어 뒀던가. 불란서라는 나라에 키 작은 나폴레옹이 있고 거대한 땅덩어리를 가진 중국에는 등소평이 있다고 했다. 위대한 사람이 되는 데 키는 아무 관련이 없다고 했다. 어린 나는 그 사람들이 누군지 얼굴도 못 봤다. 그야말로 씨도 안 먹히는 핑계로 땜빵질을 시도한 것이다. 그리고 "지금은 니가 작지만 국민핵교 들어가고 중고등핵교 들어가문 니 키가 대나무처럼 쭉쭉 자라나 제일 크게 될 거다"라고 나를 꼬드기셨다. 감언이설이었다. 엄마 말의 진위는 10대 시절을 다 보내고 나서야 확인할 수가 있었다.

이후 나는 함창국민학교 졸업 직전에 우리 형제들이 모두 다 그랬듯이 큰 도시로 유학 코스를 밟았다. 중학교 시절은 대구 삼덕동에 있는 외삼촌(엄마 바로 아래 동생) 집에서 보냈다. 경북중학교를 다니다가 2학년 때 서울로 전학을 갔고 건국대 부속 중학교인 건국중학교를 나왔다. 고등학교는 서울 명동과 장충단공원 근처에 있는 동북고를 졸업했다. 그렇게 10대 시절을 다 지나쳤어도 나는 형제들 중 가장 왜소했다. 학창 시절 반에서 늘 앞자리에 앉았을 만큼 나는 키가 작았다. 대나무처럼 자라날 거라는 엄마 말은 뻥이었다. 제 시기에 놓친 영양분은 쉽게 메꿔질 성질의 것이 아니었다. 나도 어릴 때 엄마 젖을 거의 먹지 못했다는 그 핑계를 대자면, 그래서 나는 우리 형제들 중 공부를 제일 못했다.

나는 유학 생활을 우리 형제들 중 가장 빨리 했다. 엄마 아버지를 가장 이른 나이에 떠났다. 겉모양이 부실한 것도 모자라 속도 야물딱지지를* 못해 자주 고향에 대한 향수병 같은 것을 앓았다. 책을 펴면 영어 알파벳이나 문장이 보이는 게 아니라 엄마 모습이 눈에 어렸다. 중학교 모자를 쓰고 교복을 입었으면서도 가슴은 엄마 젖이 채 떨어지지 않은, 여전히 덜 자란 마음을 가지고 있었다.

나는 대학 입시를 치렀다. 그해 갓 생겨난 항공대학에

●   '야무지다'의 사투리

원서를 냈다. 내가 원서를 낸 항공운항과는 경쟁률이 27 대 1이 나왔다. 떨어졌다. 당연히 떨어지는 게 맞았는데 나는 첫 낙방에 커다란 충격을 받았다. 떨어져도 땡감처럼 야무지게 땅바닥에 떨어지면 소금 독에 묻어 다시 삭혀 먹을 수가 있겠지만 나는 흐물흐물한 정신 상태로 떨어져 내 심장이 박살이 났다는 거다.

나는 여러 가지 요인이 겹쳐 서울 중곡동 동네 병원에서 링거를 꽂고 한동안 누워 있어야 할 만큼 건강 상태가 급격하게 나빠졌다. 엄마는 이러다가 애 잡겠다 싶어 장남인 큰형님한테 연락해 서둘러 귀향 조치를 시켰다. 합격한 친구들은 새내기가 되어 캠퍼스를 누비고 실패한 친구들은 저마다 비장한 결의를 다지며 입시 학원에 등록해 다니고 있을 즈음에 나는 고향 함창으로 내려와 쇠주물집 본채 건넌방에서 달이 지나도록 누워 있었다. 나는 변소를 갈 때도 창백한 꼬락서니를 한 채 풀이 덜 마른 종이 인형처럼 끄덕끄덕한 걸음걸이로 마당을 걸어 다녔다. 그때가 우리 집 마당 한 켠에 서 있는 벚꽃 나무에 벚꽃이 만개했을 무렵이다.

　나는 삶의 첫 시련과 타협을 못 했다. 노력이 부족했음에도 패배가 인정되지 않았다. 그래서 더더욱 내상이 깊어 인생의 낙오자가 된 듯한 죽상의 얼굴로 진종일 마루턱에 걸터앉아 있었다. 병약한 막내 아들 건강을 회복시키기 위해 아부지는 생고기를 구하러 나가셨는지 집에 안 계셨다. 엄마 또한 안 보였다. 엄마는 잡념이 많아질 때마다 호미를 들고 부리나케 밭으로 뛰어가곤 했다. 잡초를 뽑으면 가슴속 걱정거리도 함께 뽑혀질 만큼 아무 생각이 안 나 좋다는 건데, 그날도 넓은 밭고랑 어딘가를 기어 다니시고 있는지 쇠 주물집 집 안이 정적감이 들 정도로 고요했다.

　무료해진 나는 안방으로 들어갔다. 여기저기를 기웃거리다가 장롱 위에 사각진 마분지 케이스가 얹혀 있는 것을 발견했다. 커다란 와이셔츠 곽통(상자) 같은 거였다. 먼지까지 앉아 있는 그 곽통의 내용물이 뭔가 싶어서 그것을 방바닥에 내려서 두껑을 열어 봤다.

그 안에는 크고 작은 옛날 흑백사진들이 수북이 들어 있었다. 대부분 아버지 사진이었다. 아버지가 젊은 날에 폭포수 아래로, 바다로, 구미 금오산으로 놀러 갔을 때 폼 잡고 찍은 사진들이다. 대부분 화투장 크기로 작았으며 개중에는 아버지가 양복 입고 찍은 큰 사진도 있었다. 그 밑에 엄마 사진이 몇 장 깔려 있었다. 그중 한 장의 커다란 흑백사진을 집어 들고 난 뒤 내 동작이 멈춰 버렸다.

틀림없이 혼례 전, 그러니까 엄마가 열일곱, 열여덟 살 처녀 무렵에 찍은 독사진이었다. 전신의 모습이 담겨 있었다. 한 처녀가 약간 수줍은 미소를 띤 채 만개한 수국 나무 앞에서 한 손에 양산을 들고 서 있었다. 탐스런 검은 긴 머리를 양 갈래로 땋아 내렸으며 위에는 꽃무늬가 들어간 은색 저고리에 무릎 아래까지 덮이는 깜장 치마를 입었다. 그리고 까만 단화를 신었다. 나는 눈을 휘둥그레 떴다. 예, 예뻤다. 흑백사진임에도 불구하고 고와도 정도껏 고운 게 아니라 눈이 부실 정도로 용모가 고운 처자였다.

늦둥이 막내로 태어난 나는 자라나는 동안 40대 후반, 50대 초반의 엄마 모습만을 봤다. 언제나 목이 늘어난 헐렁한 셔츠에 몸뻬를 입고 수건을 머리에 두른, 일하시는 엄마만 봐 왔다. 언제나 후줄근한 차림새였고 뽀얀 분 냄새 한번 풍기는 적 없는 엄마였다. 그랬기에 나는 한 번도 내 엄마가 예쁘다는 생각을 해 본 적이 없었다. 내게 밥 차려 주고 양말 기워 주고 옷 빨아 주는 엄마만이 존재했지, 엄마가 예쁜 처녀고 고운 여자였다는 것은 짐작은커녕 아예 생각조차 해 본 적이 없었다.

그 간극과 거리감으로 인한 충격 때문인가. 아니면 봄꽃이 흐드러지게 핀 조용한 봄날 오후여서 그랬던 것인가, 그것도 아니면 대입에 실패한 인생 낙오자라며 자존감이 한껏 무너져 있었기 때문일까. 분명한 이유를 알 수 없는 눈물이 그 사진을 들고 들여다보는 동안 느닷없이 터져 나왔다. 무슨 못 볼 것이라도 본 듯이 나는 흐득흐득 울기 시작했고, 이내 대놓고 두 다리를 뻗친 채 엉엉 소리 내 울었다.

스무 살, 갓 성인이 되기 직전에 내가 소리 내 울게 되리라고는 한 번도 상상조차 한 적이 없었다. 나는 손으로 입을 틀어막은 채 열심히 울었다. 울면서도 내가 지금 왜 울지? 하는 생각이 들었다. 그 울음이 천천히 멎어 껄떡거림으로 잦아지기까지 10여 분이 걸렸는데, 울음이 멎으면서 의문도 자연스레 해소되었다. 짐작 가는 바가 충분히 있었기 때문이다.

　역시나 엄마가 너무나 곱고 예쁜 처녀였다는 것을 내가 전혀 몰랐다는 자책감 때문이었다. 흑백사진 속 엄마는 영화배우 김지미 급은 아니지만 영화 〈별들의 고향〉에 나오는 히로인 안인숙과 충분히 견줄 수 있을 만큼 용모가 예뻤다.

　엄마의 본가는 왜정시대(일제 강점기) 소학교 뒤편에 있었던 까닭에 소녀일 적부터 엄마 꿈은 선생님한테 시집가는 거였다. 창문턱에 팬지꽃이나 다알리아꽃 화분을 얹어 놓고 꽃밭의 꽃을 돌보며 퇴근하는 남편을 기다리는 게 엄마의 바람이었다(이때만 해도 나는 엄마 혼사가 일제 강점기 정신대 강제 모집에 쫓겨서라는 것을 전혀 몰랐다). 그런데 엄마의 현실은 지금 어떠한가? 예쁜 게 밥 먹여 주냐, 고운 게 어디 자식 공부시킨다더냐를 부르짖듯이 밤낮없이 몸뻬를 입고 억척같이 일만 하고 계시다. 나는 주사가 심한 아버지와 억마구리(개구리)떼처럼 몸에 달라붙은 다섯 자식을 건사해 내느라 자신의 어여쁨과 고움을 전혀 돌보지 않고 살아온 엄마를 한 장의 흑백사진을 통해 온몸으로 느낀 것이다.

이렇게 예쁜 여자가 내 엄마일 리가 없다, 이렇게 고운 처녀가 내 엄마면 안 된다는 생각까지 들었다. 엄마 두 팔이 나뭇가지인 양 자식들이 대롱대롱 매달려 힘껏 흔들어 대서 엄마 얼굴과 몸에 핀 꽃들을 땅바닥에 다 떨어뜨려 버리고 말았다는 자각 때문에 나는 그처럼 섧디 서럽게 겨운 울음을 울었던 것이다.

술에 잔뜩 취하면 밥상 뒤엎는 남편이 뭐라고, 그깟 자식들이 대체 뭐라고! 이처럼 곱고 예뻤던 자신을 지금처럼 완전히 망가뜨렸을까 싶었다. 나는 그런 엄마가 애달

프고 바보 같아서 울었던 것이다. 왜 엄마는 힘만 센 아버지랑 혼례를 치렀을까? 하얀 백묵만 잡는 젊고 잘생긴 총각 선생님 만나 사실 일이지, 뭣한다고 엄마는 소학교도 중퇴한 무식한 아버지를 만나 이 고생이신지, 나는 안 태어나도 괜찮았는데, 나 같은 건 안 태어나도 상관없었는데…… 내 비통함의 9할은 바로 그 흑백사진 속에 다소곳이 서 있는 처녀의 모습과 현재의 내 엄마 모습과의 거리가 구만리로 느껴져서였다. 분명 한 사람인데 각각의 그 두 사람이 전혀 상관없는 다른 사람처럼 느껴진다는 것에서 오는 비애감이었다.

그리고 나머지 1할은 내가 중고등학교 시절을 보냈던 서울 중곡동 주택가 한 소녀 때문이었다. 그 아이의 집은 푸른 타일이 박힌 2층집이었다. 그 집 담벼락 안쪽에도 커다란 벚나무가 있어 봄마다 분홍빛이 길가까지 흘러내렸다.

그녀와 나는 동급생이고 등교할 때 19번 시내버스를

같이 탔다. 그녀는 어린이회관 맞은편 수도여고 앞에서 먼저 내렸다. 나는 중랑천 다리를 건너고 한양대 앞을 지나 지금은 없어진 서울운동장 앞에서 내렸다. 그리고 퇴계로와 장충단공원 앰배서더호텔 맞은편에 위치한 동북고까지 걸어 다녔다. 그녀와 나는 한동네에서 중고등학교 시절을 보냈기 때문에 동네에서 자주 마주쳤다. 나는 그녀만 보면 얼굴이 달아올라 주뼛거렸고 그녀는 그런 나를 언제나 호기심 많은 눈빛을 뿜으며 지켜봤다. 앳된 미소를 내게 자주 지어 줬다.

기껏 서울까지 유학 보내 공부하게 해 줬더니만 성적이 이게 뭐냐며 큰형님이 주기적으로 내 머리통을 쥐박을 때마다 나는 푸른 철 대문을 열고 뛰쳐나갔다. 골목과 동네 큰길을 'ㄴ'자로 걸어 내면 그녀 집이 나왔다. 나는 밤이 이슥할 때까지 그 소녀 집 담벼락에 붙어 서 있곤 했다. 그럴 때마다 드문드문 그녀의 2층 방에서 〈엘리제를 위하여〉나 〈소녀의 기도〉 같은 귀에 익숙한 멜로디가 매끄럽게 밤공기를 가르며 피아노 소리로 흘러나왔다(영화〈말죽거리 잔혹사〉의 대본을 쓰는 게 아니다. 내 첫사랑 얘기고 그녀는 피아노를 잘 쳤다).

키가 작고 몸집도 왜소했지만 나는 청소년 때 "어! 너 김정훈(영화 〈꼬마 신랑〉에 나온 배우) 닮았다!"라는 말을 많이 들었을 정도로 미소년이었다. 나는 그녀에게 진작부터 사귀자는 말을 고백하고 싶었다. 왜냐하면 그녀 또한 나를 볼 때마다 고개를 약간 갸웃거리며 늘 미소를 머금어 주었기 때문이다.

당시 나는 그녀에 대한 꿈도 자주 꿨다. 사춘기 달뜬 열기에 휩싸여 있었다. 더 솔직하게 말하면 나는 그녀의 몸에 내 몸을 닿게 해 보고 싶었다. 윤기 도는 그녀의 붉은 입술에 입 맞추고 싶다는 생각보다 우선적인 게 있었다. 나는 여름에 흰 반팔 셔츠 교복을 입고 가방을 두 손으로 모아 들고 정류장에 서 있는 그녀를 보면 숨이 멎었다. 내 눈은 언제나 그녀의 가슴 쪽을 힐끔거렸다(엄마 젖을 못 먹고 자란 티를 내는 건지 모르겠지만). 금방이라도 터질 듯이 부풀어 오른 그녀 가슴을, 정말 꼭 한 번이라도 내 두 번째 손가락 하나만 뻗어 꼬옥 눌러 보고 싶었다.

"미친놈! 그 따위 생각이나 하고 처자빠져 있으니 공부를 못하지!" 누군가 그렇게 비난을 하고 원성을 높이리란 것을 내가 모르는 것은 아니지만, 내 10대의 유일한 꿈은 반에서 1등도 아니고 서울대 법대도 아니었다. 오직 그 소녀의 젖가슴을 손가락으로 한번 꼬옥 눌러 보는 거였다. 물론 "어디 그렇게 하고 싶었다면 한 번만 해 봐!" 하고 그녀의 허락이 떨어지고 나서야 간신히 해 볼 수 있는 거였지만.

등교 시간, 면목동 쪽에서 오는 19번 시내버스는 언제나 만원이었다. 게다가 학생들이 탄 버스가 좌우는 물론이고 위아래로 마구 흔들려서 만약에 사각진 도시락 밥통에 반찬과 밥을 칸막이 하나로 나눠 담았다면 내렸을 때 책가방 속 도시락밥이 저절로 비빔밥이 되어 있을 정도였다. 당시에는 하늘색 제복을 입고 빨간 빵떡모자를 머리에 핀으로 꽂은 여자 차장이 발차하기 직전 승강대를 밟고 선 학생들의 등을 두 손으로 힘껏 떠밀어 차 안으로 쑤셔 넣었다. 그리고는 승강대에 올라 차 옆구리를 손바닥으로 힘껏 두드리며 "오라이!" 하기 일쑤였다.

어느 여름날이었던가. 발차하기 직전의 버스를 세우고 그녀가 뒤늦게 버스에 탔다. 차에 오른 그녀는 버스 뒤편을 향해 발돋음질했다. 순간 그녀와 나는 눈길이 마주쳤다. 그러자 그녀가 책가방으로 가슴을 감싼 채 내가 서 있는 버스 뒤편까지 곧장 이리저리 뚫고 들어왔다. 그렇게 내 바로 근처에서 버스 손잡이를 잡고 섰다. 어느 순간 그녀는 주변의 떠밀림을 통해 내 등 뒤쪽에 바짝 붙어 섰다. 잠시 후 그녀 등과 내 등이 자석의 N극과 S극처럼 완전히 밀착되었다. 그녀와 나는 아주 가볍고 얇은 흰 교복 상의만 입은 채였다. 승객이 밀집된 차 안은 후덥지근했다. 두 사람의 등이 일부러 맞춘 듯이 빼곡하게 밀착됐기에 나는 물론이고 그녀 등골 사이로 어떻게 땀이 안 흐를 수가 있겠는가?

나와 그녀는 언뜻 서로 뒤를 돌아보았고 그러다가 눈

이 마주치기도 했다. 우리는 서로의 등이 딱 붙은 채 버스의 움직임에 따라 이리저리 몸이 쏠렸다. 그녀가 다니는 학교인 수도여고가 한 정류장 남았을 때까지 그렇게 등을 밀착한 채 서 있었다. 그녀가 피하지 않는데 나도 피할 수가 없었다. 내릴 정류장이 다음이자 그녀는 슬쩍 내 등에서 등을 떼서 학생들 사이를 비집고 중앙 출구를 향해 나아갔다. 나는 그때 얼굴을 옆으로 돌려 그녀의 뒷모습을 봤다. 그녀의 교복 상의의 등 부분이 얼룩이 질 정도로 흥건히 땀에 젖어 있었다.

중고등학교 시절, 나는 책가방에 《성문종합영어》나 《수학의 정석》은 빠뜨렸을지라도 생텍쥐페리가 쓴 얇은 성인 동화《어린 왕자》는 늘 넣고 다녔다. 내가 비행기 조종사가 돼야겠다고 생각한 이유는 100퍼센트 작가 생텍쥐페리 때문이었다. 그의 직업이 하늘을 나는 비행기 우편 배달부였기 때문이다. 나는 항공대 운항과를 목표로 공부했고 합격을 하면 그녀에게로 제일 먼저 걸어가고 싶었다. 그녀에게 걸어가 그녀 앞에 서서 "나중이겠지만 언젠가 내가 몰 비행기에 너를 제일 먼저 태우고 싶어!"
라고 고백하는 상상을 수없이 했다.

하지만 나는 항공대 운항과에 떨어졌다. 비행사는 물
건너간 정도도 아니고 물에 빠져 죽었다. 나는 낙오자인
나 자신에 혐오감이 들 정도로 내가 싫었다. 나는 한동안
거의 밥도 물도 먹지 않았다. 막연히 그냥 이대로 죽고 싶
다는 생각에 깊이 빠져들었다. 몸과 마음 상태가 그 모양
이니 내가 장기간 앓아눕는 게 어쩌면 당연했다.

그러니까 나는 낙향해 시골집에 있으면서 와이셔츠 곽
통에 든 엄마의 처녀 적 그 흑백사진을 보는 순간 무의식
적으로 그녀를 떠올린 것이다. 흑백사진 속 너무나 고운
엄마 얼굴과 너무나 예뻤던 그녀 얼굴이 한 사람으로 겹
쳐 보였던 것이다. 그녀를 다신 만날 수 없다는 생각까지
번지자 안 울어도 될 울음이 흘러나온 것이다. 아니, 울더
라도 진작에 멎었을 울음이었는데 내 가슴속 상실의 푸
른 불꽃이 가열돼 난 또 그렇게 속절없는 큰 울음을 터트
리고 말았던 것이다.

◆　　나는 재수해 연세대 신학과에 원서를 냈고 또 떨어졌다. 그래서 서울을 포기하고 2지망으로 대구에 있는 지방대학에 1년 장학생으로 입학했다. 대학 1학년 첫 여름방학 기간에 나는 서울로 올라가 중곡2동 그녀 집을 찾아간 적이 있었다. 상경한 목표는 그녀를 만나 보는 거였다. 한참을 망설이다가 결국은 그 집 닫힌 철문 인터폰을 눌렀다. 그날 나는 그녀를 만나지 못했다. 그녀는 지난겨울 직전에 이미 이사가 버렸다고, 당연히 이사 간 곳을 모른다고, 지금은 늙은 노부부 두 사람만이 산다면서 그 집 할머니가 뒷머리만 마냥 긁적이고 서 있는 내가 충분히 미루어 사정이 이해된다는 표정으로 말해 주었다.

◆◆　　나는 지금도 그때 장롱 위에 얹혔던 아버지 엄마의 흑백사진들이 수북이 든 와이셔츠 마분지 곽통을 가지고 있다. 상자를 바꿀까도 했지만 엄마의 손때가 묻어 있는 게 좋아 그대로 두었다. 난데없이, 뜬금없이 나를 울게 만들었던 엄마의 그 흑백사진은 내 책상 위 액자 속에 담겼다. 여전히 시들지 않는 앳된 고운 미소를 머금은 채 오른손으로 꽃빛 양산을 들고 수줍게 서 계신다.

◆◆◆　박완서 작가의《엄마의 말뚝》이란 소설에서 제시하는 신여성의 이미지와 흑백사진 속 내 엄마 처녀 적 모습은 거의 일치한

다. 하지만 엄마는 겨우 소학교만 마치셨고 서울과 거리가 아주 먼 면 단위 시골인 고향을 벗어나 산 적이 없었기에 선진 외래문물의 삶을 지향한 신여성은 결코 아니셨다.

노
란

감
꽃

-영종아! 어서 가서 니 아부지 꼭 모셔 와래이.

엄마는 나를 오사1리 뒷동산에 왕릉이 있는 교회 소속 에덴유치원에 입학시키고 난 뒤 내게 주문 한 가지가 더 늘었다. 정지(부엌)에 빈 그릇 갖다 놓거라, 점방에 가서 미원 하나 사와래이, 이거 국수방 할무니께 갖다 줘래이 따위의 간단한 심부름이 아니었다. 아버지를 찾아오라는 거였다. 찬바람이 부는 해거름 녘마다, 그것도 겨우 일곱 살 유치원생에게 말이다.

사위가 어둑해질 때까지 아버지가 귀가하지 않으면 그

건 아버지가 어딘가에 들어앉아 술을 먹고 있는 게 100퍼센트다. 아버지가 술을 꿀꺽꿀꺽 삼키면 그건 돈을 꿀꺽꿀꺽 마셔 없애는 짓이다. 돈을 버리는 행위보다 열 배는 더 나쁜 짓은 아버지가 술에 만취하면 우리 가족의 보금자리인 붉은 함석지붕 집을 시끄럽게 뒤집어 놓기 십상이라는 거다. 그래서 엄마는 오밤중 야단법석을 미연에 방지하기 위해서 개중에 똘똘한 자식을 선발해 특수 대원 파견하듯이 애저녁˙에 내보내는 것이다.

엄마는 나를 유치원에 입학시켜 준 것이 바로 이 위대한 작전에 참가시키기 위해서였다는 듯 이제는 대놓고 막내인 나만을 한데로 내보냈다. 일찍이 셋째 형이 했었고 내 위의 국민학교 2학년생인 내 바로 위 형이 하던 일이었는데 너무나 이르게 나한테 물려진 것이다.

엄마도 방안에서 돼지 새끼처럼 뒹굴고 있는 두 형을 놔두고서 굳이 가는 새 다리를 가진 나를 내보내는 까닭이 있었다. 아버지가 막내인 나를 귀여워해서다. 나도 악

●　'초저녁'의 비표준어

착같아서 한다면 하는 똑 부러진 성격이다. 한번 달라붙고 엉겨 붙으면 끝까지 착 들러붙는다. 아버지가 날 홀쳐 쫓는 손짓을 하면서 "글씨 먼저 집에 가 있으라니깐. 내 금방 뒤쫓아 갈 틴께!"라며 백번을 말해도 나는 술꾼의 말은 믿지 않는다. 내가 두 손을 옆구리에 대고 아버지를 노려보며 씩씩거린다. 당장 술자리를 털고 일어나지 않으면 바로 울음을 터트릴 것처럼 그렁그렁해진 눈으로 제비꽃처럼 작은 입술을 연신 삐죽거린다. 아버지가 배겨날 틈을 주지 않는다. 정 안되면 술집 바닥에 철퍼덕 앉아 두 다리를 짓뻗어* 대며 울음을 터뜨린다. 결국은 나는 술집에서 아버지를 끄집어낸다. 엄마나 형들보다도 내가 아버지를 술집에서 모셔 올 확률이 훨씬 더 높았다.

-어여 댕겨오너라. 우리 막내 착하지러. 니 아부지 저녁 밥상 벌써 차려 놓았다 카고, 맛있는 국 식는다고 하문서, 우짜던둥 꼭 모셔 와야 한데이.

• '뻗대다'의 비표준어

엄마는 땅거미가 지는 장터를 향해 조그만 내 잔등을 힘차게 떼밀어 보냈다. 그날은 4월 중순을 넘기고 하순에 접어든 시기였다. 진달래와 개나리며 목련꽃이 흐드러지게 폈다고 해도 겨울의 뒤끝이랄 수 있는 차가운 바람이 짙은 어둠 구석에 고여 있다가 물기를 떨어내고 날개를 달고 꼬리를 이어 붙어 나오느라 여지없이 쌀쌀한 저녁 기온이었다.

일곱 살인 나는 이미 한 달 이상 집에서 500미터쯤 떨어진 에덴유치원을 혼자 아침에 걸어가고 혼자 오후에 돌아오기를 반복해 왔다. 그래서 고무줄이 들어간 바지 속 내 두 다리는 어느 정도 걷기에 단련이 되어 있었다.

나는 장터에 떨어져 있는 나무 작대기부터 집어 들었다. 어두운 장터 속을 어슬렁거리며 걸어 다니는 개를 쫓는 데는 그만이고 작대기를 휘두르면 길고양이들도 납작 엎드린다. 엄명이고 특명을 받았다면 총은 못 들어도 막대기 하나는 들어야 제격이 아닐런가.

시장통 둥그런 장터인 공터에 괴괴하게 고인 어둠 속

으로 잠겨 들어가면서도 나는 가벼운 한숨을 거푸 내쉬
었다. 어린아이긴 하지만 엄마한테 따뜻한 저녁밥 한 끼
얻어먹기가 이리 힘든 일이고 보면 앞으로 세상 살아가
기가 만만치 않을 거라는 게 느껴져서다.

그 당시 나는 우리 아버지가 도무지 이해가 안 됐다. 울
아버지는 키는 평균보다 작지만 가슴팍이 갑옷을 입은
것처럼 딴딴하고 웬만한 사람 허벅지 같은 거대한 알통
이 달린 힘센 두 팔을 가지셨다. 천하장사는 아닐지라도
'함창장사'로 불렸다.

그런 별칭이 생겨난 까닭이 있다. 4-5년 전 함창에서
단옷날이 제대로 치러졌다. 그 행사 중에 장터 중앙에 모
래를 잔뜩 부어 씨름판을 만들어 놓고 면민 씨름대회가
열린 것이다. 그때 나는 어려서 포대기를 한 엄마 등에 업
혀 잠만 쿨쿨 잤다는데, 엄마와 형 셋은 웃통을 벗어젖히
고 비장한 표정으로 허리에 샅바를 단단히 둘러 묶는 아
버지를 목청 높여 응원했다고 한다.

면 단위 대회라 등수에 들면 상품이 어마어마했다. 1등이 커다란 황소, 2등이 새끼를 뺄 수 있는 중간 크기의 암소, 3등이 송아지였다. 그래서 함창면에서 내로라하는 힘센 어른들이 20여 명이나 선수로 출전했다. 준결승까지는 지면 그대로 떨어지는 게 경기 규칙이었다. 준결승은 3판 2승제, 결승전은 5판 3승제!

당시 황소는 땅 다음가는 큰 재산이었다. 황소는 당연히 내 몫이라고 나선 장정들은 하나같이 들보처럼 키가 컸다. 덩치도 일반 어른 갑절 이상으로 컸다. 힘깨나 쓴다는 장정들이 모두 나섰고 내가 소싯적에 씨름판 모래 좀 안 흩날렸더냐, 하는 씨름꾼들이 모두 나섰으니 구경도 이런 큰 구경거리가 없었다. 족히 면민 절반은 되는 구경꾼들이 씨름장을 에워쌌을 만큼 바글바글했다. 그 모래밭에 우람한 장딴지를 드러내고 서 있는 사람들 중 아버지는 상대 선수들에 비해 키며 체구가 확실히 작아 보였다고 한다.

길게 얘기할 것 없이 결론을 말하자면 아버지는 그 대

회에서 준결승전까지 올라갔다. 1등을 한 떡대의 체구에 다가 전문 씨름꾼인 이한테는 패했고 3등, 4등을 겨루는 승부에서는 이겼다. 20여 명의 선수들 중 아버지가 3등을 하신 것이다. 그래서 가족 전체며 이웃사람들까지 좋아 펄쩍펄쩍거렸고 잘생긴 송아지를 상품으로 받았다.

키 큰 선수들은 긴 다리와 유연한 허리를 이용한 배지기와 들배지기 기술을 주로 썼다. 상대 선수에 비해 한 자나 키가 작은 아버지도 주 기술이 있었다. 아버지는 마이크 타이슨처럼 짧고 굵은 목과 강력한 허릿심이 있었다. 심판이 호루라기를 불어 젖히는 순간 머리를 물소 뿔 삼아 무조건 상대방 가슴팍 밑으로 파고들었다. 양 샅바를 두 손으로 힘껏 끌어당기면서 상대방 옆구리며 가슴팍 밑으로 머리를 짓이겨 넣는 것이다. 그리고는 사슴벌레가 상대를 간단히 뒤집어 버리듯이 강한 허리와 목 근육 힘을 이용해 거구들을 차례차례 뒤집어 버린 것이다. 이른바 키 작은 사람이 키 큰 선수를 모래판에 나뒹굴게 하는 화려한 뒤집기 기술이었다(씨름선수 이승삼의 전문 기술이기도 하다). 아버지는 시종일관 이 뒤집기 기술 하나로 송아지를 붉은 함석지붕 집으로 끌고 왔다. 그만큼 우리 아버지가 힘이 세고 장사란 뜻이다.

나도 언젠가 술자리에서 아버지가 일어나기를 기다리며 아버지가 친구들에게 말씀하시는 것을 들은 적이 있다. 아버지 본인은 상대방이 아니라 자신의 주먹이 무서워서 싸우지 않는다고 했다. 왜냐? 주먹으로 상대방 얼굴을 치면 두부처럼 부서질 것 같고 상대방 가슴팍을 치면 곧장 주먹이 문풍지 뚫듯 가슴팍을 뚫을 것 같아서 싸움을 안 한다는 거다. 한마디로 사람 죽일까 싶어, 감옥 갈까 싶어서 처음부터 아예 싸울 맘을 내지 않는다는 것인데, 일리 있는 말씀이시다. 나는 함창장사, 혹자는 '장터장사'라 부르는 아버지가 남과 주먹질을 하며 싸우시는 것을 한 번도 본 적이 없었다. 술자리서 아버지한테 시비를 거는 사람 자체가 아예 없었다.

아버지는 술이 안 들어갔을 때는 거의 말을 하지 않을

만큼 상당히 과묵한 성격이시다. 그러니까 전형적인 경상도 사내 하고도 그중에서도 마초가 바로 울 아버지시다. 낮 동안 내 아버지는 그렇게 성실하게 열심히 일하실 수가 없다. 뭐든지 번쩍번쩍 들어 이쪽저쪽으로 순식간에 옮겼다. 엄마와 함께 뽕나무가 자라는 산기슭의 사래 긴 밭을 가실라치면 진짜로 쟁기를 끄는 소 한 마리가 가는 것보다 빨랐다. 삽질 하나로만 순식간에 물이 흘러가게 하는 우묵한 골과 채소 씨앗을 심는 흙 두덩을 넓게 만들어 버린다. 그즈음에 북한에선 '1,000삽 뜨고 허리 펴기!' 운동을 했다는데 만약 김일성이 그때 남쪽의 시골 함창에 있는 우리 아버지를 알았다면 아버지에게 영웅 호칭과 함께 훈장을 달아 주고 롤 모델로 모셔 갔을 게다.

그런데 말이다. 낮 동안 이처럼 근면 성실하기 이를 데 없는 양반이 밤만 되면 변한다. 드라큘라 피가 흘러서인가. 늦은 오후가 되고 땅기운이 어스럼하게 변하면 몸속에 숨어 있던 야수(野獸)가 되살아나는 듯 집 안에 가만히 앉아 있지를 못하신다. 물론 하루 노동이 격하고 고된 탓에 막걸리 한 사발 정도 들이켜 피곤을 씻고 뭉쳐진 근육을 풀어 주기 위해서라고 한다면야 충분히 이해가 가지만, 문제는 한 잔 두 잔이 아니라는 거다. 아버지가 술자리에 앉으면 여지없이 방앗간 떡 기계처럼 발동이 걸린다. 주막에 있는 술독이 다 비어서야 끄으윽! 긴 트림을 하며 비틀비틀 일어서신다는 거다.

그래서 울 엄마도 갖은 방법을 다 동원해 봤다. 아버지가 초저녁에 술집에 못 가시도록 찬장에 숨겨 둔 아끼는 꿀로 꿀물을 타 드린다, 어깨를 주물러 드린다, 고깃국을 끓여 드린다, 코맹맹맹 소리도 내면서 별별 아양을 다 떨어 본다. 하지만 땅거미가 지면 어둠 속에 고여 있는 온 세상 술 냄새가 진하게 풍긴다, 그 술이 《삼국지》 장비의 운명을 타고난 불세출의 나를 부른다며 기어이 떨쳐 일어나 집 밖으로 나가고 마는 식이어서 엄마 힘으로는 도저히 아버지를 가로막을 방법이 없었다. 그 집녀의 엄마도 결국은 포기하고 말았다.

다시 말하지만 낮의 내 아버지는 점잖기 짝이 없으시

다. 자식들이 장난질 치다가 우당탕탕 문살을 부숴 버렸다고 해도 말없이 망치와 톱이 있는 창고 안으로 걸어가실 뿐, 호통치거나 나무라신 적이 없다. 아내가 따라다니며 이것저것을 손가락질로 시켜도 군소리 없이 하시고. 잔소리를 따발총으로 쏜다 해도 근육이 방탄복인 듯 역정 내시는 것을 거의 본 적이 없다. 하지만 밤의 내 아버지는 전혀 달라진다. 마치 '지킬 박사와 하이드'처럼 내 안에 나도 모르는 다른 사람이 산다는 식이다. 낮과는 완전히 다른 폭력적인 사람으로 변해 눈에 걸리기라도 하면 그 큰 주먹을 허공에 빙빙 돌리고 버럭버럭 소리를 내지르신다. 아무리 그 주먹으로 내리치진 않는다고 해도 대단히 위협적이다.

그러니까 당시 일곱 살 사내아이였던 나는 이 두 종류의 사람이 모두 한 사람이란 게 이상했다. 그것도 다른 집 아버지가 아닌 바로 내 아버지라는 것이 혼란스러웠다. 하지만 나는 붉은 함석지붕 집 막내이다. 세상의 모든 막내들은 귀여움이라는 타고난 무기가 있다. 그리고 콧소리를 섞어 내며 앙증맞게 떼를 써 대기 위해 자동으로 흔들리는 조그만 엉덩이 두 짝이 허리 뒤, 밑에 달렸다. 강력한 눈물 글썽거림 무기까지 있다. 나는 지금 그 무기를 온몸에 장착하고서는 술집에 들어앉아 있을 내 아버지를 체포하러 가는 것이다.

아버지가 주로 드나드시는 장터 술집은 총 일곱 군데다. 함창읍 시장통은 독수리가 하늘에서 내려다본다면 눈사람이 엎어져 코가 깨져 있는 모양새다. 머리 쪽 작은 공터 근처에 우리 집이 붙어 있고 눈사람 몸에 단추를 달면 첫 단추가 달리는 자리에 간판 없이 홍등 하나만이 문 입구에 걸린 맥줏집이 있다.

지폐 없으면 얼씬도 마세요, 식으로 그 집은 담벼락이 높게 처졌다. 외관상 편편한 옥상이 있는 신식 1층 타일이 박힌 외벽집인데 밤만 되면 젓가락 두들기는 소리와 가수 이미자 노래가 젊은 여자의 간드러지는 목소리로 줄기차게도 흘러나왔다. 껄껄거리는 사내들의 너털웃음

소리며 코맹맹이 여자의 애살스러운 목소리가 도랑까지 흘러내려 근처 일대가 분홍빛으로 질펀해질 정도이다.

거리상 우리 집과 가장 가까운 이 맥줏집은 수십 개는 족히 될 함창면의 모든 술집 가운데 가장 비싼 집이다. 이 집은 막걸리나 소주 따위는 격에 안 맞는다고 아예 취급도 하지 않는다. 오직 황금빛 맥주만 판다는 자부심과 함께 무엇보다도 알록달록한 한복을 입은 여자들이 비단 방석을 내주고 갖은 시중을 다 들어 준다. 그렇기에 술자리가 파한 뒤 술손님이 셈을 치를 때 웬만한 남자 허리가 활시위처럼 휘다 못해 아예 펴지지 않았다고 알려졌을 만큼 비싼 곳이다.

나는 아버지가 이 맥줏집에 들어앉은 것을 이때껏 딱 두 번만 봤다. 한번은 우리 집 뒷마당 외채가 명주실을 뽑는 가내 잠사공장인데 두어 달에 한 번씩 대구에서 내려오는 장사치와 흥정을 해 그동안 뽑은 명주 실타래 묶음 전부를 팔았다. 명주 실타래 묶음은 열 개 들이 곶감 열 줄을 쌓아 올린 한 접 크기인데, 아무튼 아버지는 명주 거래 가격이 올라 생각 이상으로 목돈을 거머쥐었을 때 그 기쁨을 참지 못하고 기분을 한껏 고양시키기 위해서 이 맥줏집 안으로 성큼성큼 걸어 들어가신 것이다.

또 한번은 우시장의 대빵이라고 할 수 있는 소 장사 친구가 한날 구전을 아주 많이 벌었다 해서 한턱 제대로 쏘겠다며 아버지를 데불고˚ 들어갔다. 그날 맥줏집 아가씨들은 함창장사 드디어 납셨다고 난리가 났다. 아버지 양쪽으로 두 명의 작부가(이런 말 해도 될까 모르겠는데 작부는 작부니까 그 호칭을 쓰겠다) 착 들러붙어 앉아서는 아버지 팔뚝 근육과 우람한 가슴팍을 매만지면서 찹쌀떡 가루 같은 분 냄새를 풍겼다. 그날 밤 작부는 붉은 루주 칠한 동백 아가씨가 되어 가수 이미자의 〈동백 아가씨〉를 불렀고 연이어 〈섬마을 선생님〉까지 불러 젖혔다는데, 그날따라 얼마나 구성지게 잘 불러 댔는지 지게 지고 지나가던 촌부들은 너 나 할 것 없이 지게를 세워 놓고 담벼락에 등 기대고 앉아 곰방대 담배 연기를 뻑뻑 뿜어내며

˚ '데리다'의 사투리

생음악을 귀 기울여 들었단다.

그래서 엄마는 다른 술집은 모르겠지만 아버지가 맥줏집에서 돌아왔을 적에는 양팔을 걷어붙이고 이판사판으로 덤벼드신다. 그렇다고 아버지가 아무리 술이 취했다한들 절대 그 큰 주먹으로 엄마를 내려치진 않는다. 한 대친다면 영락없이 감옥행이다. 감옥도 감옥이지만 아내 없는 홀아비로 살기는 싫지 않으시겠는가. 더군다나 주렁주렁 달린 애새끼들에게 엄마를 빼앗아 하늘 위로 축포처럼 쏘아 올릴 수는 없는 노릇이다. 그 대신 아버지는 천둥 같은 고함을 내지르거나 막판에 엄마 어깨를 밀쳐 방구석에 처박히게 하는 것으로 상황을 종료시킨다. 경우에 따라서는 싸구려 양철로 만든 접이식 밥상을 원반처럼 창밖으로 가볍게 던져 버린다.

그리고 이건 엄마가 만취한 아버지의 주사 중 가장 진저리치는 것인데, 아버지는 쪼잔하기 짝이 없게스리 낮에 들었던 엄마 잔소리 한 소절을 기억하고 있다가 그

것이 옳으니 그르니를 명확하게 따지고 드는 거다. 그때 울 아버지가 가장 즐겨 쓰는 말이 '도의적으로 볼 때!'와 '법적으로 볼 때!'다. 엄마가 "그래요. 나 졌소. 당신 말씀이 지당하고도 백번 지당하신 말씀이우!" 하고 인정을 하면 시시콜콜 따지는 시간이 줄어들지만, 엄마가 토라져 입을 앙다물고 돌아앉아 있으면 엄마를 꿇어앉혀서라도 한두 시간은 거뜬히 시시비비를 가려 대시는 거다. 한마디로 막걸리 트림 뻑뻑 뿜어 대며 엄마 귀청에다가 쩌렁쩌렁한 융단폭격식의 잔소리를 가하는 것이다. 그래서 아버지가 고주망태로 귀가했을 때는 식구들은 도망치기 바빴다. 일단 자식이고 마누라고 간에 아버지 눈에 안 띄는 것이 상책이기 때문이다.

"이 우라질 것들이 전부 다 어디 갔어?" 하고 알코올로 충혈된 두 눈을 벌겋게 흡뜬 아버지가 집 안에 달린 문이라면 전부 다 열어젖히면서 찾아다니는 게 습관적인 주사다. 숨바꼭질이다. 그러다가 술래인 아버지가 못 찾아내면 쩝쩝, 끄윽 끅, 빈 입맛 다시는 소리와 막걸리 트림을 연신 내뿜어 대고 오크통만 한 커다란 배를 보물인 양 두 손바닥으로 쓱쓱 번갈아 쓰다듬으면서 안방으로 걸어 들어간다.

이로써 고독한 사나이로서 하루를 멋지게 살아 냈구나! 하듯이 엄마가 미리 펴 놓은 이부자리 위로 쓰러진다. 클린트 이스트우드가 쏜 총에 맞듯이 나뒹굴어지신다. 비로소 붉은 함석지붕 집 안의 불온한 공기가 평화롭게 내려앉으며 고요해지는 것이다. 이 일련의 과정이 전형적인 아버지 주사 패턴이다.

물론 이부자리에 나가떨어지기 직전일지라도 아버지가 술에 덜 취하셨다면 엄마가 미리 봐 놓은 밥상에서 신문지를 걷어 내던진다. 그리고는 밥 한 덩이를 식은 국에 통째로 붓고 숟가락으로 쿡쿡 으깬다. 그다음 좀팽이스런 숟갈질이 아니라 단술 마시듯 단숨에 들이켜 버리고 물 한 사발마저 들이켠 뒤 이부자리 위로 벌렁 드러누워 버리신다. 그리고는 몇 번 정도 겨울잠을 자기 직전의 커다란 곰처럼 좌우로 뒹굴뒹굴거리면서 "지미!(지어미의

줄임말로 아버지는 엄마를 그렇게 불렀다.) 지미 어딨나……?"
를 두어 번 읊조리다가 이내 음냐 음냐, 드러렁 드러렁,
드러렁 쿨쿨, 푸웃 푸우, 드륵 드르륵, 드렁 드러렁! 붉은
함석지붕이 들썩거려질 정도로 코를 크게 골면서 깊은
잠에 빠지신다. 그 뒤의 아버지는 그제야 방안으로 들어
온 엄마가 설령 발로 걷어찬다 해도 꿈쩍도 하지 않는 나
무둥치 같은 잠이다.

아버지의 주사 패턴이 이럴진대 당연히 식구들의 대처
법이 있다. 아버지가 붉은 함석집 나무 대문을 쾅! 하고
발로 차는 그 순간이 바로 100미터 출발을 알리는 총소
리다. 안방 벽에 기대 졸던 엄마는 번개처럼 일어나 부엌
문을 열고 컴컴한 뒷마당 속으로 연기처럼 사라지고, 건
넌방에서 서로의 배 위에 다리를 쳐올리고 자던 나와 위
의 두 형은 이미 야간 급습에 단련되어 있다. 순식간에
돼지 새끼 세 마리처럼 후닥닥 커다란 창문을 통해 바깥
으로 뛰어내려 쏘옥 숨어 버리는 것이다. 그러니까 아버
지의 술주정에 이골이 난 엄마와 우리 자식들은 밤이 늦

도록 아버지가 귀가하지 않으면 '오늘 밤이 바로 그날인가?' 해서 아예 평상복을 입은 채로 졸거나 잤다. 우리 형제들은 일찌감치 창문 밖 굴뚝 뒤에다가 자기 신발을 가져다 놓을 정도였다. 문제는 이런 사단이 초저녁 정도에 난다면 감사하기가 짝이 없지만 이 야단법석 소동이 오밤중인 자정 전후로 난다는 것이다.

그러니까 초저녁에 함창 장터 구석진 곳곳에 흩어진 주막집이며 소줏집, 선술집을 훑는 나의 임무는 오밤중에 터지는 6·25와 버금가는 난리를 미리 차단하는 거다. 자다가 커다란 벽 창문을 열고 미친 애처럼 뛰어내릴래? 아니면 다리가 좀 아프고 귀찮긴 하지만 해거름 녘 시간에 함창 장터 한 바퀴를 산책하듯이 돌래? 선택하라면 나는 주저 없이 후자다. 문제는 확인된 용의자를 신속히 발견해서는 오랏줄에 묶어 함석지붕 집으로 압송하는 것일진대, 그것이 어둠에 잠긴 함창 장터를 비장한 표정으로 한 바퀴 빙 돌아야 하는 어린 순례자인 나의 슬픔이고 고민이었다.

내가 늘 첫 번째로 확인하게 되는 맥줏집엔 아버지가 역시나 안 계셨다. 아버지가 머저리도 숙맥도 아닌 담에야 주머니 싹싹 털리기 십상인 곳을 뭐한다고 들어가시겠는가. 아버지가 그 술집 안에 계시냐 안 계시냐는 굳이 술집 미닫이문을 드르륵 열어 보거나 그 입구에 서서 귀를 쫑긋하게 대고 들을 필요가 없다. 아버지는 외출할 때 부관처럼 자전거를 늘 대동하고 다니신다. 그러니까 아버지가 늘상 타고 다니는 허름한 자전거가 어떤 술집 앞에 세워져 있느냐 없느냐로 그 술집 안에 있다, 없다는 쉽사리 판별이 난다.

노새처럼 늙은 아버지 자전거는 어둠 속에 한껏 위장되어 있어도 나는 쉽게 알아챌 수가 있다. 엉덩이 깔판인 청색 안장이 에나멜 칠이 다 벗겨져 거의 회색에 가깝다. 또한 오른편 핸들 중심에는 산모가 젖을 짜는 유착기 모양의 주황색 고무공이 달렸다. 자전거를 타고 가는데 누가 앞에서 걸구치기라도* 하면 아버지는 그걸 한 손으로

---

* '걸리적거리다'의 사투리

조몰락거린다. 그러면 '뿌잉 뿌잉!' 하는 톤이 높은 기이한 경고음을 내뿜는다.

그 두 가지 특이점만으로도 술집 앞에 자전거가 열 대, 스무 대가 서 있다고 한들 나는 단번에 구별해 낼 수가 있다.

나는 두 번째 술집인 5일마다 포목점이 서는 구역에 있는 선술집 앞에서도 아버지 자전거를 찾아내지 못했다. 장이 설 때마다 백설기를 쪄 썰어 팔고 가락국수나 잔치국수를 말아 주는 먹거리 천막이 서는 곳 근처인, 세 번째 고기구이집에도 아버지가 없다. 네 번째 술집은 시장통에서 언덕바지 함창장로교회로 오르는 높다란 층계 어귀쯤에 있는 야리꾸리한 소줏집인데, 흠! 거기도 안 계셨다. 하지만 어린 밤의 순례자는 실망하지 않는다. 반드시 아버지를 찾아내 엄마한테 끌고 가야 하는 신성한 임무를 부여받았기에 나는 꿋꿋하고도 씩씩하게 몸을 반대편으로 돌려 잰걸음을 재촉한다.

다섯 번째, 큼지막한 간판이 이마빡에 달린 김포소줏

집은 강아지와 토끼, 염소를 팔고 살 수 있는 가축시장 근처에 있다. 식당인데 주메뉴는 순댓국과 선짓국이다. 어쩔 수 없이 사나이가 되야만 하는 과중한 운명을 타고난 이 땅의 남자 어른들이 선짓국을 푹푹 떠먹으면서 내일 지구가 끝장난다 해도 반드시 곁들여야만 하는 소주 한 잔을 절대 피할 수가 없는 곳. 게다가 돼지 간과 순대를 플라스틱 접시에 수북하게 담아냈기에 '김포소줏집'은 저녁 한 끼와 술을 한꺼번에 해결하려는 사람들로 해서 언제나 식당 안이 만원이었다.

흐으음! 그 음식점에도 아버지는 안 계셨다. 다음이 돗질 냇가로 가는 야트막한 고개가 있는 오사리 입구. 내가 매일 오가는 유치원 길이기도 한데, 꼬리처럼 내려온 산기슭 슬레이트집 뒤편에 키 큰 대나무가 잔뜩 우거져 있어 대나무집이라고 불리는 선술집이다. 타박타박 소리까지 나던 내 발걸음이 그 집 앞까지 다다랐다. 어랍쇼! 여섯 번째 술집인데도 아버지가 안 계셨다. 이거 이거 이러면 곤란해지는데!

그제야 나는 표정이 심각해졌다. 내가 아는 마지막 남은 술집이 태봉으로 가는 어귀에 있는 성수약국 맞은편에 위치한 포천막걸리집이다. 나는 50여 미터 떨어져 있는 그 포천집을 향해 걸어가면서 급격하게 다리가 아파져 왔다. 물론 그 포천집 앞에 늙은 노새 같은 아버지 자전거가 서 있기만 한다면야 금세 싸악 씻은 듯 나을 종아리 피곤이고 아픔일 테지만, 만약 그곳에마저 안 계신다면 나는 그 집 앞에서 힘이 빠져 땅바닥에 자빠뜨려진 굴렁쇠처럼 쪼그려 앉을 수밖에 없다.

초저녁에 막대기를 든 어린아이가 혼자 걸어가는 것을 본 적이 있는가. 일곱 살 아이가 괴괴한 어둠이 고인 시장통 한 바퀴를 완전히 돈다는 것은 지구 한 바퀴를 도는 일이다. 아버지를 금방 찾아서 포박해 끌고 가듯이 앞세우고 나는 자전거 뒷자석에 올라타 집으로 가는 길은 그야말로 개선장군의 귀향길 같겠지만, 만약 아버지 그림자조차 찾지 못하고 이대로 돌아가야 한다면 그 걸음은 털레털레 개털 날릴 수밖에 없다. 그야말로 비루먹은 강아지 꼴로 작은 어깨를 축 늘어뜨리고 쇠불알처럼 머리를 무겁게 떨군 채 비칠비칠 붉은 함석지붕 집 대문을 밀고 어기적어기적 걸어 들어갈 수밖에 없는 것이다.

비, 빌어먹을!

젠장맞을!

쪼끄맣고 어린 사내아이였지만, 나는 내가 아는 마지막 술집인 포천집 앞에도 아버지 자전거가 세워져 있지 않다는 것을 확인한 그 순간 동물 새끼를 불러 댈 수밖에 없었다. 너무나 분해 작은 발로 지구를 연신 차며 씨근덕거렸다. 소새끼, 말새끼, 고양이새끼, 기린새끼, 낙타새끼, 표범새끼, 곰새끼, 개새끼······ 내가 아는 동물 새끼란 새끼는 다 그 집 앞에서 불러 젖혔다. 아버지가 시장통의 일곱 술집에 안 계신다는 것은 뭘 의미하는가? 딱 두 가지 경우뿐이다.

아버지는 돈을 지불하는 장삿집이 아니고 지금 친구 집에서 술을 마시고 계신다는 것. 그것도 아니라면 아버지는 내 작은 보폭은 엄두도 못 낼 만큼 자전거 페달을 힘차게 밟아야 갈 수 있는 아주 먼 거리에 위치한 술집, 이를테면 상지여상 위 점촌으로 가는 곳에 있는 황소고개 주막집 같은 곳이나 강을 넘어 풍양의 술집에 앉아 있는 거다. 나는 거기까지는 때려죽여도 못 간다. 시장통이 아니라 그런 아주 외곽에 위치한 술집은 술판보다는 노름판을 벌이는 곳이다. 만약 아버지가 거기 계신다면 아버지는 술만 들이켜는 게 아니라 일명 섰다나 짓고땡을 하며 화투 패를 쪼으고˙ 있을 가능성이 농후하다.

원래 화투판이란 게 그렇지 않은가. 처음에는 재미로 작게 시작해도 나중에는 소까지 잡아먹을 정도로 창대해지는 법. 근데 우리 아버지는 따기보다는 늘 잃는 쪽이다. 송아지를 상품으로 탄 씨름 장사가 어디 뱁새 같은 가는 실눈을 뜨고 이쪽저쪽으로 침 같은 웃음을 실실 흘리는 얍삽한 노름꾼들을 이기겠는가. 그들은 손바닥 안에서 패를 바꾸는 족속들이다.

어쨌거나 그날은 아버지가 내 영역을 벗어났다. 내가

● '죄다'의 비표준어로 노름 따위에서 마음을 졸이며 패를 보는 행동

아버지 친구 집들을 다 알리도 만무하고 내 두 다리를 아버지 자전거에 견준다는 건 택도 없는 짓이다. 늙었다고는 하나 시도 때도 없이 체인이며 페달에 기름밥을 먹은 아버지 자전거는 성능 하나만큼은 기가 막히다. 나는 아버지의 자전거가 품은 우주만 한 영역을 도저히 당해 낼 도리가 없다. 나는 허탕을 치고 함석집으로 귀환했다.

그날 밤이었다. 오밤중에 나는 엄마 품에 답삭 안겨 어딘가로 날아갔다. 엄마는 뒷마당 컴컴한 장독대, 커다란 장독 뒤에 나를 안은 채 쪼그려 앉아 숨었던 것이다. 그 밤 자정을 훨씬 넘겨 아버지가 귀가했다. 아버지는 예외 없이 만취했고 붉은 함석지붕 집 안에 히로시마와 나가사키에 떨어진 원자폭탄을 가볍게 터뜨리셨다.

그날 초저녁 내가 집으로 돌아왔을 때 두 형과 엄마는 이미 저녁 식사를 마친 뒤였다. 엄마는 성과 없이 돌아온 내게 진수성찬을 차려 줬을 리는 만무하고, 개다리소반에 차린 밥상을 깊은 한숨과 함께 내 무릎 밑에다가 들이

밀었다. 엄마는 역시나 호인이다. 반찬이 멸치뿐이긴 해도 밥을 주긴 줘서 엄마고 엄마 자격이 있다.

하지만 돼지 새끼처럼 피둥피둥 살이 찐 내 위, 두 형들은 내 가는 종아리가 극도의 피곤에 절어 퍼런 실정맥이 푸들푸들 떨리는 줄도 모르고 나를 비난했다. 아버지도 못 찾았으면서 뭐 이렇게 늦게 돌아왔냐고 대놓고 나무랐다. 내 바로 위의 형은 너 어디서 그냥 놀다가 온 게 아니냐며 엄마를 연신 쳐다보면서 사람을 모함했다. 정말이지 긴 칼이라도 내 손에 쥐어져 있다면 나는 주저 없이 두 형의 모가지를 베었을 것이다. 총이라도 있었다면 이마빡에다가 대고 단숨에 쏴 버렸을 테지만, 너무나 분하게도 어린 나에겐 그것들이 없었다.

나는 그저 식은 된장국에 밥을 쿡쿡 말아 떠먹었다. 몸집 좋은 형들에게 악다구니를 써 댔다간 엄마가 부엌으로 나간 사이 형들이 앙틀어쥔 주먹으로 내 머리통을 여지없이 쥐어박아 댈 것이다. 그것을 너무나 잘 알기에 나는 밤의 지구를 한 바퀴 돌아온 어린 순례자로서 모든 것

을 용서하겠다는 심정으로 꿋꿋이, 그러나 정작은 허겁
지겁 뱃가죽과 등딱지가 붙어 버린 내 불쌍한 배를 위해
서 밥풀 하나 남기지 않고 사발을 싸악 비워 냈다.

순례의 수확물인 아버지를 잡아 오지 못하고 빈손으로
돌아왔기에 나는 열 배나 더 피곤했다. 그래서 밥 먹고 뜨
뜻한 아랫목과 이불의 부드러움이 내 다리에 닿자 곧장
안방에 모로 쓰러져 잠이 들어 버렸다.

사실 난 아버지가 겁나지 않았다. 나는 이 집의 막내아
들이고 겨우 일곱 살 어린아이에 불과하기에 아버지가
아무리 오밤중에 온몸 가득 술을 채우고 북한 공산당처
럼 쳐들어온다고 해도 나까지 피난 갈 필요는 없었다. 내
가 몇 번 후닥닥 창문 밖으로 튀어 달아나 준 것은 형들
을 쫓아 그리했던 것이고 내가 너무나 의연해 형들을 무
안케 하지 않고자 하는 깊은 뜻이 있었다.

그렇지 않은가. 아무리 만취한 아버지라 할지라도 막
내아들을 못 알아보진 않는다. 설령 제아무리 쥐어박고
싶어하실지라도 내 몸 그 어디에 쥐어박힐 곳이 붙어 있

겠는가. 내 뼈는 새 다리처럼 가늘고 부드러워서 아버지의 우악스런 주먹과 손바닥이 닿기만 해도 곧장 부러질 것이다. "아부지! 오셨어요?" 하고 작은 엉덩이를 삐죽 뒤로 내밀면서 귀가하는 아버지께 허리 굽혀 인사도 잘 하고. "아부지는 땡크도 들 수 있것나?" 하는 애살맞은 질문도 곧잘 해 대기에 아버지는 내 머리를 수없이 쓰다듬은 적은 있지만 어떠한 경우에도 내 머리통을 쥐어박은 적은 없었다.

하지만 엄마는 내가 아니다. 성인인 엄마는 아버지가 나무 대문을 뺑! 하고 차 집 안으로 들어오시자 거의 본능적으로 안방에서 누워 자는 나를 안아 들었다. 그리고 황급히 뒷마당 담벼락 아래 장독대 뒤로 가서 자라목을 한 채 쪼그려 앉으신 것이다. 물론 그 통에 나는 완전히 잠을 깼다.

아버지 목소리가 집 안에서 쩌렁쩌렁하게 울렸다. 집 안 곳곳에서 전차 굴러가는 소리를 내며 "어딨어? 이것들 다 어디 간 거여?" 하다가 큰 소리로 "지미! 지미!" 하면서 엄마를 연신 불러 댔다. 아버지가 마루 밑 신발을 꿰어 신고는 닫힌 창고 문은 여는 소리가 장독대 뒤까지 들려왔다. 아버지는 뒷마당 외채인 잠사공장 문까지 열어젖힐 때가 더러 있긴 하지만 장독대 근처까지 오지는 않는다. 그렇지 않은가. 장독대에 크고 작은 장독들만 빼곡히 놓여 있을 뿐이지 멀쩡한 사람이 거기 들어 있을 리가 있겠나! 해서였다. 그런데 오늘따라 만취한 아버지가 잠사공장 문을 열어젖혀서는 한참을 들여다본 뒤 비틀거리면서 장독대 근처까지 걸어오시는 것이 아닌가.

나를 안고 있는 엄마 목과 어깨가 커다란 장독 뒤에서 한껏 움츠러들었다. 엄마 품에 안긴 내가 짜부라질 정도였다. 숨까지 막혀 내가 가늘게 긴 한숨을 내쉬자 엄마가 "쉿! 조금만 참으래이!" 하고 내 귓가에 대고 별빛 묻은 소리를 흘려 넣어 주었다. 그제야 나는 한 손으로 내 입을 틀어막았다. 장독대 앞까지 걸어온 아버지는 장독대 뒤까지는 살펴보지 않았다. 그냥 그 앞에 서서 짧은 목을 한껏 빼 들고는 전체를 일별하듯이 두어 번 두리번거리더

니 다시 본채로 들어가는 봉당 길 안으로 걸어 사라지셨
다. 그리고 잠시 후, 뒷마당 쪽으로 나 있는 안방 창호지
창문을 통해 아버지가 엄마가 미리 깔아 놓은 이부자리
위로 쓰러져 우당탕탕 나뒹구는 소리가 들려왔다.

―히유, 이젠 됐꾸마!

엄마가 무릎 위에서 두 손으로 자신의 한쪽 팔을 꼬옥
붙들고 몸이 반쯤 접힌 자세로 누워 본인 얼굴을 올려다
보는 나를 내려다보았다. 엄마는 빙긋한 웃음을 머금으
셨다.

그 순간이었다. 담벼락에 붙어 서 있던 커다란 감나무
가지에서 노란 감꽃이 투둑, 투두둑 소리를 내며 땅바닥
에 떨어져 내렸다. 장독 두껑 위에서는 튀어 몇 번의 제비
돌기를 한 뒤 떨어졌다. 내가 달빛 어린 엄마 미소를 봤기
때문일까. 갑자기 알싸한 노란 감꽃 향이 내 작은 콧구멍
속으로 가득히 풍겨 왔다. 엄마의 따스한 품속으로 나는
더 파고들었다. 엄마가 내뿜는 가는 숨소리와 엄마 심장

이 뛰는 소리가 내 작은 몸 가득 스며들고 묻어났다.

　나는 낮엔 거의 맡아 본 적이 없었던 감꽃 향기가 그 깊은 밤 가득 산지사방 퍼져 하늘 위로 날아오르는 것을 느꼈다. 그 향기에 알싸한 달짝지근함이 배어 있었다. 다시 감꽃이 주변에 후드득 떨어져 내렸고, 이윽고 나는 작은 손으로 갑자기 내 눈두덩이를 문질러 대며 훌쩍거리기 시작했다.

　-왜? 왜 갑자기 우냐?

　-방금…… 감꽃이 내 이마에 떨……어졌어.

　나는 손가락으로 내 이마를 가리켰다.

　-그랴? 그래서 감꽃에 요기가 맞으니까 요 이마가 꿀밤 맞은 것 맨쿠롬 아팠어?

　-……응.

　나는 애살맞게 엄마의 부드러운 품에 내 뺨을 수없이 부비고 떨구었다. 엄마는 천상 막내 짓을 하는 그런 나를 더욱 살갑고도 포근하게 가슴에 안아 주셨다. 물론 나는 그때 진짜로 내 머리통이 떨어지는 감꽃에 연달아 맞았다. 엄마가 다른 곳을 쳐다보는 사이 엄마 무릎 위에 누워 안긴 나는 높은 허공에서 뚝 떨어지는 탱글탱글한 노란 감꽃에 분명히 이마가 맞기는 했다. 하지만 하나도 안 아팠다.

갑자기 내 눈에서 눈물이 났던 까닭은 장독 밑바닥 가까이 놓여 있는 엄마의 푸른 맨발 하나를 봤기 때문이다. 비록 겨울밤은 아니라 해도 발목까지 덮은 얇은 포플린 치마 밑으로 삐져나온 엄마의 맨발 하나가 너무나 추워 보였다. 그래서 나는 갑자기 눈물이 났던 것이다.

커다란 감나무는 그 밤이 마치 감꽃 추방하는 밤이기라도 한 듯 수없이 많은 감꽃을 땅바닥에 떨구었다. 그 오밤중에 탱글탱글한 감꽃이 도토리 떨어지는 소리를 내면서 한 몸이 되어 앉아 있는 엄마와 내 근처로 수없이 떨어져 내렸다.

◆   우리 형제들은 만취한 아버지가 귀가하실 때마다 그 함석 지붕 집 뒷마당 장독대 커다란 장독 뒤로 맨발로 달려가서는 쪼그려 앉아 숨은 기억들을 저마다 가지고 있었다. 우리 엄마 또한 주 피난처가 바로 붉은 고추와 숯, 메주가 뜬 간장을 담은 그 커다란 장독 뒤였다.

◆ ◆   나는 어른이 되고 나서야 만취하신 내 아버지가 본인 식구들이 숨는 곳이 장독대 커다란 장독 뒤였음을 모르셨을 리는 결코 없다는 생각이 들었다. 아무리 술에 취하셨다고는 하나 장독 뒤까지 살피지 않은 것은 아버지의 마지막 남은 심중의 그 무엇이었으리라. 커다란 감나무 아래에 있던 장독대는 마치 아버지에게 소도구역 같은 것이었던 건지도 모른다. 그래서 처음부터 끝까지 발을 들이신 적이 없었고 매번 그 앞에서 돌아서셨으리라.

씨래기 소리

늦가을, 엄마는 밭작물을 거둬들이면서부터 겨울 먹거리를 준비했다. 식구들 입이 많아 매년 200포기 가까운 김장을 해야만 했다. 종아리 크기의 길쭉길쭉한 큰 무를 쪽으로 썰어 내서 양념에 버무려 작은 독을 채웠다. 그리고 역시나 겨울 밥상에 오를 반찬으로 빠져서는 안 되는 골금짠지도 만들어 냈다. 경상도 토착 음식인 골금짠지 맛은 무말랭이와 유사하나 그 씹히는 두툼하고 폭신한 질감은 전혀 다르다.

우선 생무를 두껍게 채 썰 듯이 하는 게 아니라 꼭 건

빵 모양과 크기로 잘게 토막을 친다(두께가 깍두기 절반 정
도). 평상 위 대나무 발을 넓게 깔고 그것들을 볕 좋고 바
람 선선하게 부는 날을 골라 최소한 사나흘 정도 비를 피
해 잘 말린다. 처음에는 건빵 모양과 크기였는데 햇빛과
바람에 마르면 어느 정도 습기를 머금은 그것들은 두툼
한 곤충이 등 구부린 모양새로 적당히 쪼그라든다. 그러
면 고춧가루와 잘게 썬 파, 다진 마늘, 액젓, 간장이 들어
간 질척한 양념을 양푼 속에 풀어서는 말린 그것들을 대
여섯 바가지 쏟아 넣은 뒤 골고루 간이 잘 배어들도록 두
손으로 공들여 버무린다.

그리고 고추에 밀가루를 발라서 가마솥 훈기로 찌고
그것들을 다시 채반이나 대나무 발에 골고루 펴서 햇볕
에 바짝 말려 공기가 통하지 않는 비닐봉지 속에다가 잘
보관했다. 이것들은 부엌 선반 채반에 봉지째 올려졌다
가 한겨울쯤 손가락 한 마디 길이로 썰어서 바짝 말려 둔
미역 조각과 함께 기름을 충분히 두른 프라이팬에 튀기
고 난 뒤 설탕을 살짝 뿌리면 입안에서 파삭하게 씹히는

담백한 전각이 되었다. 그 외에도 몇 가지 더 있지만 줄이기로 한다.

긴 겨우내 쌀과 보리, 완두콩까지 얹힌 잡곡밥과 함께 어울리는 발군의 음식 재료가 바로 씨래기˚였다. 씨래기 만들기는 늦가을 밭에서 수확한 무 대가리 윗동을 칼로 잘라 내면서 시작된다. 수확한 무 대가리 위에는 20-30센티 길이의 기다랗고 푸른 겹겹의 잎인 무청이 달렸다. 그 것을 끊어 내 짚으로 만든 두 겹의 새끼 사이에 한 묶음씩 집어넣어 묶고, 계속해서 무청 묶음을 긴 굴비 두릅처럼 엮어 내린다. 그래서 햇빛이 잘 들고 바람이 잘 통하는 처마 밑이나 담벼락, 황토벽에다 긴 못을 치고 주렁주렁 걸어 놓는다. 그 매달린 길이가 보통 1.5미터 정도일 것인데, 처음엔 물기를 잔뜩 머금은 시퍼런 무잎이었는데 이 것들이 한 달 두 달, 늦가을이 지나고 초겨울이 되는 동안 물기가 거의 남아나지 않을 만큼 바짝 마른다. 그래서 시

˚   '시래기'의 사투리

퍼렇던 색채가 누렇고, 희고, 검푸른색도 얼비치는 마른 씨래기로 변하는 것이다. 씨래기는 겨울 먹거리가 부족했던 당시 한 그릇 밥과 쌍벽을 이루는 아주 다양하고 훌륭한 음식이 되어 주었다.

엄마는 밥상이 궁색하다 싶으면 집 안 곳곳에 길게 매달려 바짝 마른 씨래기를 몇 묶음 쑥 뽑아서 바가지 물에 담갔다. 그 뒤에 그 씨래기를 푹 삶아 내고 새끼손가락 길이만 하게 수북수북하게 잘랐다. 그것에다가 주 양념으로 된장을 풀어 씨래깃국도 만들었고 몇 가지 양념을 더 해 버무려 내서는 커다란 양푼에 밥 한 덩이와 함께 쓱쓱 비벼 먹었다. 잡곡밥에다가 된장찌개 몇 숟가락과 함께 씨래기를 비벼 내는 그 담백한 맛은 온갖 나물 재료가 들어가는 전주비빔밥과도 능히 견주고도 남았다. 삶아서 잘라 낸 씨래기에다가 양념을 해 손으로 버무리면 그 자체에서 여러 가지 깊은 맛이 났다. 여러 산나물과 비교해도 손색이 없는 묵직한 질감의 반찬이었다.

어린 시절의 그 고향 시골 겨울을 생각하면 벼가 베어지고 밑동만 남아 황량해진 논과 꾸불텅 논두렁길이 떠오른다. 온 들녘이 꽁꽁 얼어붙으면 그 논에서 시케또*를 타거나 논두렁에 마른 풀과 마른 나뭇가지를 얹어 불을 내서는 그 위에다가 추위에 곱은 발을 가져다 대다가 영락없이 나일론 양말을 태워 먹곤 했다. 연날리기보다는 쥐불놀이**를 더 많이 하고 놀았다.

하지만 내가 어른이 되고 난 후, 눈을 감고 어린 시절의 그 겨울을 회상하면 제일 먼저 집 안 곳곳 황토벽에서 들려오던 그 소리가 들려온다. 황토벽에 길게 걸린 마른 씨래기가 차가운 바람에 이리저리 흔들리고 쏠리면서 내던 그 소리 말이다.

어린 시절, 내가 살았던 시장통 붉은 함석지붕 집이나 황소고개 쇠 주물집 같은 옛집들은 한결같이 겨울 칼바

---

* 나무 판 밑에 굵은 철사를 날로 대거나 대장간에서 만들어 낸 쇠 날을 박아 만든 조잡한 썰매
** 빈 깡통에다가 못 구멍을 내서 길게 철사를 연결한 후 불씨와 마른 나무 조각을 넣고 휘휘 돌려 불맛을 즐기던 놀이

람을 막기에는 취약하기 짝이 없었다. 집 구석구석 어디나 구멍이 숭숭 뚫려 있었고 그 구멍을 통해 황소바람이 불어닥쳤다. 오죽했으면 아버지의 겨울 채비 첫 작업은 집에 달린 모든 창문을 두꺼운 비닐을 대고 완전히 봉하는 거였다. 어린 나는 두 손에 잔못을 모아 들고 비닐을 팽팽하게 잡아 주는 졸대에 못을 치는 장도리 든 아버지를 쫄래쫄래 따라다녔다.

한겨울 밤, 아궁이 불로 구들장을 덥힌 안방에 앉은 엄마는 방안에 있을 때도 두 손은 쉬지 않았다. 뒤꿈치가 구멍 난 양말에다가 천을 잘라 대고 바느질로 깁거나, 아니면 긴 대바늘 두 개로 505번 털실을 이용해 두툼한 털내의를 짰다. 그럴 때마다 나는 비어 있는 엄마 무릎을 베고 누웠다. 등을 방바닥에 깔고 누워서 발끝을 연신 까불락대며 둥그렇던 털실 뭉치가 방바닥에서 요리조리 움직이면서 조금씩 동그랗게 작아지는 것을 지켜보았다.

그럴 때마다 바깥에서 겨울 동장군이 나서는 소리가 들렸다. 지붕 끝마다 길게 달린 뾰족하고 기다란 고드름

창을 든 군사들을 모아 전쟁하러 말을 내달리는지 바깥 허공에서는 씽씽 하는 날카로운 바람 소리가 맨 먼저 들려왔다. 동시에 집 창문이 달린 곳마다 펄럭거리기 시작하는 비닐 소리와 함께 '시걱시걱' '서거덕 서걱서걱' 하면서 추녀 끝이고 황토벽에 길게 매달아 둔 마른 씨래기가 벽에 쓸리면서 내는 소리가 방안 가득 밀려와 낙엽처럼 굴러다녔다. 그 소리는 겨울밤 내내 들려왔다.

잠을 자려면 먼저 곱은 발이 두꺼운 솜이불 밑에서 빠져나가지 않도록 오므려 대야 했다. 그렇게 이불을 목 밑까지 끌어당겨 덮고서 눈을 끔벅이면 안방에서든 건넌방에서든 씨래기 쓸리는 소리가 가득했다. 그래서 '시걱시걱' '서거덕 서걱서걱' 소리가 꿈속까지도 계속해서 쓸려 들어왔다.

지금은 들을 수 없게 됐지만 황토벽에 쓸리며 나던 그 마른 씨래기 소리는 너무나 가슴 아프다. 궁색했고 가난했던 어린 시절을 아프도록 그립게 하는 소리고 엄마 무륜의 그 포근함을 가득 떠올리게 해서다. 어쩌면 지금도 산간 벽촌 외따로 서 있는 겨울 집 황토벽에 마른 씨래기가 매달렸을지도 모른다. 그래서 매서운 겨울바람에 흔들리며 내는 그 소리를 들을 수 있을런지 모르겠지만, 어느 겨울 여행길에선가 그런 소리가 나는 집에서 묵었다 한들 나는 그 밤 내내 잠을 이루지 못할 것이다. 돌아갈 수 없는 그 시절은 미루나무 꼭대기에 앉은 까치집처럼 얼마나 위태롭게 그리움을 까마득히 흔들어 댈 것인가. 나는 단번에 가슴이 먹먹해져서 밤 내내 눈물만 흘릴 것이다.

◆　　이 얘기는 우리 형제 중 맏이인 큰형님께서 제일 먼저 운을 떼어 줬다. 우리 형제들 모두가 겨울밤 이불을 턱밑에 끌어다 덮으면 바깥에서 방안으로 쓸려 들어오던 그 마른 씨래기 소리를 저마다 기억하고 있었다.

◆◆　　지금은 버튼 하나로 보일러가 작동되고 실내 공기가 훈훈한 아파트 생활이 대부분이라 겨울 추위에 대한 기억이 별로 없지만, 돌이켜 보면 우리 형제들의 기억 중 많은 부분을 차지하는 계절은 겨울이다. 그렇다면 겨울이 추워서 기억을 싱싱한 추억으로 저장해 낼 수 있었던 건가. 그때의 겨울은 입는 것, 먹는 것 모두 부실하고 빈약했기에 그만큼 겨울이 강인했고 강성했다. 다들 추웠고 배고팠던 만큼 각인력이 배가됐다고 여겨진다.

엄마의 겨울 채비

내가 엄마의 겨울을 나물처럼 뜯을 수 있었던 것은 1960년
대 끝, 그러니까 내가 유치원을 다녔던 그 무렵 언저리다.
뒷마당에 노랗게 빛나던 햇빛 알들이 떨어져 바람결에
뒤척일 때마다 잿빛이나 은색으로 식은 햇빛 싸르라기들
이 발견되기 시작하는 10월 말 늦가을부터 엄마의 겨울
채비는 시작되었다. 털이 박힌 옷가지를 구하기 힘들었
던 그 당시 겨울에는 집 밖으로 나갈 때마다 두 뺨과 귓
불이 바람 날에 시퍼렇게 베였다. 드러내진 목을 통해 가
슴골까지 고드름 창을 찔러 대는 것만 같은 혹독한 추위

가 맹위를 떨쳤다. 겨울나기 관건은 집의 엉덩이인 윗목과 아랫목을 얼마나 뜨뜻하게 데울 수 있느냐는 거였다. 즉, 엉덩이 골 같은 검게 그을린 부엌 아궁이 속으로 얼마만큼의 뜨거운 불길을 싸질러 넣을 수 있느냐는 것이다.

당시 시골집들은 너 나 할 것 없이 구조며 재질, 두께와 덮개가 빈약했다. 그래서 겨울바람이 얼음 들소처럼 맹렬하게 달려와 고드름 뿔로 집을 치받고 벽에 부딪치면 집 전체가 흔들리며 와들와들 떨기가 일쑤였다. 그렇다고 해서 명색이 사람인데 집 밖도 아니고 집 안에서 얼어 죽을 수는 없는 일. 그래서 집집마다 심장 같은 연탄 화덕이 있었고 빨간 연탄불이 온기를 피처럼 집 안 곳곳에 흘려 넣어 주었다.

하지만 시장통 붉은 함석지붕 집 정지는 돈이 드는 검은 연탄 때기를 거부했다. 안방은 아버지 거고 부엌의 주인은 엄마였는데 엄마가 지방자치 권한을 행사해 연탄불을 피우지 않았다. 엄마는 연탄집게로 연탄을 수직으로 집어넣어 불구멍을 맞추는 화덕 구멍보다 몽당빗자루를 엉덩이에 깔고 앉아 두 손으로 불을 직접 집어넣는 아궁이가 훨씬 크고 우람하다 해서 아궁이 불에 전적으로 의지했다. 물론 주된 이유는 돈 때문이었다. 긴 겨울을 버텨 낼 용병으로 비싼 검은 연탄을 모집하듯이 광에 쌓아 두고는 매일매일 전신을 불사르는 임무를 마치게 하는 게 추위를 방어하는 데 용이하긴 했다.

하지만 왜 자식 공부시킬 돈을 연탄집게로 집어 화덕 속에 넣고 불을 질러 없애느냐는 게 엄마 생각이었다. 그래서 우리의 너부죽 엎드려 있는 듯한 붉은 함석집은 불기 맛으로는 햄이고, 토스트처럼 스마트하게 잘생긴 연탄밥을 먹은 적이 거의 없었다. 그렇다고 함석지붕 집한테 아예 불밥을 주지 않아 방안 전부를 냉골로 만들었을 리는 만무하다. 엄마가 수직의 연탄 화덕 위를 둥근 쇠판으로 아예 덮어 버렸으니 우리 함석지붕 집이 스프나 죽 같은 불기운을 얻어먹을 수 있는 유일한 아가리는 시커먼 아궁이뿐이었다.

'나는 항상 배고프다!' 크기로 아가리를 한껏 벌린 그 아궁이 속으로 엄마가 불을 지펴 넣어야만 붉은 함석지붕 집 체온이 유지돼서 그 안에 벌레처럼 올망졸망 들어앉아 사는 우리 식구들의 생존도 유지시킬 수가 있었다.

붉은 함석지붕 집 아궁이 속에 던져져 불꽃을 일으키는 뜨거운 가슴을 품은 위대한 두 전사(戰士)가 있었으니 그것이 바로 '왕겨'와 '지지껍데기'(소나무 껍질을 그렇게 불렀다)였다. 왕겨는 정미소에서 쌀을 탈곡해 낸 뒤 나오는 누런 나락 껍질이고 지지껍데기는 잘라 말린 소나무 외피를 벗겨서야만 얻어낼 수가 있다. 물론 겨울 맹위와 맞설 이 두 용사를 해마다 집으로 모실 수 있었던 것은 그들이 용병이 아니기 때문이다. 돈이 안 들어서다. 그러나 세상일이라는 게 맹탕 공짜가 어딨겠는가. 돈을 안 주면 그만큼의 노동은 반드시 지불되야만 한다.

엄마의 왕겨 얻기는 보통 10월 하순경에 시작된다. 지지껍데기를 구해 집 안 창고에 쌓는 기간은 11월 중순부터이고. 보통 시골에서 겨울 아궁이에 불밥을 먹이는 거로 치자면 말린 장작이 대표다. 그러나 그건 함창면과 같은 농촌이 아니라 산짐승들과 어울려 사는 산촌의 땔감이다. 힘센 아부지가 발로 차면 기둥이 부러지고 서까래가 한꺼번에 무너지게 서 있는 뼈 구조가 허약한 붉은 함석집이라고 할지라도, 그렇다, 함석지붕 집은 쑹악한(흉악한) 짐승 꼬리 같은 산기슭은 그 어디에도 접붙지 않은 읍내 시장통 가에 서 있는 나름 번듯한 집이다.

물론 장작을 구해 와 정지 구석이고 담벼락 밑에 가득 쌓을 수는 있겠지만 그건 연탄 병정 쌓아 두는 것보다 오히려 훨씬 많은 돈이 든다. 그리고 그 당시는 박정희 정권이 산에서 나무를 몰래 땔감으로 베어 가는 나무 도둑들을 공산당보다 더 싫어하던 때다. 발각되면 여지없이 체포고 최소한 며칠은 구류를 살아야 한다. 박정희 대통령은 무엇보다 산이 헐벗고 대머리 민둥산이 되는 것을 끔찍이 싫어했다. 그래서인가, 시장통 그 많은 집들 가운데 겨울을 대비해 처마 밑에 장작을 쌓아 둔 집은 눈 씻고 봐도 거의 없었다는 거다.

내가 침례교 소속의 에덴유치원을 파하고 집에 도착하는 시간은 보통 오후 2시 무렵이다. 당시 유치원 프로그램이 어떠했는가 궁금해할 이들을 위해 몇 자 적는다면, 한마디로 별거 없었다. 모여 앉아서 손뼉 몇 번 두드리고 몇 바퀴 강강술래 하듯이 돌아가며 고갯짓을 하는 게 전부다. 그것도 여선생님이 풍금을 눌러 주면 감지덕지고 대부분 아이들이 병아리 부리 입을 좍좍 벌려서 제 흥을 돋워 내며 짝을 지은 아이랑 팔짱도 끼고 제자리를 돌면서 춤을 췄다. 그리고 유치원 수업 시간 절반은 예수님이 동산에서 만인을 구원하며 이야기를 늘어놓듯 맹렬한 기독교 신자인 우리 여선생님 또한 교회 바로 뒤편인 널찍한 동산에 스무 명 남짓한 아이들을 풀어놓았다. 방목된 아이들은 양떼처럼 제 먹을 풀을 뜯듯이 재미와 놀이를 자기가 챙겨 놀아야만 했다.

그 동산에는 커다란 왕릉 두 개와 귀 부분이 돌돌 말린 돌양[石羊] 두 마리가 서 있고 편편하고도 널찍한 평석이 있어 뛰어놀기에는 그만이었다. 그 동산에서 개떼처럼 풀어놓아져 놀던 그 시간의 절반을 나는 돌로 된 양 두 마리 사이를 뛰어다니는 데 썼다. 또래 아이들에 비해 키와 몸집이 작았던 나는 그 돌양을 한 번도 제대로 타 본 적이 없었다. 여자애들은 안 그러는데 불알이 달린 사내 애새끼들이라면 너 나 할 것 없이 그 두 마리 양 위에 올라타기 바빴다. 앉기 위해 밀치고 바닥에 나가떨어지기 때문에 누구 하나는 꼭 울었다.

사내애들이 돌양을 차지하느라 용을 써 댄 이유는 양을 말로 부리기 위해서다. 더군다나 작대기 하나를 주워 들었다 하면 돌양 위에 앉아서는 궁둥이를 굴러 대며 연신 "이럇! 이럇!" 소리치기 바빴다. 꿈쩍 않는 돌양을 말몰면서 미친 듯이 막대기를 휘두르고 하늘을 찔러 대는 것이다. 이른바 계백 장군과 김유신 장군의 포효다. 그랬기에 나는 돌양을 타고 앉아 장군질 한번 해 보는 게 소원일 정도였다. 하지만 키 크고 덩치 큰 또래들한테 장악된 돌양이 그 애들을 다 떨궈 낸 뒤 내게로 달려와 주지 않는 이상 그런 일은 벌어지지 않았다. 나는 그때마다 풀이 죽어 시무룩했다. 어디 유명한 게 장군뿐이더냐, 나는 방랑의 김삿갓처럼 타박타박 거대한 왕릉 위로 올라가 우뚝 서거나 왕릉 배꼽 위에다가 발을 굴러 대는 것으로 만족했는데, 그때마다 내 발밑에 누워 있던 무슨 신라 적 왕비인지 공주님이라 추정되는 그분들은 여지없이 잠이 깨고 불쾌해하셨을 거다.

아무튼 유치원에서 돌아왔을 때 울 아버지와 엄마는 원정을 떠나기 위해 이제 막 완전 군장을 꾸린 참이었다. 함석지붕 집의 마차나 전차라 할 수 있는 리어카가 대문 앞 마당에 서 있었고 그 리어카 안에는 꽉대기*며 크고 작은 널빤지가 쌓였고 삼태기와 넙적삽, 가벼우나 용량 이 큰 얇은 방티 같은 무기들이 잔뜩 실렸다.

아버지는 목에 수건을 돌돌 말아 목 밑에 끼워 넣었고 엄마는 주황색 몸뻬에 수건을 뱀 똬리 틀 듯 머리에 단단

---

* 단단한 종이 박스 한쪽을 풀어 길게 늘어뜨린 상태의 두꺼운 종이 판지

히 감아 쓰셨다. 어마어마하고 위대한 길을 나서시려는 구나 싶었던 게 두 분 다 목이 긴 깜장 장화를 신고 있었고 게다가 잘 끼지도 않는 목장갑까지 끼고 계셨다.

　-막내, 니도 따라갈래?

　-어디 가는데?

　-정미소!

나는 엄마 말에 잠시 망설였는데 성질 급한 아버지는 이미 철봉을 'ㄷ'자 형태로 구부려 용접한 리어카 손잡이 안으로 성큼 장화 한 발을 들이고 있었다.

　-갈래! 태워 주면!

빈 리어카에 막내를 태워 주는 게 뭐 어렵냐는 듯이 엄마가 나를 답삭 안아 리어카 안에 태웠다. 야하, 흥분되는 느낌이 왔다. 한 발도 뛰지 못하고 꼼짝 못 하는 돌양 따위가 어디 여기에 비교할 수가 있으랴. 구르는 커다란 고무바퀴가 달린 리어카야말로 진정한 전차(戰車)였다. 나는 한 손으로 리어카 옆구리를 잡은 채 엉덩이를 뒤로 잔뜩 빼고 일어나서는 오른손으로 주먹을 만들어 휘두르며 힘차게 소리쳤다.

-이랴앗! 이랴!

나는 유치원 뒷동산에서 돌양을 제대로 타 보지 못한 원을 이제서 풀게 되어 신이 났다. 연신 리어카 바닥을 발로 구르며 저 앞에서 커다란 등짝을 하고 리어카를 끄는 아버지를 향해 소리를 질러 댄 것이다.

-달려! 더 빨리 달려!

졸지에 말이 된 아버지가 힐끗 나를 돌아보았다.

저 쪼끄만 막내 녀석이 지 애비를 소나 말처럼 부려 대는구나, 하고 불쾌해하거나 "야 이놈아! 당장 내리거라! 아무리 나이가 어려 생각이 없다 쳐도 그렇지 어디 제 아비 등짝에다 대놓고 채찍을 휘두르는 시늉까지 해. 망할 놈! 어서 당장 내리라니깐. 이 천하에 불효막심한 놈!" 하고 천둥벼락을 치며 역성을 내실 수도 있었지만, 어디 함창장사 배포가 소갈딱지 밴댕이일 리가 있겠는가?

-어디, 그럼 내가 좀 신나게 달려 주랴?

아버지가 나를 돌아보고 함지박만 하게 웃었다.

-야아, 아부지! 그래야지. 아부지가 말이니께 신나게 달려여지. 달려라 달려!

-하이잉! 히잉!

아버지가 갑자기 말 울음소리를 내며 뛰기 시작했다. 우당탕탕! 리어카 바큇살이 급격하게 회전하자 나는 중심을 잃고 쓰러졌으면서도 다시 무릎을 댄 채 일어나 "좋아! 더 빨리! 좋다구! 더 빨리!"를 외쳐 댔다. '애 다치문 어떡할려고 저 양반이 저리 날뛰시누! 체신머리 없게스리!' 엄마는 그런 생각이신지 멀어지는 리어카를 뒤에서 바라보며 이맛살을 잔뜩 찌푸렸다.

-아이구, 영종 애비! 애 떨어져요. 좀 천천히 가요!

엄마가 뒤에서 손나팔을 만들어 고함까지 쳤지만 원래 경주마 체질로 우수한 체력을 타고난 아버지 리어카는 속도를 줄이지 않았다. 나는 조금만 더 바퀴가 굴렀다면 북쪽으로 전차 말머리를 돌려 김일성까지 쳐부수러 갈 기세였다. 하지만 우리 집과 정미소가 겨우 50미터 남짓 밖에 안 된다는 게 안타깝고 한스러울 지경이었다.

연탄을 찍어 내는 삼일연탄공장 옆에 높다란 루핑 지붕을 한 커다란 건물인 정미소가 있었다. 나는 평걸음으로 속도를 늦춘 리어카에 타고 있으면서도 리어카 바퀴가 쿨렁쿨렁 정미소 안쪽 마당으로 들어섰을 때 본능적으로 몸을 낮추었다. 평소 드넓은 정미소 마당 안에는 노란 부리를 단 내 몸집보다 서너 배는 족히 클 거위 서너 마리가 늘 풀어져 있어서다. 그 거위는 셰퍼드보다 나은 게 동네 웬만한 개까지 다 쫓아내고 덤으로 조무래기 아이들도 다 내쫓는다.

눈알이 눈깔사탕은 아닐진대 거위가 아이들 눈알을 파먹는다는 소문을 정미소 인부들이 주변에 흩뿌려 놓아서 어디 더 뛰어놀기 좋은 넓은 데가 없나 찾아다니던 우리 장터 아이들에게 있어 정미소는 일찌감치 금지 구역이었다. 하지만 본격적으로 잘 말린 벼알들을 떨어내는 정미 탈곡 기간이라 거위들은 철망 울타리 안에 갇혔는지 보이지 않아서 나는 내심 안도의 한숨을 내쉬었다. 정미소 앞까지 기세등등하게 팔칼을 휘두르며 장군처럼 왔는데 꽥꽥거리며 뒤뚱뒤뚱 걸어 다니는 거위들 때문에 목이 자라처럼 오그라들어 전차에서 내리지도 못한다면 그 꼬락서니에 어디 장군의 영이 서겠는가.

이미 두 대의 리어카가 앞서서 왕겨를 싣고 있었지만, 프로인 엄마 아버지는 서두르지 않았다. 높다란 정미소 천장 밑에서 빠져나온 거대한 쇠 원통에서 쉼 없이 왕겨들을 빗방울처럼 땅바닥에 흩뿌리고 있었다. 그 밑에 쌓인 왕겨 양은 집채보다 컸고 그야말로 태산이었다. 그 일대가 공장 안에서 작동되고 있는 거대한 기계가 뿜어내는 쌀 먼지, 바짝 마른 벼 알갱이들이 껍질을 까집느라 나오는 쌀알 가루 먼지로 인해 자욱했다. 먼지의 천국이었다.

아버지는 리어카에 실린 것들을 모두 내린 뒤 리어카 꽁무니 쪽에다가 나무 문을 끼워 채웠다. 그리고는 곧바로 넙적삽으로 왕겨들을 푹푹 퍼서 리어카 안에 담기 시작했다. 엄마도 마찬가지였다. 엄마는 주로 가벼운 무게지만 용량이 큰 방티에다가 두 손으로 왕겨를 쓸어 담아 가득 채워서는 번쩍 들어 리어카 안에다가 쏟아부었다.

일곱 살인 나는 약간 곤란했다. 이럴 줄 알았다면 내 힘에 맞는 플라스틱 바가지라도 가지고 왔어야 했다. 바가지가 있었다면 나도 왔다 갔다 하면서 바가지에 푼 왕겨를 리어카 안에다가 쏟아부었을 텐데. 그렇다고 두 손바닥을 모아 왕겨를 퍼 담는다는 건 자따랐다.° 태산같이 쌓인 왕겨 더미만 봐도 도저히 모양새가 안 나오고. 그래서 나는 하는 수 없이 노는 내 두 손을 허리 뒤로 감추듯이 뒷짐을 지고 아버지 엄마 중 누가 누가 일을 잘하나? 하며 지켜보았다. 엄마 아버지를 노예 부리듯이 하는 주인 흉내 내기엔 막대까지 들면 제격이겠지만 불행히도 근처에서 막대는 눈에 띄지 않았다. 역시나 일 잘하기로는 아버지 엄마의 콤비를 당해 낼 부부는 세상에 없을 성싶었다.

눈 깜짝할 사이에 리어카 용량을 다 채운 아버지는 가마니를 잘라 길게 펴서 그 안에 퍼 담길 왕겨가 리어카

밖으로 새나가지 않도록 매듭까지 새끼줄로 묶은 뒤 다시 그 안에다가 삼태기와 방티를 이용해서 퍼붓기 시작했다. 그러면서 아버지와 엄마는 점점 더 눈사람으로 변해 가고 있었다. 탈곡할 때 풀풀 날리는 쌀가루와 겨 먼지가 옷은 물론이고 머리칼과 얼굴, 목에까지 소복하게 쌓여 흰 먼지투성이였고 구경만 하고 서 있던 나도 꼬마 눈사람이긴 마찬가지였다.

리어카 본체 용량을 1단이라고 한다면 아버지는 가마니를 이용해 2단을 가득 채운 것으로도 모자라 이미 어른 키 높이가 된 곳에다가 다시 널빤지를 수직으로 질러 박은 뒤 이번엔 꽉대기로 사면을 빙 둘러쳤다. 3단부터는 아버지는 이미 높다랗게 왕겨가 실린 리어카 위에서 왕겨들을 발로 쿡쿡 밟아 내면서 그 위에 섰다. 엄마가 땅에서 왕겨가 가득 담긴 방티나 삼태기를 두 손으로 번쩍 들어 올려 주면 그것을 받아 밑에 쏟아붓고 다지듯이 힘차게 장화 발로 밟았다.

같은 크기의 리어카를 가지고 왔대도 싣는 용량에 있

어서는 다른 리어카들과 차원이 달랐다. 3단 높이까지 발로 구석구석을 밟아 2미터도 훨씬 넘게 높이를 세운 리어카 안에서 땅바닥으로 뛰어내려야 하는 아버지 엄마의 리어카는 다른 사람이 가득 채워 앞에서 끌고 뒤에서 밀고 가는 리어카와는 격이 달랐다. 우리 집에서 온 리어카의 크기는 집채만 했고 다른 부부의 리어카는 아무리 재실어도 2단에 멈춰져서 용량으로 보면 겨우 반이나 될 성싶었다.

만약 리어카에 실린 물건이 빈탕처럼 가벼운 재질의 쭉정이인 왕겨가 아니었다면 리어카 고무바퀴는 펑크가 나도 벌써 나고 리어카 틀인 쇠 구조마저 무게에 짓눌려 짜부라지고 우그러지고 말았을 것이다. 제아무리 힘센 황소라고 할지라도 왕겨를 집채만큼 잔뜩 쌓아 올린 그 리어카를 봤다면 '나는 차라리 달구지가 좋다'며 목에 단 요령을 크게 울리며 대가리를 설레설레 흔들었을 것이다. '죽었으면 죽었지 저 짐만은 죽어도 못 끌겠다!'며 긴 꼬리로 파리채처럼 좌우 엉덩짝을 사납게 치면서 주춤주

춤 물러났을 것이다.

하지만 함창장사는 일 처리가 뭐가 달라도 달랐다. 넙적삽과 삼태기, 방티를 가볍게 허공에 던져 올려 리어카 맨 꼭대기에다가 안착시킨 뒤 '뭐 이 정도야 일거리도 아니지!'라는 식으로 쉬지도 않고 리어카 손잡이대 안으로 들어가 두 손으로 리어카 쇠 손잡이를 허리께까지 들어 올렸다. 그때 아무리 왕겨 더미라 할지라도 집채만 한 짐이 튕겨 내는 무게감에 아버지는 끄응! 하고 힘쓰는 신음 소리를 냈는데, 그걸 지켜보는 막내인 내 입장에서는 그건 아버지의 실수였다. 함창장사는 어떤 경우에도 힘에 밀리는 듯한 그런 소리를 내선 안 되었다.

-하이구나! 영종 애비요! 좀 쉬따 출발하자니께로!

집채만 한 왕겨 더미가 앞서 움직이자 엄마는 높다란 담벼락 같은 왕겨 더미가 실린 리어카 뒷부분에 한 손을 가볍게 얹어 놓은 채 투덜거렸다. 하지만 그 투덜거리는 입가에는 부지런하고 힘센 남편에 대한 흐뭇함이 묻어 있었다. 함창 사람들 전부 다 집 밖으로 나와라, 내가 리어카로 실을 수 있는 최대치 용량을 목격하게 해 주마, 라는 식으로 집채 같은 왕겨 더미가 집으로 흔들흔들 실려 가는 동안 동네 사람들이 저마다 입을 딱 벌리고 발걸음을 멈추었다.

"오매나! 역시나 장사 소리 괜히 듣는 기 아니구마!" 동네 아지매들이 찬탄을 금치 못했고 남편이 근처에 있으면 괜히 그쪽으로 눈을 흘겨 댔다. 엄마는 두 손으로 힘주어 리어카 뒷벽을 미는 게 아니고 그저 한 손을 댄 채 헐렁한 몸뻬 속에 든 두 엉덩짝을 살랑살랑 흔들며 걸었다. '어여 다들 좀 나와 보시소. 이처럼 힘 좋은 남정네 보신 적 한 번이래도 있능교! 있으문 말하시소. 내가 막걸리 한 사발 사 줄 틴께!' 하듯이 온몸 가득 자랑이 넘치는 걸음걸이를 걸어 냈다. 엄마는 활짝 웃는 얼굴로 뒤를 쫄레쫄레 따라붙고 있는 나를 돌아보았다.

-니, 오늘 저녁 고기 묵고 싶쟤?

-힛? 고, 고기?

-아니, 고기 말고 고깃국!

구운 고기가 아니고 고기가 헤엄친 국이라도 그게 어
딘가? 나는 눈을 크게 뜨고 얼른 고개를 끄덕거렸다.

-그랴. 이렇게 큰일을 했쑤문 딴 날은 몰라도 무우랑
고기 숭숭 썰어 넣고 당연히 고깃국은 끓여 먹어야 하는
거제. 배추전도 좀 꿉어 내고……

집채 같은 왕겨는 우리 집 창고 안 10분지 1을 메울 정
도로 채워졌다. 엄마는 이걸 가지고서 부엌 아궁이 안에
다가 늦가을부터 후년 봄이 올 때까지 풍로 불로 지펴 넣
었다. 조석으로 시커먼 흙이 다져져 검은빛까지 나는 정
지 바닥에 몽당빗자루를 깔고 앉은 엄마는 아가리 전체
가 시커멓게 그을린 아궁이 안으로 50센티 정도 길이의
쇠 통을 집어넣고 아궁이 밖에서 풍로로 연결시킨 뒤 신
문지와 잔나뭇가지, 마른 솔잎으로 밑불부터 살랐다. 그
리고는 천천히 왼손으로 풍로를 돌리며 오른손으로 삼태
기에 담긴 그 왕겨들을 왕소금 집어 안에 뿌리듯이 던져
넣었다.

땅거미가 사방에서 기어 나와 어둑어둑해질라치면 그 어둠이 고여 있는 정지 아궁이 앞에 홀로 앉아 풍로를 돌리며 왕겨를 반복적으로 집어 던져 넣는 엄마는…… 그때만의 엄마 모습은 두 볼 빛이 너무나 곱게 보였다. 왕겨가 순간순간 타면서 내는 작은 불꽃과 열기가 아궁이 앞에 앉은 엄마 전신을 발갛게 물들였다. 엄마의 그 행위는 단순히 냉골을 데우는 데 그치지 않고 밥만 하는 중간 크기의 가마솥 밑바닥을 달궈 모락모락 뜨거운 훈기를 내뿜는 쌀보리가 뒤섞인 잡곡밥도 지었다. 그래서 해가 지기 직전까지 밖에서 동네 아이들과 뛰어놀던 나는 함석지붕 집 왼편 커다란 곰방대처럼 꽂힌 굴뚝에서 모락모락 흰 연기가 오르는 것을 보면 갑자기 배가 고파져서 집 안으로 뛰어들곤 했다.

그러나 부실해 보이는, 한 움큼씩 왕겨들을 던져 넣은 아궁이 불밥만으로는 동장군들이 쩍쩍 발자국 떼는 소리가 들릴 정도로 걸어 다니는 한겨울을 견뎌 내기엔 아무래도 역부족이었다. 좀더 강한 불꽃, 지속적인 불꽃을 품고 있는 땔감과 땔거리가 필요했다. 그래서 아버지와 엄마는 왕겨 더미를 창고 안에 들인 뒤 한 2주일이나 3주일이 흐른 시점이 되면 리어카 안에 방티와 함께 다른 형태의 연장들을 실었다. 숫돌에 날을 시퍼렇게 세운 손잡이가 양쪽에 달린 둥근 곡선 형태의 낫, 그리고 곡괭이 자루 같지만 곡괭이 대신 자루 끝에 커다란 대팻날을 끼운 연장 말이다. '쭉밀이'였다(소나무 껍질이 쭉쭉 잘 벗겨져라 해선지 모르겠지만 우리 엄마는 그 연장을 '쭉밀대' 혹은 '쭉밀이'라고 하셨다).

평소에는 쓰지 않는 그 낯선 그 연장들이 실린 리어카가 우리 함석집에서 굴러 나가는 시기는 11월 중순이다. 싸늘한 찬바람이 불기 시작하면 함창 기차역 앞 드넓은 공터에는 매일매일 통나무들이 쌓이기 시작한다. 지름이 크고 작은 머리와 발목이 깔끔하게 잘린 소나무 원목들이 곳곳에 가득 적재되는 것이다. 이 원목들은 함창에서 그리 멀지 않은 문경새재 쪽 산판에서 베어져 굴려진 원목들이 야간 시간대를 이용해 두껑 없는 곱배˚를 단 기나긴 화물 열차에 실려 나와 함창 기차역 드넓은 공터에 부려지는 것이다.

그러니까 함석지붕 집 아궁이에 들어가 가장 많은 열량을 뿜으며 타는 지지껍데기는 기차역 공터에서만 수확할 수가 있었다. 화력도 좋고 오래 타서 겨울 땔감으로 그만이기에 요즘 스키장 열 듯이 소나무 껍질 벗기는 기간이 따로 있었다. 적당히 마른 소나무 원목을 나무 삼각대에 걸쳐 놓고 두 손으로 당기며 벗기는 반원형 낫이나 두 손으로 자루를 잡아 힘껏 미는 쭉밀대로 두툼하고도 단단한 소나무 껍질을 벗겨 내는 거다. 사람들은 어른 손 한 뼘 길이로 잘라 벗겨지는 그 소나무 껍질을 모아 쌓았다가 집으로 싣고 가서 불을 때는 것이다. 그런데 이 통나무 야적장은 정미소처럼 돈은 안 받을 테니 왕겨를 양껏 가져가라는 정도가 아니라 돈까지 준다. 통나무 길이는 보통 3미터 정도로 일정한 편이나 그 굵기는 전부 다 다르

˚ '기차 화물칸'을 뜻하는 사투리

다. 지름이 15센티인 게 제일 작고 그 위로 30-40센티, 제일 큰 것은 100년도 훨씬 넘어 보이는 50-60센티짜리도 있어 그런 대빵 통나무는 장정 두서넛이 달라붙어서야 굴리고 삼각대에 걸치는 등의 작업을 해낼 수가 있다.

그러니까 제일 지름이 작은 가벼운 소나무 원목의 껍질을 속살이 말갛고 희게 다 벗겨 내면 10원, 그 위가 20원, 장정 서넛이 달라붙어야 작업이 가능한 커다란 통나무는 최고가로 80원에서 100원 사이를 받는다. 마치 가마니 엉덩짝에다가 나락 등급을 매겨 둥근 스탬프로 퍼런 낙인을 찍는 농협 공무원이 있듯이 이 통나무 적재장에도 금테 두른 모자를 쓴 책정 담당자가 있다. 판이 달린 공책을 늘 끼고 다니는 그 감독자는 진종일 보이지 않다가 해가 뉘엿뉘엿 기울어질라치면 술 한잔 걸치고 나타난다. 그러면 수십 군데서 진종일 저마다 벗긴 나무들이 쌓여 있는 곳으로 먼저 인도하기 위해 아주머니들은 콧소리까지 섞어 낸다.

그렇게 하는 까닭은 두 가지다. 진종일 벗긴 수십, 혹은

40-50개의 원목 벗긴 값이 얼마인지 감정을 빨리 받아야 집에 가서 저녁밥을 빨리 지을 수 있다는 거고. "10원짜리 다섯 개, 20원짜리 세 개, 30원짜리 한 개…… 그러면 아주마이는 도합 140원입니데이!" 하는 게 눈으로 벗긴 나무 지름을 대충 때려 산정해 내는 것이고 보니 어차피 책정자 마음이다. 흰 분필로 벗긴 나무의 더 굵은 절단면 부위인 그곳 안에다가 1에서 10까지 가격을 매기는 표시를 하면 그 뒤를 따라다니는 돈주머니를 찬 중년의 한 여자가 그 돈을 일한 사람에게 내준다. 생각보다 계산이 잘 쳐졌으면 룰루랄라 하면서 그 돈을 주머니 깊숙이 집어넣고 미리 수북이 담아 놓은 소나무 껍질 더미가 실린 리어카를 끌고 집으로 돌아가면 즐겁고 보람찬 하루가 '땡!'이다.

우리 아버지가 기차역 소나무 야적장에 나가 소나무 옷을 벗기는 것은 겨우 한두 차례다. 왕겨 옮기기야 두어 시간만이고 단 한 번에 후딱 끝나는 일인 데 비해 지지껍데기는 그렇지가 않다. 아침나절이면 나절, 오후면 오후 진종일 걸리는 일이고 무엇보다 아버지는 그 넓은 공개된 장소에서 아는 사람들과 마주치는 것을 쪽팔려 했다. "아따 그 좋은 힘을 대체 어따 쓸려고 그러시우!" 하면서 엄마가 성화를 부려 대면 초장 한두 번은 못 이기는 척 나서 주지만 그 이후에는 아예 모른 척해 버린다. 지지겹데기의 '지' 자 말만 나와도 아버지는 낡은 자전거 쪽으로 성큼성큼 걸어가 버리시기에 엄마는 아예 포기했다.

하지만 겨울 땔거리도 생기고 돈까지 주는데 어찌 마다할 수가 있겠는가. 엄마는 소나무 원목 야적장이 개방되는 한 달여 동안 거의 일수 찍듯이 매일 리어카를 끌고 나갔다. 혼자 가는 경우가 절반이고 나머지는 막내인 나도 따라붙었다.

그런데 아무리 성인이라고 한들 여자 혼자서 소나무 원목을 발로 굴려 가며 껍질을 벗기기가 쉽지 않다. 다른 아낙네들이 제 남정네까지 델꼬 와서 양쪽에 세운 삼각대에 원목 하나를 번쩍 들어 올려 놓으면 여자가 양손잡이 달린 둥근 쇠 날로 벗겨 내기가 한결 수월하다. 엄마가 30분 만에 겨우 10-20원 하는 원목 껍질 하나를 벗겨 놓으면 이쪽저쪽에서는 그 시간에 세 개, 네 개가 보통이며 동시에 그만큼 돈도 서너 배 축적되는 거다. 그것들을 볼 때마다 엄마는 아픈 허리를 곧추세워 펴며 깊은 한숨을 내쉬었다. 나도 집 안방에서 뒹굴거리거나 술집 미닫이문을 드르륵 열고 들어가고 있을 아버지가 야속함을 넘어서 적잖게 괘씸하기도 했다. 하지만 예닐곱 살 정도 아이는 절대로 소나무 껍질 벗기는 연장을 잡아서는 안 된다. 일도 제대로 못 하지만 그러다가 날카로운 쇠 날에 발목 다치기 십상이기 때문이다. 그래서 나는 소나무 껍질 벗기는 속도가 지지부진한 엄마 근심을 덜어 드리고자 엄마가 벗겨 낸 껍질을 재빨리 주워다가 리어카 안에 담았다.

  -야야! 한꺼번에 하문 되지. 니는 그냥 거기서 놀고 있으래이!

  엄마는 그렇게 말했지만, 여자인 엄마가 푼돈이라도 벌고 우리 함석지붕 집 엉덩이를 달구는 데 사용할 땔거리를 얻기 위해 이리 부단하게 움직이는데 어떻게 불알 달린 내가 가만히 서 있을 수가 있겠는가.

티끌 모아 태산은 아니더라도 그렇게 벗겨 낸 지지껍데기를 하루하루 모아 창고 안에 조금씩 쏟아부어 놓으면 끝내 그득해지는 것만은 확실하다. 20여 일 엄마가 꾸준히 야적장으로 나가 지지껍데기를 벗겨 모으면 왕겨 더미에는 비견할 수 없지만 충분히 겨울을 날 수 있다는 자신감 정도로 창고 한 켠에 수북하게 쌓였다.

엄마는 겨우내 아궁이 앞에 앉아 왕겨와 지지껍데기만으로 물을 끓이고 밥을 짓고, 안방과 건넌방 구들장을 뜨뜻하게 데웠다. 날씨가 풀렸다 치면 아궁이 속으로 던져 넣는 왕겨와 지지껍데기 비율이 8 대 2 정도고, 날씨가 맵고 혹독하게 추워졌다 싶으면 거의 5 대 5 수준으로 아낌없이 지지껍데기를 불길 속으로 던져 넣으셨다.

◆　　내 위의 네 형들 모두 시장통 집의 겨울나기 주 연료가 왕겨와 지지껍데기임을 알고 있다. 하지만 부려진 원목들이 곳곳에 산처럼 쌓여 있던 기차역 야적장에 일하러 가시는 엄마를 따라붙은 자식은 막내인 내가 유일했다. 어느 형제인가 입에서 언뜻 "그때 엄마가 거기에서 일하시는 게 부끄러웠다"는 말이 흘러나왔는데, 나는 그 말뜻을 충분히 알지만 고개를 갸웃거리면서 혼잣말로 중얼거렸다. "엄마가 옷을 벗겨선가? 소나무 옷을……?"

엄마표 갱시기

엄마의 엄지 척, 음식은 된장찌개도 무국, 씨래깃국도 아니다. 나무 주걱으로 능숙하게 식은 밥을 뒤집어 고추장과 함께 양푼 속에서 쓱쓱 비벼 내서는 그 위 참기름 몇 방울 떨구었던 열무 비빔밥도 아니다.

바로 '갱시기'다! 갱시기? 그런 음식이 있었나? 아마도 처음 들어 본 사람이 많을 것이다. 갱시기는 경상도 토착 음식이다. 타지역 사람들 앞에 갱시기 한 그릇을 떠서 "드시오. 한 끼 땟거리요!" 하고 개다리소반에 담아 내민다면 어떻게 될까? 그 사람은 사발 안을 들여다보고는 얼굴이 벌겋게 달아오를 것이다. 성질 사나운 사람은 숟가락을 내팽개치면서 벌떡 일어나 소리칠 것이다. "개도 안 먹을 걸 가지고! 어떻게 사람한테! 사람을 어떻게 보고!"

그만큼 처음 보는 갱시기 음식 모양이 꼴 보기 사납고 험악하다. 보기 좋은 떡이 먹기도 좋다는 속담도 있지 않던가. 입으로 들어가는 음식은 원래 눈이 제일 먼저 맛보고 코가 냄새를 음미한 뒤에서야 입 차례가 온다. 그런 점에서 음식 상태로서의 갱시기는 속담과는 완전 정반대의 꼬락서니를 하고 있다.

갱시기를 한마디로 정의하면 '잡탕으로 끓여 낸 죽'이다. 그것도 한 솥 그득 끓여 '푸그락 푸그락' 거품 터지는 소리를 내는 갱시기죽을 국자로 푹푹 사발 안에 떠 넣어 밥상 위에 내려놓는 것만으로 밥상 차리기가 끝이다. 갱시기는 따로 반찬이 필요 없다. 간장도 필요 없고 김치도 필요 없기에 그냥 식구 수대로 갱시기 그릇을 올려놓고 숟가락만 놓으면 식구들의 한 끼니가 끝인 것이다.

명색이 밥상인데 차린 게 민망하다면 시원한 동치미

나 아니면 냉수가 든 물그릇 정도를 올려놓는다. 왜냐하면 갱시기 자체가 간이 다 되어 있다. 또한 보기를 감수해내고도 선뜻 숟가락질을 해 떠먹기에는 여간 조심스럽지 않을 만큼 너무나 뜨거운 잡탕죽이다.

타지역 사람들은 갱시기와 첫 대면 하면 여지없이 돼지죽을 제일 먼저 떠올린다. 손으로 들고 있던 숟가락 자체를 죽에 담그기조차 싫을 정도로 첫 이미지가 완전 '꽝!'이다. 그런데다가 갱시기죽은 아마도 죽 중에서 가장 천천히 식을 만큼 뜨거운 열기를 오래 품고 있다. 그래서 어렸을 때 나는 이 갱시기 먹을 때가 제일 싫었다. 손칼국수와 수제비 먹는 것도 싫었고 양념 친 간장을 얹어 푹푹 떠내듯이 먹는 묵밥도 싫었지만 갱시기 앞에서는 먹어 낼 도리가 없다는 듯 고개를 설레설레 가로저으며 밥상머리에서 뒤로 물러나 앉았다. 특히나 나는 아침상에 오른 갱시기를 볼 때마다 여지없이 오만상을 찌푸렸다.

－아침부터 뭐 이딴 걸 주냐?

나는 눈물을 글썽거리며 엄마에게 여러 번 항의한 적도 있었다. 우선 우리 집 누렁이 개도 안 먹을 그런 음식을 먹다간 나중에 영락없이 저절로 어른 동냥 거지가 될 것만 같았다. 결정적인 건 그 뜨거운 갱시기를 어린아이가 숟가락으로 떠먹기에는 혓바닥이 너무 얇고 보드랍다. 갱시기를 한 번이라도 먹어 본 사람은 알겠지만 그 죽은 잣죽이나 팥죽보다 뜨거움이 쉽게 가시질 않는다. 그것은 갱시기가 펄펄 끓여 내는 맛인 거고 그 죽 성분에는 최소한 열댓 가지는 될 음식 재료들이 들어가 뭉개져 있기 때문이다.

뭣도 모르고 갱시기를 떠먹다간 어른도 혓바닥을 데기 일쑤다. 몇 숟가락 정도는 푹 떠먹는 게 아니라 죽의 표면을 살짝살짝 걷어서 뜨거움을 달래 주며 먹어야 한다. 때론 숟가락에 담긴 갱시기를 후후 불어 주고 조심스레 숟가락 바깥 부분부터 천천히 먹어야 한다. 첫 숟가락을 떠서 입안에 넣는 아이 혀를 데게 해서 반드시 울게 만들고 말리라는 음식이 바로 갱시기다.

나 역시 뜨거운 갱시기를 먹다가 혓바닥이 몇 번이나 뎄다. 어른들 숟가락질을 보고 '먹을 수 있는 것이긴 한가 부다!' 하고 그냥 한술 푹 떠서 입안에 넣었다가 그대로 내뱉으며 뒤로 벌렁 나자빠져 뒹굴었다. "앗 뜨거! 앗 뜨거!" 하면서 말이다. 나는 발버둥질을 쳤고 힘찬 참매미처럼 빽빽 울었다. 대여섯 살 아이 입안에 달린 그 순하고 착한 분홍빛 혀가 반이나 넘게 데는 화상을 입었던 것이다. 그래서 나는 그 이후 엄마가 갱시기를 끓이는 것을 보기라도 할라치면 "난 안 먹어! 죽어도 안 먹어!" 하고 눈물부터 글썽거리며 악을 써 댔다.

하지만 엄마는 아랑곳하지 않고 찬바람이 불면 잊지 않고 갱시기를 끓여 냈다. 사내새끼가 다섯이나 되니 내가 고마 엉기난다, 막내 니가 혓바닥에 붕대를 둘둘 말고 쫄쫄 굶는다 캐도 내가 어디 눈 하나 꿈쩍할 줄 알았더나? 하듯이 엄마는 시장통 함석지붕 집에서나 이후 이사 간 황소고개 쇠 주물집에서도 줄기차게 끓여 냈다.

●   '성가시거나 귀찮다'는 뜻의 사투리

갱시기는 푹푹 끓여 내는 뜨거운 죽이기에 여름 한 철은 보기 힘들다. 하지만 계절이 무려 세 개나 더 있지 않은가. 봄가을은 한 달에 서너 번씩, 겨울은 조식으로 일주일에 최소한 이틀은 이빨이 다 빠져 흐물거리는 노파의 팥빛 입술을 연상시키는 문제의 그 갱시기가 밥상 위에 턱, 하니 올려졌다.

에덴유치원에 다녔던 나는 본인이 천사라고 믿는 여선생님으로부터 마녀 이야기를 많이 들었다. 그때 나는 정지 부뚜막 솥두껑을 닫고 갱시기를 푹푹 끓이는 엄마를 보고 혹시 내 엄마가 동화책 속에 나오는 그 마녀가 아닐까, 진지하게 고민하기도 했다. 왜, 꼬부랑 지팡이를 짚은 마녀가 숲속 집 안에서 그런 짓거리를 하지 않던가. 화덕 위에 걸린 커다란 쇠솥 안에다가 말라비틀어진 뱀이며 박쥐, 개구리, 오소리 똥, 독초, 까마귀 눈알, 짐승의 창자 같은 괴이하기 짝이 없는 것들을 잔뜩 때려 넣고 긴 나무 국자로 휘휘 저어 대면서 3일 낮밤을 푹푹 끓이고 펄펄 끓여 내지 않던가.

어렸을 때 나는 갱시기 먹는 게 너무나 싫었기에 갱시기가 어떤 날 만들어지는가 관찰까지 했다. 엄마에겐 뭔가 반복적이고 습관적인 패턴이 있었다. 엄마는 울 아버지 술 드시고 귀가한 다음날 아침이면 어김없이 우리 집 식구 밥상에 갱시기 그릇을 올려놓는다는 것. 특히나 그 전날 밤 만취한 아버지가 마신 술을 이기지 못해 방바닥을 거북이처럼 네 발로 기어 다니다가 하마처럼 뒹굴고 다시 일어나 "지미! 지미! 나 죽네!" 하면서 다시 커다란 배를 두 손으로 싸안고 센 콧김 내뿜는 숫도야지처럼 나뒹굴다가 간신히 잠이 든 그다음 날의 늦은 아침이면 거의 100퍼센트 갱시기 사발이 식구들의 턱 아래에 바짝 디밀어졌다(아버지가 유난스레 술을 이기지 못해 속 부대껴 한 날은 틀림없이 막걸리와 소주, 혹은 소주와 막걸리, 맥주까지 진탕 섞어 마셔서 그러셨을 거다).

그 연결점을 찾아낸 나는 모든 의문이 풀렸다는 듯 고개를 끄덕거렸다. 함석지붕이 들썩거릴 정도로 주사가 심한 아버지에게 그 어느 현모양처인들 북엇국이나 콩나

물국 같은 정갈한 해장국을 끓여 주고 싶겠는가. 설령 난 치고 붓 치는 신사임당이라 할지라도 "인과응보를 피하는 건 순리가 아닙니다. 속 쓰린 것은 지아비고 서방님이신 당신께서 어젯밤 자초하신 일이니만큼 의당 혼자 감내해 내시는 게 마땅합니다!" 하고 찬바람 일으키며 내쳐 돌아앉을 판일 텐데. 세상 그 어떤 부인이 밤 내내 함석지붕 들썩거리고 속까지 발라당 뒤집어 놓은 남편이 뭐 그리 이쁜 구석이 있다고 뜨끈뜨끈한 밥과 훈기 오르는 국을 끓여 내겠는가, 그 말이다.

나는 엄마가 아버지에게 개죽 같은 이 갱시기나 먹고 하루라도 빨리 죽으라고 하는 줄 알았다. 엄마는 갱시기죽이 담긴 밥상을 아버지 앞에 들이밀 때 보면 표정 자체가 살벌했다. 언제나 당장 욕을 한 바가지 쏟아 낼 것 같은 입을 뭉툭하게 내밀고 있었다. 엄마가 아버지에게 차마 그렇게 한 적은 없지만 그 속내에 담겨 있던 말은 아마도 이런 게 아니었을까?

'어이 여보슈! 애들 아부지! 내가 마누라기 땜시 당신 아침을 굶길 수는 없고 해서 마련했으니 이거나 처드시오! 밥? 무신 밥? 국? 무신 국? 찬? 무신 찬? 하이구나, 고마 됐다카이. 팔자 귓불 땡기듯 늘어지는 소리는 아예 하덜 마소. 지금서도 어젯 오밤중 그 난리를 생각하문 이 갱시기 한 그릇도 당신한텐 오감하고 육감한 줄이나 아소마. 아, 그래. 대관절 뭣한다고 돈 갖다 버리고 이기지도 못하는 술을 그리 섞어서 마시오? 당신, 바보요? 그리 섞어 마시문 속이 뒤비지는 사단이 나는 줄도 모르는? 내, 참으로 이웃 사람 남사스럽고 자라는 애들 보기 민망해서 못 살겠소. 여하튼 간에 내가 조반은 분명히 차려 줬으니께로 어디 가서 내 마누라가 밥도 안 챙겨주더라 그런 거짓뿌렁 칠 생각은 아예 하덜 마소!'

　엄마의 그런 속마음을 갱시기 한 그릇에 웅변적으로 담아내는 거라고 나는 생각했다. 한마디로 갱시기는 엄마가 아버지에게 떠먹고 살라고 주는 게 아니고 퍼먹고 퍼뜩 죽으라고 주는 아침 음식이라고 생각했다.

그야말로 개도 안 먹을 저주에 가까운 음식! 내가 그 빌어먹을 갱시기를 먹다가 화상으로 허연 혓바닥 껍질이 다 까질 때까지 밥을 제대로 못 먹은 한 같은 게 남아 있었다. 그래서 문제의 이 갱시기를 만들어 내는 엄마를 뒤에서 여러 번 지켜봤다. 지켜본 결과 역시나 저건 도저히 사람 먹을 음식이 못 된다는 것을 절절히 확인하고야 말았다.

울 엄마가 갱시기 끓여 내는 법은 이렇다. 먼저 아궁이에 불을 지펴 넣고 부뚜막 위, 아담한 중간 크기의 가마솥에다가 물 한 바가지를 퍼붓는다. 다시 사과나무 궤짝 부서진 판때기를 불길 위에다가 'ㅅ'자로 세워 불길이 활활 타오르게 한 다음, 찬장에 남은 식은밥이나 누룽지를 숟가락으로 딸딸 긁어 가마솥 안에 넣는다. 그다음부터가 눈 뜨고 지켜보기가 힘들 만큼 가관이다.

엄마는 무당처럼 들뛰기 시작한다. 작두에 올라타고 마당 멍석에서 들뛰는 그런 몸짓으로 높다란 천장 이곳저곳을 구석구석 뒤진다(우리 집 부엌은 한 벽 전체가 아버지가 송판으로 맞춰 짜 준 커다란 찬장이었다). 엄마는 오른손에 숟가락 하나만 들고 찬장 안에 있는 반찬 그릇을 집히는 대로 끄집어낸다. 싸악 싹 비워서 솥 안에다가 마구 떨어 넣는다. 썰어 놓은 포기김치, 신 김치며 마늘장아찌, 먹다 남은 멸치조림, 깜장 콩자반, 씨래기무침, 시들어 빠진 채 소 나부랭이며 바짝 말라붙은 파래, 눅눅해진 미역튀각 등등 찬장 안 반찬 그릇 안에 늘러붙어* 있는 것들이라면 모조리 긁어서 솥 안에다가 내버리듯이 쏟아붓는다.

그느느라 소리도 뻑적지근하게 부엌 안을 울릴 만큼 요란하다. 너거들 애비 잘못 둔 죄로 오늘 모두 제삿밥 먹 는 줄이나 알라는 식으로 그 큰 찬장 안에 든 반찬 그릇 전부를 바닥까지 딸딸 긁어내서는 솥 안에다가 때려 넣 는 것이다. 짜거나 맵거나 밍밍하거나, 간이나 맛에 대한 일고의 재는 법이 없다. 아무리 솥 안이 끓어도 어디 내 속 끓는 것만 하것냐라는 식으로 펄펄 끓이면서 긴 나무 주걱으로 휘휘 솥 안을 거칠게 내젓는다.

●　‘철썩 붙어 있다’는 뜻의 비표준어

엄마 표정엔 오늘 이 아침으로 찬장 음식 그릇 전부를 비워 냈으니 미련 없이 나는 이 집을 떠나가리라는 그 어떤 비장감과 한스러움이 배어 있기까지 해서 뒤에 지켜보며 서 있던 어린 내가 두려움에 떨 정도였다. 평소 엄마는 장롱 안에다가 보라색 보자기로 보따리 하나를 싸서 깊숙이 넣어 뒀다고 하던데. 하지만 자식 때문에 차마 집어 가슴에 싸안아 들고 총총히 사라지지 못했다던데. 드디어 엄마는 마지막으로 식구들에게 갱시기 한 끼를 해 주고 한 많았던 여편네 노릇과 에미 노릇에 사표를 내던지고 가출을 해 버릴 것만 같았다.

　그런 엄마가 갱시기를 끓일 때마다 콧물을 자주 훌쩍거리고 옷소매로 눈가를 몇 번이나 찍어 내는 것을 나는 목격했다. 엄마는 내 앞에서 눈물을 흘린 적은 거의 없지만 갱시기를 끓여 낼 때 아궁이에서 나는 매캐한 흰 연기와 가마솥 안에서 오르는 뜨거운 수증기를 핑계 삼아 자신의 속상함을 함께 끓인 것이다. 삶에서 어찌할 수 없는 분노와 고됨, 슬픔과 눈물, '어디 될 대로 되라지!' 같은 자포자기와 체념 같은 찌꺼기를 가슴 깊은 바닥에서 숟가락으로 딸딸 긁어내 솥에다가 함께 던져 넣고 푹푹 끓여 내고 있는 것만 같았다.

　게다가 엄마가 갱시기를 끓이면서 가장 마지막에 하는 신들림이 있다. 미리 바가지에 밀가루를 담아 물을 조금씩 부어 가며 주물러 놓은 커다란 호밀빵 크기의 찰진 밀가루 덩어리를 가지고서다. 엄마는 그게 담긴 플라스틱 바가지를 왼손으로 잡고 오른손에 쇠숟가락을 뒤집어 든다. 한 발을 야트막한 부뚜막에 척 올려놓고는 이미 온갖 것이 들어가 뜨거운 불기와 물기에 완전히 으깨지고 녹아 버리다시피 한 채 붉은 기를 머금고 부글부글 끓고 있는 그 갱시기죽 위에다가 가히 신들린 듯한 손목질을 하기 시작한다. 몽당숟가락으로 밀가루 반죽에서 일정 크기의 수제비를 너무나 빠른 속도로 뜯어 떨구는 것이었다. 그러면서도 연신 "뭔 놈의 술을 그리도 마셔 대노? 이기지도 못하문서!" "아이구, 내 팔자야!" 하는 타령과 한

숨까지 동시에 잘라 넣는데 1-2분도 채 안 걸린다. 순식간에 호밀빵 크기의 반죽 덩어리를 수제비로 다 떠 버렸다. 그리고 빈 플라스틱 바가지가 아버지 얼굴이기라도 한 양 개숫물이 담겨 있는 방티 쪽으로 휙, 하고 던져 버렸다(그때는 SBS 〈생활의 달인〉이란 TV 프로그램이 없어서 그렇지 눈감고 순식간에 떠 내는 엄마 수제비 손 기술은 달인 이상이었다). 그리고 어린 나에게는 여지없이 육중한 가마솥 두껑을 처닫고는 아궁이 속으로 다시 강력한 불길을 싸질러 올렸다.

나는 그때 앙다문 입술을 한 엄마 뒷모습이 무서웠다. 이건 영락없이 혓바닥 데는 정도가 아니라 떠먹고 창자와 위가 통째로 굽혀져 죽으라는 저주를 펄펄 끓여 내는 거라고 느껴졌기 때문이다. 나는 갱시기를 저주로 끓여 내는 듯한 엄마가 무서워서 결국은 뒷걸음질쳤다. 두 손목으로 눈두덩이를 비비면서 정지 문을 나가선 함석지붕 집 대문 밖으로 뛰쳐나갔다.

아……! 아무리 그래도 엄마이지 않은가. 주사가 심한

안녕, 엄마

164

아버지라 해도 엄마는 아내이지 않은가. 어떻게 찬장에 든 그릇에 남아 늘어붙은 반찬 전부를 마구닥지*로 비워 내다시피 한 음식을 식구들 아침 밥상에 번듯하게 올릴 수가 있는가. 조선 시대 사약이 놓인 사각진 밥상과 갱시기 밥상이 다를 게 뭐가 있겠는가. 반찬 그릇 하나 없는 게 똑같다. 물론 마시고 죽으라는 사약과 비교하면 혓바닥을 데어 죽으라는 갱시기는 그릇 옆에 숟가락 하나만 달랑 더 놓인 게 다르다면 다를 뿐이다.

나는 엄마가 갱시기 끓여 내는 것을 본 뒤로는 갱시기를 더욱더 먹지 않았다. 어느 순간부터는 머리통이 쥐어박혀도 먹지를 않았다. 어렸을 때 나도 한 고집 했는데 마녀 엄마인들 어쩌겠는가? 엄마는 갱시기 밥상을 안방에 들일 때마다 나에게 따로 물에 만 잡곡밥 한 그릇과 멸치조림 콩자반 반찬만 개다리소반에 올린 간단한 밥상을 차려 줬다.

나는 음식에 절대 까탈스러운 애가 아니었다. 하지만

_____
● '마구잡이'라는 뜻의 비표준어

그 무엇이든 정도란 게 있지 않은가. 음식이란 게 원래 만드는 사람 손맛이고 정성이다. 어떻게 아궁이 재로 시커멓게 그을린 서까래 천장까지 기어오를 듯이 찬장 위로 기어오르고 그 안팎을 뒤집어 내다가 정지 흙바닥으로 쿵닥 소리 나게 뛰어내리는가. 그러다가 '어이쿠!' 하고 엉덩방아까지 찧으면서 만드는 음식이 세상에 어디 있겠는가. 갱시기를 만들어 내는 그 와중에 발에 걸리는 몽당 빗자루도 힘껏 걷어차고 아궁이 불을 잡아 내던 쇠 부지깽이도 구석으로 휙휙 던져 대면서까지 말이다.

어쨌든 확실한 건 찬장 안 찬 그릇 전부를 백골처럼 밑바닥까지 싸악 훑듯이 해서 가마솥 속에다가 모두 다 쏟아부어 만들어 내는 게 울 엄마 갱시기다. 내 말은 그렇게 만든 잡탕죽을 어떻게 개도 아닌 사람이 먹을 수가 있겠는가, 그 뜻이다.

하지만 지금까지 쓴 갱시기 얘기는 내 어린 시절 관점이고 상념이다. 한마디로 내가 뭘 모르고 철딱서니가 없을 때의 얘기다. 달짝지근한 맛에만 탐닉해서 음식의 깊은 맛이 도무지 뭔지를 몰랐던 아이일 적의 편견 말이다.

나는 성인이 되어 객지 생활을 할 때 속이 더부룩하거나 입안이 텁텁해지고 울적한 듯 가슴에 공복기가 느껴지면 언제나 이 갱시기 음식이 제일 먼저 떠오르곤 했다. 그래서 고향 집에 내려가게 되면 엄마한테 간청하듯이 졸라 이 갱시기 한 그릇을 얻어먹는 것이 무엇과도 비견할 수 없을 만큼의 큰 기쁨이었다.

누가 뭐라 해도 갱시기는 속 푸는 데는 대빵이고 그만인 음식이다. 전날 밤에 제아무리 위가 술에 절어 속이 부대끼고 쓰리더라도 이 갱시기 한 그릇 뚝딱이면 단번에 속이 편안하게 가라앉는다. 또한 식욕이 전혀 없을 때, 속이 더부룩하니 몸속에 켜켜이 기름기가 쌓였다고 느껴질 때 이 갱시기 한 그릇이 직방이다. 먹고 나면 속이 목욕한 것처럼 시원해질 만큼 몸 전체가 개운하고 가뿐해진다. 절대 과장이 아니다.

기회가 닿는다면 경상도 갱시기를 한번 드셔 보시라.

다만 아이에겐 강요하지 말고 어른들만 드시라. 내놓아진 그 음식을 얼른 보기에는 '나 원 참! 개죽도 이것보다는 낫겠다!' 싶어 얼굴을 돌리며 당장 물리고 싶겠지만, 음식 들어가는 곳이 어디 눈이던가. 입으로 먹는 거다. 일단 한 숟가락만이라도 못 이기는 체 입안에 조심스레 떠넣어 보시라. 몇 번 우물우물 씹고 난 뒤 꿀꺼덕 삼키고 나면 입가가 환하게 벌어지고 눈이 큼지막하게 저절로 떠진다. 완전히 몰랐던 새로운 세상의 맛이다.

아이일 적엔 당연히 그 맛을 모른다. 아이들은 단맛에 열광하지 모든 맛이 강력한 불길에 우려져 녹아 있는 갱시기의 그 깊은 맛을 제대로 알 수가 없다. 세상 풍파를 겪어 낸 만큼 혓바닥이 두꺼워진 다음에서야 갱시기의 진정한 참맛을 느끼고 알 수가 있다. 그처럼 가슴까지 뿌듯해지며 담백하고 뜨거운 불죽은 세상에 갱시기 그 이상은 없다. 어렸을 적 갱시기를 한 번이라도 접했던 이들은 모두 다 어른이 되어선 갱시기를 반드시 찾게 된다.

갱시기 맛은 삶의 잔 상처까지 한꺼번에 치유되는 맛

이다. 밥그릇을 다 비워 낸 뒤 혀끝으로 입안에 남은 맛 전부를 훑쳐 감치다 보면 저절로 알게 된다. 그 정도로 갱시기 맛은 오묘하고 깊다. 신맛, 단맛, 짠맛, 시금털털한 맛은 물론이고 가슴이 느낄 수 있는 맛까지 배어 있다. 삶의 희로애락이 전부 우려진 맛이 갱시기 한 그릇 속에 오롯이 담겨 있다. 그래서 그 어떤 언어로도 그 맛에 대한 표현을 제대로 해내기는 불가능하다.

◆　　갱시기 맛에 대해 수사적 과장이 아니냐는 사람이 많을 텐데, 절대! 아니다. 나와 내 형제들만 그런 게 아니고 나이 쉰을 넘긴 내 국민학교 동창생 모두 경상도 음식 첫 번째로 이 갱시기를 꼽았다. 40대부터 동창생들은 시골 고향에 모이면 꼭 가는 장터 음식점이 있다. 거기는 곱창을 굽고 소고기도 구워 내지만 치과의사고 학원장이고 돈 많은 사업가들도 다수인 내 친구들은 그 주인아지매에게 돈을 듬뿍 주고 이 갱시기 한 솥을 끓여 달라고 정중하게 청한다. 여자 동창이든 남자 동창이든 모두가 이 갱시기가 담긴 그릇이 나오면 숟가락을 들고 달려든다. 절대 갱시기를 남기는 법이 없다. 모두가 허겁지겁 딸딸딸, 사발 바닥을 숟가락으로 소리 나게 긁어 대며 하얗게 비워 낸다.

"야하. 여기 함창에서는 이 맛이 나는데 왜 우리 서울 집에서는 이 맛이 안 나지? 내가 울 엄마 하듯이 별별 반찬을 다 때려 넣어 봤는데도 이 시원담백한 맛! 배 속과 가슴속까지 한꺼번에 눙쳐 뿌듯하게 만들어 주는 이 맛이 도저히 안 나더라 그 말이지. 도대체 왜일까? 주 재료인 김치 문제가?" 한 여자 동창생의 질문에 고향에서만 줄곧 살아온 우리 동창회장이 껄껄 웃으면서 대답했다. "그기 다 고향 맛 아니겠냐?"

잠사와 빨간 손바닥

6

내 고향 함창이 속한 상주는 예로부터 '삼백(三白)의 고장'이었다. 흰 빛깔이 나는 명주, 곶감, 쌀의 주산지로서 풍요로움을 자랑했다. 지금도 내 고향에선 명주와 관련된 일을 하는 집들이 많은데 내 어릴 적 시장통 붉은 함석지붕 집에서의 주된 수입원도 누에고치에서 풀어내는 '잠사(蠶絲)'였다. 이미 말했던 바와 같이 붉은 함석지붕 집 뒷마당 한 켠에는 10여 평 규모 슬레이트지붕을 한 외채가 있었는데 그 건물이 고치에서 명주실을 뽑아내는 가내 잠사공장이었다.

먼저 이해를 돕기 위해 명주실을 뽑는 작업대라고 할 수 있는 나무 구조와 일 과정을 얘기하는 게 좋겠다. 지금은 고치에서 실을 뽑아내 말려 타래실을 만들고 그 타래실로 비단을 직조해 내는 전 과정을 기계가 할 테지만, 당시 1960년대 후반에는 전부 다 수작업이었다.

그러니까 우리 슬레이트집 공장에서 했던 일은 어른 엄지손가락 크기의 하얀 고치 알에서 가는 실을 뽑아 여자의 굵은 머리채 크기의 실타래를 만들고 그것을 아래에 한 줄에 열 개씩 열 줄, 그 위로 높이로 열 줄, 그렇게 마치 한 접의 곶감을 정사각형으로 묶어 내듯이 단단한 묶음까지 만들어 내는 것이었다(단단한 묶음으로 만드는 '사면 꽉 조이기'식 나무틀이 따로 있었다).

먼저 기술자 한 사람이 앉는 작업대 구조와 형태를 설명하자면 이렇다. 사람이 들어가 앉을 수 있는 가로 2미터, 높이 1.8미터, 옆면 길이 1.5미터 나무틀이 기본 구조다. 기술자가 들어가 앉으면 그 앞에 벌겋게 단 연탄불이 든 화덕이 놓였고 그 위 사각 시멘트 처리를 한 작업대 중간에 커다란 양은 대야를 올렸다. 부글부글 끓는 그 대야 안에는 전날 몇 됫박의 미리 푹 삶아 놓은 고치들이 가라앉아 있거나 둥둥 떠 있다.

기술자 발이 닿는 위치에 페달 두 개가 있는데 페달 한 개를 밟을 때마다 등 뒤쪽 머리 위에 달린 연실 감는 사각 모양의 두툼한 나무패 세 개가 한꺼번에 좌르르, 돌아 간다. 그리고 다른 또 하나의 페달을 밟으면 이미 좌르르 돌아갔던 위 봉에 꿰인 세 패와 더불어 그 아래 봉 세 개 의 패가 좌르르 돌아가도록 되어 있다.

그럼 펄펄 끓는 뜨거운 대야 물속 떠오르는 고치에서 갓 풀린 실이 기술자 등 뒤 머리 위에 달린 패 속에 어떻 게 '좌르르 돌돌돌' 소리를 내며 감길 수가 있느냐 하는 건데. 그 장치는 펄펄 끓는 대야 바로 뒤쪽 위, 그러니까 기술자 손에 쉽게 닿을 거리와 위치에 설치된 세 개씩의 사기 단추가 달린 설치물 때문이다. 하얀 사기 단추는 병 두껑만 한데 그 중심에 오목하게 아주 작은 나선형 구조 의 구멍이 뚫렸다. 그리고 화덕의 열기를 차단하느라 기술자 무릎 앞에다가 진흙벽을 발라 세우는데 그건 부차적인 구조다. 그러면 수작업으로 누에고치 실을 뽑는 작업대 구조와 형태는 전부 다 설명된 셈이다.

이제 어떤 식으로 누에고치 실을 뽑느냐만 설명하면 되는데, 먼저 대구에서 온 두 명의 50대 아줌마 기술자들이 작업대에 앉기 전에 엄마가 만반의 채비를 차린다. 화덕 속 두 개의 커다란 위아래 연탄 중 위 연탄이 방금 갈아 끼운 상태라면 작업이 원활하게 안 된다. 위 연탄이 중반부 넘게 활활 타는 것 이상이 유지되어야 한다. 그리고 그 위에 놓이는 커다란 양은 대야에 뜨거운 물이 펄펄 끓고 있어야 한다. 그 안에는 최소한 두 됫박 이상씩의 전날 삶아 둔 고치가 부어져 있어야 하고.

대구에서 불러온 기술자 아줌마들은 잠사 기술에 대한 긍지가 강했다. 작업 전 준비 상태가 부실하면 자신을 고용한 주인이고 안주인이고 간에 상관하지 않는다. 이래서는 일 못 한다고 땡깡 부려 대기 일쑤여서 엄마는 이른 새벽에 일어나 두 개의 작업 화덕에다가 활활거리는 연탄불을 넣고 그날 작업할 삶은 고치 양이며 삶아진 상태를 미리 점검해야 한다.

어쨌든 모든 준비가 이상이 없다면 기술자 아줌마 두 사람은 군말 없이 각자의 작업대 안으로 들어가 앉았다. 잠사 기술자는 좌우로 굵은 허리를 틀어 보고 기지개도 켜고 팔도 아래위로 돌리는 등 의자 위에서 가벼운 체조로 몸의 연결 부위를 부드럽게 푼 다음 두 손을 바가지 속 찬물에 담근다.

엄마는 근처에서 이런 기술자의 태세를 예의 주시한다. 그녀들을 지켜보다가 아차! 커다란 주전자를 바꿀 때를 놓쳤다 싶으면 부리나케 양손에 빈 누런 주전자를 들고 뒷마당 펌프가로 뛰어간다. 기술자 손이 닿는 엉덩이 옆쪽 둥근 나무 의자 위에다가 차가운 물이 가득 담긴 커다란 주전자를 준비해 놓는 것도 엄마의 주된 일이기 때문이다.

찬물에 담갔던 두 손을 가슴 앞에 쳐든 기술자는 한 발로 천천히 페달을 밟기 시작한다. 그러면 뒤에서 세 개 들이 사각 패가 자동으로 돌아가고 동시에 페달을 밟은 쪽에 달린 대야 앞 허공에 꼬은 철사로 달아 올려 곤충의 눈알처럼 떠 있는 세 개의 사기 알이 돌아가기 시작한다. 기술자는 대야 중심에서 부글부글 끓어오르는 물기둥에서 수면으로 떨어지는 고치들 중 실 끝이 풀려 있는 고치실을 손톱 끝으로 기막히게 낚아채서는 앞에서 차르르 돌아가는 사기 단추 중심에 척 갖다 붙인다. 그러면 그 고치실이 순식간에 사기 구멍 안으로 빨려 들어간다.

일단 실이 빨려 들어가면 발판을 밟는 동력에 의해 그 고치는 뜨거운 물 위에서 실이 자동적으로 풀려 사기 구멍에 빨려 들어가고 사각 패에 감기는 동안 물굽이(물장구)를 치듯이 계속해서 제자리에서 뱅글뱅글 돈다. 그러니까 세 개의 사기 단추 중 한 단추는 이 고치실이 다 풀릴 때까지 돌아가는 그 패를 따라 계속해 돌아가는 것이다. 그다음 사기 단추에 또다른 고치실을 붙여 넣고, 나머지 단추에도 붙여 넣는 작업을 하면 기술자 머리 위 세

패에 모두 명주실이 감기게 되는 것이다.

2.5그램의 타원형 고치는 보통 1,200에서 1,500미터 길이의 실을 온몸에 돌돌 감고 있다. 고치 하나의 실이 다 풀리는 데 시간이 엄청 걸릴 거라 생각하면 오산이다. 그렇지 않다. 펄펄 끓는 물 위에서 고치실을 사기 구멍에 붙여 넣느라 두 손을 노련하게 놀리는 기술자의 모습은 흡사 피아노 건반을 두드리듯이 바쁘다. 이마에 금방 송알송알 땀이 돋는다. 기술자는 바가지 속 찬물에 손끝을 적시는 것과 거의 동시에 펄펄 끓는 물 위에 동동 떠오른 고치의 풀린 실 끝을 낚아채 사기 구멍에 연결하는 것이다. 연신 찰나의 수제비 뜨듯이 하는 기술로 명주실이 끊어지지 않게 세 개의 사기 단추 구멍 속으로 번갈아 가며 이어 붙이는 것이다.

나는 다섯 살 때까지는 고치실이 다 풀어진 뒤 화덕 위 대야 밑으로 수북이 가라앉게 되는 짙은 노랑과 나무색 주름이 있는 손톱 정도 크기의 번데기를 먹었다. 참 많이도 와구와구 먹었다. 기술자 아줌마들이 주인집 막내인 어린 나만 보면 손짓으로 작업대 가까이 불러 "뭐라 캐싸도 번데기가 영영분으로는 최고데이!" 하면서 대나무 손잡이가 달린 촘촘히 엮은 조그만 망인 뜰채로 대야 바닥을 쓰윽 긁어 푹 삶긴 번데기를 한 바가지씩 퍼 줬기 때문이다. 번데기를 씹으면 고소하다. 한 움큼만 먹어도 배고픔이 가실 만큼 근기도 있다. 하지만 나는 번데기를 하도 먹어서 질리기도 했거니와 언젠가 꽁무니가 삭은 고치에서 나온 누에를 보고 기겁을 한 뒤부터는 더이상 번데기를 먹지 않게 되었다. 손가락만 한 벌레 한 마리가 등을 반원지게 구부린 채 수십 개나 되는 까만 발을 들고 꿈지럭거렸기 때문이다.

작업대에 앉은 기술자 아지매가 "주인 아주머이!" 하고 크게 부르면 엄마는 집 안 어디에 있던 간에 냉큼 달려갔다. 엄마는 그 두 기술자의 보조자 격이다. 엄마는 두 기술자가 먹을 간식거리는 물론이고 식사까지 공들여 마련했다. 왜냐하면 대구에서 기술자를 불러오면 방을 따로 잡아 주고 밥까지 해 먹이는 데다가 매달 무척이나 비싼 월급을 지불해야 하기 때문이다. 그러니까 두 기술자가 작업하는 시간과 양은 엄마에게 있어 곧 돈이다. 작업이 멈춰지거나 지체되는 일이 없도록 잔신경을 많이 써야 했다. 그렇기에 기술자가 뭐가 어쨌네, 하고 투정을 하거나 불만을 터뜨리면 엄마가 "아이구 그러면 안 되지요!" 하면서 그것을 다 받아 주고 다 해결해 줘야 한다.

한마디로 월급 주는 고용자가 상전이 아니라 피고용자인 노동자가 상전이었다. 엄마가 속으로 아니꼬와도 "네, 네. 당연하지라!" 할 수밖에 없는 이유가 상주 일대 근방에서는 이 정도의 능숙한 실력을 가진 기술자 찾기가 쉽지 않기 때문이다. 그래서 사람 줄을 여럿 대서 대구나 영천 등지에서 전문 잠사 기술을 보유한 기술자들을 시골까지 모셔 오는 것이다. 시장통 붉은 함석지붕과 한쪽 머리를 잇대고 있는 슬레이트지붕인 잠사 작업장은 소규모 가내공장이긴 하지만 집의 주 수입원이었기 때문에 기술자를 못 구해 한두 해를 걸렀던 것 빼고는 매년 가동되었다. 펄펄 물이 끓는 뜨거운 물 대야 작업이라 여름철엔 공장이 쉬었고 보통 찬바람이 도는 11월 초에서 2월 말까지는 풀가동되었다.

하지만 우주를 창조한 하나님도 피곤해 일주일에 한 번은 꼭 쉬는데 인간이고 아줌마에 불과한 기술자 아지매가 어찌 하루를 쉬지 않겠는가. 두 기술자 중에 독실한 교인도 있어서 대구 모 교회 주일은 죽었다 깨어나도 꼭 지켜야 한대서 그 아지매는 토요일 작업이 끝나자마자 가 버렸다. 그 때문에 우리 집 슬레이트 잠사공장도 주일마다 꼭 쉬었다. 물론 우리 엄마도 함창장로교회에 적을 걸어 두었지만 주일을 꼭 지키는 열성 당원은 아니었다. 일요일엔 하나님도 쉬느라 주무실 텐데 설마 하늘에서 일일이 굽어보시겠어? 감시하는 것도 일일 텐데! 하듯이 하나님보다 더 부지런한 엄마에게 잠사공장이 가동되는 동안은 주일이란 게 없다시피 했다.

엄마는 기술자가 자리를 비운 일요일마다 한 개의 작업대를 가동했다. 화덕에 활활거리게 연탄불을 피워 놓고 그 위에 놓인 펄펄 끓는 물이 담긴 양은 대야 안에 한 됫박의 양만큼만 삶은 고치를 쏟아부었다. 기술자 아줌마처럼 엄마는 몸뻬를 입고 목에는 땀 닦을 수건을 두르고서 비장한 표정으로 작업대에 올라앉았다. 왜 그러셨을까?

엄마 본인이 기술자가 되고 싶었기 때문이다. 그 말을 뒤집으면 근방에서 모셔 오기 힘든 기술을 본인께서 익히고 싶은 거였고 매달 기술자에게 주는 적지 않은 월급이 아까웠기 때문이다. 그 돈만 아낀다면 서울에서 공부하는 큰아들과 대구에서 공부하는 둘째 아들한테 조금이라도 더 넉넉한 학비와 생활비를 부칠 수가 있을 거였다. 그래서 엄마는 아무도 없는 잠사공장 작업대 의자에 혼자 앉았는데, 펄펄 끓는 대야 안의 부글거리는 물을 내려다보는 그 얼굴에 긴장한 표정이 역력했다.

그 어느 날이었던가. 나는 엄마가 잠사공장 안으로 걸어가는 것을 보고 대문 밖으로 나가 뛰어놀 동네 친구들을 찾아다녔다. 그날따라 내 또래들은 산속의 산삼 이파리마냥 머리카락도 보이지 않았다. 나는 털레털레 돌아올 수밖에 없었다. 앞마당에 떨어져 있던 빈 깡통을 힘껏 걷어차고 함석지붕 집 안으로 들어섰다. 안방과 정지로 통하는 쪽문을 열어 보니 엄마가 없었다. 그제야 잠사공장 안으로 들어가던 엄마 모습이 생각났던 나는 마루 밑 신발을 꿰신고 뒷마당으로 막 들어섰다. 그런데 그 순간 엄마가 슬레이트 잠사공장 비닐 문을 벼락같이 밀어젖히면서 나왔다. 산노루처럼 후닥닥 뒷마당으로 뛰쳐나왔다. 엉덩이에 불이라도 붙은 듯이 말이다.

　당연히 엄마의 그런 행동이 낯설었다. 엄마는 커다란 감나무가 서 있고 장독대와 접해 있는 펌프 주둥이 밑에 놓인 방티 쪽으로 한달음에 달려가 앉았다. 동시에 차가운 물이 늘 채워져 있는 방티 속으로 반쯤 뛰어들 듯이 엎어지며 두 손을 찬물 속에 깊이 담갔다. 그리고는 닭 모가지 비틀 듯이 가는 목을 비틀어 올리고 좌우로 연신 고개를 돌려 꺾으며 '으으으, 으흐흐음!' 가는 앓는 소리를 흘려 냈다. 고통에 겨워 이를 악문 소리였다. 어린 나는 이게 대체 무슨 일인가 싶었다. 엄마에게 쪼르르 달려가 뭔가를 잔뜩 참아 내느라 이마를 한껏 찌푸리고 있는 엄마 얼굴을 들여다보았다.

-엄마! 왜 그래?

-아흐…… 아으으으…….

엄마는 두 손을 물속에서 빼들어 보고는 다시 물속 깊이 두 손을 처박았다. 그런데 엄마 두 손이 이상했다. 손의 윗부분인 손목 빛깔과는 확연히 차이가 날 만큼 엄마의 손등과 손바닥, 손가락 부위 전체가 벌겠다. 마치 엷은 핏빛 물을 뒤집어쓴 것 같았다. 손 혈관 속으로 불꽃이 흐르고 있는 것처럼 살갗 전체가 벌겋게 달아 있었던 것이다.

그제서야 나는 상황이 이해가 됐다. 그러니까 엄마는 잠사 기술자가 되기 위해 펄펄 끓는 대야를 앞에다 놓고 악착같이 손을 담가 가며 연습에 연습을 거듭한 것이다. 뜨거운 물 위에 동동 뜨는 풀린 고치실을 재빨리 손끝으로 낚아채 앞에서 팽그르르 돌아가는 사기 단추 구멍에 넣는 연습을 하고 또 했던 모양인데, 펄펄 끓는 물에서 그 가는 명주실 끝을 찰나로 들어 올려 작은 구멍에 집어 넣는 그 노련한 기술이 어디 하루아침에 익혀지는 것인 가. 엄마는 잠사 기술을 익히려다가 두 손 전체를 벌겋게 익혀 버린 것이다.

마침 그때 출타했던 아버지가 뒷마당 안으로 쓱 들어 서셨다. 잠시 휘둥그레진 눈으로 아내와 막내인 내가 울 상을 한 채 그러고 있는 것을 쳐다봤다. 아버지는 활짝 열 어 젖혀져 있는 잠사공장 문과 방티에 담긴 찬물 속에다 가 두 손을 담근 채 신음을 흘리는 엄마를 번갈아 보자마 자 이내 눈썹이 굵은 송충이로 변해 굼실거렸다.

─야, 이 사람아! 내가 하지 말라 했제? 그렇게 익혀질 기술이라면 이 세상에 기술자 안 할 사람이 어딨겠냐구? 나 원 참!

아버지는 혀를 끌끌끌 찼다.

─에이, 미련 곰퉁이 같은 예편네 같으니라구!

아버지는 낮이면 점잖기 짝이 없음에도 불구하고 그

상황에서는 벌컥 화를 냈다. 화가 나도 아주 많이 난, 진노였다. 아버지는 엄마가 꼴도 보기 싫은지 다시 함석지붕 중앙 봉당 쪽으로 몸을 돌려 걸어갔다. 그리고 대문 담벼락에 세워 둔 자전거를 타고 바람처럼 사라져 버리는 소리가 뒷마당까지 들려왔다. 지금 아버지가 가는 곳은 틀림없이 주막집이나 선술집일 것이다. 불은 물로 잡는다. 머리끝까치 화가 치민 아버지 가슴속 불길을 꺼뜨리는 방법이라곤 뿌연 막걸리를 연신 들이켜는 것밖에는 없잖겠는가.

'이 사람아, 아이구 이걸 어째! 두 손을 데구 말았구만. 되게 쓰라릴 텐데 이걸 어쩐담? 안방 서랍에 화상연고가 있으니 일단 들어가 그거라도 발라 봅시다! 어여 일어나구려! 어여!'

아버지가 그 상황을 그리 대처했으면 얼마나 좋았겠는가. 엄마는 자기 마누라를 걱정하고 위하는 말 한마디 제대로 할 줄 모르는 아버지의 그런 야속한 처사가 더욱더 서러운 모양이었다. 커다란 단풍잎 빛깔의 두 손을 방티 속에 집어넣은 채 고개를 숙이고 입술만 잘근잘근 짓씹고 있던 엄마가 어느 순간 흑! 하는 소리를 냈다. 참고 참았던 울음을 가늘고 길게 뽑아냈다. 드물긴 하지만 나는 엄마가 소매로 눈가를 찍어 대는 걸 본 적은 있었다. 하지만 이렇게 작게라도 내 앞에서 소리 내 우는 것은 처음 보았다.

엄마 우는 얼굴을 쳐다보는 동안 일곱 살 난 내 입이 저절로 조금씩 벌어졌다. 이윽고 크게 벌어졌다. 내 입속으로 아주 조그만 청개구리 한 마리가 뛰어든 것 같았다. 그 청개구리가 내 입속 깊숙이 들어가 목구멍 입구에 달린 분홍빛 달개비 모양의 목젖을 간지럽혔다. 그러자 내 두 볼이 울먹울먹하며 떡개구리 턱밑에 있는 커다란 울음주머니처럼 한껏 부풀어 오르기 시작했다. 나는 이내 '으앙!' 하고 커다랗게 울음을 터뜨렸다.

엄마는 내가 크게 울기 전까진 그저 끅끅거리며 울었다. 그런데 내가 울음을 왕창 깨트려 내자 기다렸다는 듯이 대놓고 꺼이꺼이, 곡하듯이 서럽게 울었다. 그러면서도 물에 담근 두 손을 물속에서 연신 부채처럼 흔들어 댔는데, 아무리 찬물에 담그고 있어도 손등과 손바닥은 물론이고 열 개의 손가락 사이사이, 그 안 손가락뼈까지 속속들이 쓰라려 오자 엄마는 그 통증만은 도저히 참아 낼 수가 없었던 것이다.

울음만큼 전염력과 파급력이 강한 것도 없다. 나는 한 번 크게 울고 뚝 멈추려 했다. 그런데 엄마가 곡하듯이 낮게 낮게 구슬피 우는데 어떻게 엄마의 어린 새끼인 내가 열심히 박자를 맞춰 다시 울지 않을 수가 있겠는가. 결국 엄마는 엉엉! 울고 나는 앙앙! 울었다. 모자가 한꺼번에 우는 일은 드문 일이다. 누가 담장 뒤에 서서 듣는다면 오늘 이 집에 누가 죽었나, 오해할 수도 있는 일이고 창피한 일이다. 이윽고 엄마는 울음소리 고삐를 다잡듯이 그 소리가 땅바닥을 기게 흑흑거리면서 울고 나는 잉잉거리면서 울었다.

나는 엄마가 울면 진짜로 슬퍼진다. 삽시간에 세상 전

체가 컴컴해진다. 비도 안 오는데 춥지도 않은데 몸이 추위를 타고 종내는 와들와들 전신이 떨린다. 언제나 그토록 의연하고 강해 보이던 내 엄마가 울다니! 낯선 엄마 눈물은 차가운 비를 뿌리듯 내 마음속을 흠뻑 젖게 했다. 그 마음 위에 옷처럼 입혀진 내 몸에 난 이빨이 서로 딱딱 소리를 내며 마주칠 지경이었다. 엄마가 계속 울면 나는 결국은 추워서 죽게 될지도 몰랐다. 그런 생각이 든 나는 자전거처럼 황급히 울음을 쓰러뜨리고 멈췄다. 걱정에 가득찬 눈으로 엄마를 들여다봤다.

　-아직도…… 많이 아파?

　엄마는 머리를 떨구고 턱을 가슴에 쿡쿡 처박아 남은 서러움을 짓뭉개 죽이고 있었다. 나는 또다시 울음이 겨워졌지만 더이상은 울지 않았다. 대신 땅바닥에 퍼질러 흐느끼는 엄마 옆에 서서 엄마의 한쪽 어깨를 고사리손으로 두들겼다.

　-엄마, 고만 울어…….

　다시 톡톡톡, 더 두드렸다.

-엄마 손, 불이 꺼졌을 거야. 손 이리 내 봐. 내가 엄마 손 호, 불어 줄 테니까 이제 엄마 고만 울어. 응?

그즈음에 엄마가 내 울음을 멈추려 할 때마다 어김없이 했던 그 말을 나는 엄마에게 곱게 되돌려 주었다.

-우리 엄마 착하지. 그만 뚝!

◆   무슨 일이든지 목표했으면 반드시 이뤄 내는 엄청난 끈기를 가지셨던 엄마는 종내 잠사 기술자는 되지 못했다. 왜냐하면 엄마가 두 손에 붕대를 감았던 그다음 날 바로 아버지가 잠사공장 입구 비닐 문에 열쇠를 매달아서였다. 공장 쉬는 날이면 아버지는 잠사공장 문을 자물쇠로 단단히 잠가 버렸다.

◆◆   지금도 그날 장면이 떠오르면 내 눈은 금방 어룽진다. 물이 펄펄 끓는 그 양은 대야 속에서 엄마는 결국은 다섯 자식들을 입히고 먹일, 공부시킬 돈을 건져 올리려 했다. 그렇다면 벌겋게 화상 입은 엄마의 그 두 손은 무엇일런가. 다른 엄마들의 마음도 그러할진대. 그렇다면 세상 엄마들의 두 손은 삼라만상을 보듬는 보살의 손이 아닐런가. 하늘로 가신 울 엄마, 이제는 평안하셔야 할 텐데. 아직도 세상에 남겨 둔 자식 걱정에 펄펄 끓는 그 뜨거운 모정의 강을 홀로 아득히 건너가고 있는 중이신가…….

쇠
주
물
집

채소밭

내가 국민학교 2학년이 되던 초봄에 우리 가족이 이사를
했다. 시장통 붉은 함석지붕 집에서 쇠 주물을 떠 내던 쇠
주물공장 집으로 옮겨 간 것이다. 그 집 본채인 허름한 기
와집은 함창면에서 점촌읍(현재는 문경시)으로 가는 황소
고개 신작로 옆에 있었는데 이전 집인 시장통 집과 거리
로 따지자면 300-400미터 정도 떨어졌다. 하지만 면사
무소와 파출소, 기차역과 버스 정류장 같은 주요 시설이
밀집된 거로 치자면 우리 식구는 번화가인 면내에서 면
변경인 외곽으로 한참 밀려난 것이었다.

그 대신 쇠 주물집이 품고 있는 울타리 내 면적은 함석 지붕 집과는 비교할 수 없을 만큼 넓었다. 주물공장이 가동됐을 때 거기서 만든 제품들을 보관하고 인부들이 묵는 장소도 필요했기에 본채 이외에도 여러 건물이 있었다. 본채 앞의 서너 칸 방이 들어간 기와집, 그리고 대여섯 칸 노출형 구조의 일자형 기와집이 길게 서 있었다. 그런 집채마다 자체적으로 딸린 마당이 있었고 본채와 가장 멀리 뚝 떨어진 담벼락 옆에 재래식 변소가 있었다.

시장통 집 뒷마당에 커다란 감나무가 있었다면 드넓은 쇠 주물집은 변소 가는 길 중간쯤에 세 그루의 거대한 오동나무가 서 있었다. 물을 긷는 펌프도 당연히 있었다. 이사 온 지 얼마 안 되어 아버지는 우물의 땅 윗부분인 우물 위 구조물을 들어내고 철근과 판자를 이용한 덮개를 시멘트 처리를 한 다음 그 속으로 기다란 파이프를 연결시켰다. 그 위에 수도꼭지를 단 관을 세웠다. 모터를 달아 시원한 물이 쏟아지도록 한 수도는 본채 앞마당과 주물 공장 마당 사이 한가운데에 있었다. 그 물이 골 따라 흘러

내려 간 곳에 미나리꽝(미나리 물밭)이 있었고 그 왼쪽으로 300평이 넘는 커다란 밭이 딸려 있었다.

뭐니 뭐니 해도 인근에서 그 집을 여전히 쇠 주물집이라고 부르게 하는 이유는 주물공장 마당에 용광대가 서 있어서다. 철 성분이 함유된 돌에서 쇳물을 뽑아내는 용광대 밑지름이 3미터 정도, 높이는 한 5미터 되어서 거의 경주 첨성대를 2분지 1크기로 축소시킨 형태다. 반죽한 붉은 진흙 덩어리를 직사각형 커다란 사각 판에 넣어 발로 밟아 판판하게 만들어 빼서는 잘 말렸다가 그 커다란 흙벽돌을 옹기 굽듯이 구워 내 쌓아 올렸다(벽돌 하나는 어른이 간신히 들 정도로 크고 묵직하다). 진흙 시멘트로 흙벽돌 사이를 메꿔 가면서 높다랗게 쌓아 올렸는데 용광대 아래쪽 꽁무니에는 붉은 쇳물이 흘러나오는 펌프 파이프 구멍보다 갑절이나 더 큰 크기의 밸브가 달렸다. 그리고 이 용광대 근처에는 원석인 철광석에서 철을 빼내고 버린 폐석 더미들이 여기저기 쌓여 있었다. 구멍이 숭숭 나고 재질이 사이다병처럼 푸르게 반짝거리는 주먹만

한 폐석들이었다. 어쨌든 쇠 주물집 전체 정경을 한마디로 말한다면 정돈이 전혀 안 됐고 곳곳이 전투적이라 느껴질 만큼 어수선해서 손을 대는 게 거의 엄두가 안 나는 분위기였다.

그 집의 주인이 된 아버지와 엄마는 폐가고 버려진 땅 분위기를 물씬 풍기는 쇠 주물집을 사람 살 만한 생기가 돌도록 바꾸기 위해 두 팔을 걷어붙였다. 두 분은 이른 봄부터 눈을 뜨기만 하면 코에 단내가 나도록 일을 하셨다. 오래 비워진 집이라 일거리가 천지고 태산이었다. 본채부터 작업했다. 구들장이 허물어진 안방 방바닥 전체를 들어내고 구들장을 새로 깐 다음 그 사이사이를 마른 짚을 썰어 넣은 진흙을 개어 단단히 메꿨다.

학교를 다녀오면 국민학교 2학년인 나와 5학년생인 바로 위 형도 아버지 엄마를 도왔다. 안방과 건넌방을 고친 다음 본채 정지를 손보았다. 아궁이며 부서진 부뚜막도 진흙과 벽돌을 이용해 구조를 다시 세웠다. 마지막 처리는 시멘트 가루와 가는 모래를 갠 반죽을 떠 미장 도구인 흙손과 흙칼을 이용해 부뚜막 수직면과 수평면을 맨드럼하고도* 빤빤하게 작업했다. 그다음은 유리창이 깨진 창문을 틀째로 뜯어내고 새로 만든 나무틀을 끼웠다. 유리점에서 크기를 맞춰 온 유리창을 끼워 넣고 돌아가며 졸대를 대고 잔못으로 박아 고정시켰다. 작업한 방바닥이 단단하게 굳자 안방과 건넌방의 뱀 허물 벗듯 벗겨진 누런 벽지를 뜯어내고 구석구석 쳐진 거미줄을 걷어 냈다. 신문지를 깔고 얇은 미농지를 풀칠해 방안 전면을 다 붙였다. 밑 종이가 마른 뒤 그 위에다가 다시 꽃무늬가 찍힌 벽지를 발랐다. 이것으로 일단 본채는 사람이 들어가 밥도 해 먹고 이부자리 펴고 잠도 잘 수 있게 되었다.

본채 일이 끝난 다음부터는 용광대 옆에 서 있는 기다란 기차같이 생긴 허름한 일자형 기와집이었다. 노출형 공간인 그 칸칸을 아버지와 엄마는 외양간으로 고쳐 나가기 시작했다. 제일 앞머리 공간이 부엌이 딸린 방이었다.

● '매끈매끈하다'는 뜻의 비표준어

그 방에 불을 집어넣는 조그만 아궁이를 허물어 낸 뒤 큼지막하게 부뚜막을 앉히고 불길이 크게 들어가게 아궁이를 커다랗게 만든 다음 그 위에다가 가장 큰 가마솥을 얹었다. 그러니까 부모님은 소를 여러 마리 키울 생각으로 겨울에 소에게 줄 여물을 끓여 낼 여물간을 만든 것이다.

기다랗게 서 있는 뒤의 나머지 다섯 개 공간은 기와지붕을 받치는 기둥이 서 있고 앞면 전체가 개방된 벽이었다. 아버지와 엄마는 서까래와 판자, 흙벽돌과 시멘트벽돌을 이용해 외양간으로 하나씩 개조해 나갔다. 소가 편한 높이에서 베어 온 풀이나 여물을 먹을 수 있도록 전면 앞쪽 한 켠에다가 시멘트 미장질을 해 큼지막한 여물통을 만드는 게 가장 중요했다. 아버지는 면의 중심에서 외곽으로 나왔다고는 하나 여전히 함창장사다. 엄마 또한 일에 있어서는 끝장을 보는 사람이다. 강력한 힘과 집념과 근성이 손발을 맞춰 협업했으니 그 일의 속도가 얼마나 빨랐겠는가. 내가 학교를 다녀올 때마다 외양간 하나가 새로 뚝딱, 하고 변모해 있었다. 외양간 네 칸과 사료를 넣어 둘 조그만 창고까지 만들어 냈다. 아버지와 엄마는 이른 아침부터 밤늦게까지 뭔가를 나르고, 쌓고, 꿰맞추고, 뚝딱거리고, 고정시키고, 흙손 작업으로 빈틈과 구멍을 메꾸는 일을 쉬지 않았다. 주말도 없었고 휴일도 없었다.

부모님은 일에 탄력과 가속도가 붙었는지 외양간 작업을 마치자마자 곧바로 오동나무 세 그루가 서 있고 넓은 밭이 딸려 있는 그 사이 입구에 돼지를 키울 돈사를 지었다.

돈사를 지어 낼 주재료인 커다란 시멘트벽돌을 찍어 내는 공장이 쇠 주물집 본채 옆 신작로 위, 그러니까 길 하나만 건너면 바로 있었다. 그래서 아버지와 엄마는 리어카를 이용해 1,000장은 족히 넘을 시멘트벽돌을 날라 오동나무 앞에다가 쌓았다. 그다음부터는 아버지는 목수 일을 해 본 친구와 함께 돈사 세 칸을 부려 넣을 평지를 다졌다. 그리고 'ㄷ'자 형태의 건물 모서리가 설 위치마다 붉은 헝겊이 달린 긴 못을 깃발 대신 땅바닥에다가 꽂았다. 그리고 벽이 될 벽돌을 수직으로 쌓아 올리기 위해서 팽팽하게 실을 당겨 형태를 잡았다. 그다음 방티 높이로 자른 드럼통과 낡고 커다란 방티 안에다가 모래와 시멘트를 붓고 물을 부으며 삽으로 반죽을 한 다음 그것을 접착제로 사용해 시멘트벽돌을 차곡차곡 엇갈리게 수직으로 쌓아 올리기 시작했다. 돼지 방 세 개가 들어가는 직사각형 돈사는 어림잡아 총 20평 정도인데 아버지와 목수 아저씨가 나서 닷새 만에 'ㅅ'자 서까래를 올리고 그 위를 슬레이트로 덮어 완성시켰다. 그렇다면 이제는 일이 끝났는가?

천만에 말씀이다. 엄마 아버지는 잡초로 뒤덮인 300여 평의 밭에서 잡초를 뽑아내고 돌을 골라냈다. 크고 작은 돌들이 얼마나 많았던지 이게 밭이 아니고 돌을 감자알처럼 길러 내는 터가 아니었는가 싶었을 정도다. 밭에서 캐내고 집어내 던져진 돌이 한군데로 모였는데 그 양만해도 족히 2톤 트럭 한 그득 정도로 돌무더기를 이뤘다. 돌을 다 골라낸 뒤 아버지는 3월 말경인데도 웃통을 다 벗어젖히고 우람한 근육을 자랑하면서 삽 하나로 골과 이랑을 만들어 내기 시작했다. 소가 쟁기를 끄는 듯한 속도였다. 아버지는 뜨거운 콧김을 씩씩 내뿜으며 40-50미터 길이의 한 골을 파 내려가 두툼한 이랑을 쌓았고, 엄마는 아버지가 만든 그 흙무더기 이랑 위에 앉아 호미를 들고 오리 걸음질로 나아가며 흙덩어리를 잘게 부수고 편편하게 만들었다. 오랫동안 안 쓰고 방치시켰던 밭을, 잡초가 우거졌던 그 300여 평의 돌밭을 보드랍고 기름진 흙이 번들거리는 밭으로 변모시키는 데 겨우 나흘이 걸렸을 뿐이다.

나나 내 위의 형이나 가끔 밭의 돌들을 돌무더기에 던져 대거나 삼태기에 담아 나르기도 했지만 그 작업 대부분은 전적으로 부모님이 하셨다. '당신은 장구를 쳐라, 나는 북을 칠 터이니!' 하듯이 노동의 협업에 있어서만큼은 아버지와 엄마는 환상적인 조합이었다(지금 생각해도 두 분이 해낸 지속적인 일의 양은 저절로 입이 떡 벌어질 정도다).

아버지와 엄마는 쇠 주물집으로 이사 간 당일부터 그

뒤로 연이어진 3-4월 통째로 일소처럼 일만 하신 것이다. 그것도 앉아서 콩이나 까고 붉은 고추 꼭지를 따는 일 따위가 아니라 전신을 수없이 구부렸다 폈다를 무한 반복하는 그 힘든 노역을 매일매일 해냈다. 그렇게 고되게 일하면서도 엄마는 나와 바로 위 형(첫째 형은 서울 유학, 둘째 셋째 형은 대구 유학 중)인 두 자식들을 보는 얼굴에 힘들거나 지친 표정이 전혀 없었다. 쇠 주물집이 하루가 다르게 번듯하게 변모해 가는 것을 뿌듯해했고 잡초 하나 없이 잘 만들어진 넓은 밭을 지긋한 눈길로 바라볼 때마다 만족스러운 미소를 입가 가득 머금어 내셨다.

빗물을 흘려 낼 골과 씨 뿌릴 이랑이 넓적하게 다듬어지자 아버지와 엄마는 그 300평 가까운 밭에다가 채소 씨앗을 뿌렸다. 새끼 작물인 모종도 시장에서 사다 심었다. 아버지가 끝에 반원형 쇠가 달린 기다란 괭이를 들고 보드라운 이랑 흙을 맨발로 밟으며 앞에서 쭉쭉 골을 타고 나가면 엄마는 상추와 쑥갓 등등의 씨앗이 각기 든 바가지를 들고 따라갔다. 엄마는 허리를 구부려 아버지가 타 놓은 이랑의 작은 골에다가 솔솔솔 씨앗을 뿌렸다. 그러면서 열댓 개의 아주 자잘한 씨앗이 골고루 떨어진 그 골을 한 발로 가볍게 이랑을 허물 듯이 좌우로 쓸어 가며 씨앗들을 덮었다. 그러니까 엄마는 채소 씨앗 뿌리기와 흙으로 씨앗 덮기를 동시에 해내면서 아버지 뒤를 따르는 것이다. 그런 식으로 봄에 뿌리는 각종 채소 씨앗을 밭에다가 뿌리고 난 뒤 이미 싹을 틔운 고추와 가지, 토마토 모종들을 심었다.

그리고 2-3주 뒤 그 넓은 밭에 뿌려진 채소 씨앗들이 저마다 연둣빛으로 싹을 틔웠다. 그 싹들이 손가락 크기로 자라나자 엄마는 화분 꽃나무에 물을 주듯이 펌프 손잡이를 있는 힘껏 눌러 겨우 받아 낸 두 개의 양동이를 양손에 들고 밭으로 걸어갔다. 그 양동이에 가득 담긴 물을 바가지로 떠서 일일이 먹이를 주듯 어린 채소에게 주었다. 하지만 결코 작지 않은 면적의 밭에 일일이 그런 식으로 물을 주는 건 시간도 많이 걸릴 뿐만 아니라 여간

힘에 부치는 일이 아니었다. 그래서 아버지는 펌프를 뜯어내고 수도꼭지를 달았다. 전기선을 끌어와 모터를 연결시켰다. 그 모터가 비바람에 보호될 수 있도록 정사각형의 시멘트 구조물을 만들고 나무 두껑도 만들어 덮었다. 그리고는 수도꼭지에다가 100미터 길이는 족히 될 기다란 호스를 매달았다. 아버지는 엄마가 두 손에 물이 가득찬 양동이를 들고 끙끙거리며 밭으로 걸어 나가는 걸 지켜보기가 안쓰러웠던 모양이었다.

　-자, 준비됐나? 물 튼데이!

　-야아. 어서 트이소!

　그 긴 고무호스 끝을 잡고 밭 중심에 서 있는 엄마 얼굴이 빛이 날 정도로 환했다. 고무호스를 잡고 행복에 겨워하는 모습은 시쳇말로 샤넬, 루이비통, 구찌 같은 명품 가방을 남편으로부터 몇 개나 선물 받은 듯한 표정이었다. 드넓은 밭에서 푸릇푸릇 자라나는 작물들에게 그 기쁨을 골고루 나눠 주는 듯이 엄마는 고무호스로 물을 뿌렸다. 어린 채소들에게 분수대에서 낙하하는 작은 물방울을 흠

빽 적셔 주면서 엄마는 가까이 걸어오는 나를 뒤돌아보
았다.

－학교 댕겨온 기가?

－응.

－야하, 이젠 엄마가 무거운 바께스(양동이)나 물조리 통
을 들구 다니지 않게 됐구마. 여기서 이리도 물이 술술 나
오니께로. 그렇제? 시상 참 많이도 좋아졌제? 모타만 연
결시키문 이렇게 밭 한가운데서도 요로꾸룸 물이 콸콸콸
쏟아지니께로. 내는 봐도 봐도 신기하구마. 막내, 니도 신
기하제?

나는 얼굴을 돌리고 가벼운 한숨을 내쉬었다. 세상에
서 신기한 게 다 죽었다 싶었다. 너무나 당연한 걸 가지고
서 엄마는 신기한 게 저리도 없을까 싶어서였다.

엄마는 그날 저녁 프라이팬에 돼지고기를 잔뜩 올려
구웠다. 대파 숭숭숭 썰어 넣고 다진 마늘 넣고, 시뻘건
고추장 두어 숟갈을 퍼 넣어서는 곤로 불 위에 놓고 둘둘

둘 숟가락으로 볶았다. 저녁상에 '돼지고기 두루치기'가 올려진 것이다. 아버지가 가장 좋아하는 음식이었다. 게다가 평소 엄마는 술이라면 칠색 팔색하면서 넌더리를 내는 분이다. 그런데 그날따라 코맹맹이 소리까지 내면서 아버지 앞에다가 스댕 그릇을 놓고 뿌연 막걸리를 콸콸콸 두 손으로 그득 쏟아부어 주었다.

-많이 드시소. 오늘 참말로 고생 많았씸더.

-고생은 무슨! 고무호스 연결하는 건 아무 일도 아니지러.

-하이구, 누가 호스 얘기하남요. 영종이 아부지가 전기를 잘 아니께로 금방 모타를 뚝딱 해 달아 주지 않았소. 이 근방서 모타 달린 수도꼭지 마당에 꽂혀 있는 집 어디 한 집이라도 있으믄 나와 보라 카소.

아버지는 엄마 칭찬을 젓가락으로 휘휘 저어 막걸리를 두어 번 힘차게 벌컥벌컥 들이켰다. 젓가락으로 붉고 누런 기름이 뚝뚝 떨어지는 두루치기를 잔뜩 집어서는 커다란 입에다 집어넣고 두 볼따구니가 욱실해질 정도로 맛나게 썹었다. 엄마는 그런 아버지가 막내인 나보다 훨씬 더 귀엽다는 표정을 짓고 있어서 나를 황당하게 만들었다.

-영종 아부지, 두고 보시오. 내가 이자부텀 우리 집 채소가 1등 먹을 맨쿠롬 아주 잎들이 반들반들하고 푸릇푸릇하게 만들 틴께. 1등 채소로 아주 자아알 키워 넬 텐니께로.

그 말에 나는 숟가락으로 밥을 입에 퍼 넣다가 멈췄다. 숟가락으로 내 손과 입속을 연결시킨 채로 엄마를 뜨악한 표정으로 돌아보았다. 나는 학교에서 1등, 2등은 들어봤어도 채소가 1등, 2등 한다는 얘기는 금시초문이었기 때문이다. 나는 갑자기 키득키득 웃으며 엄마를 힐끔거렸다. 엄마 눈이 뚱그레졌다.

-야가 갑자기 왜 이카노? 밥 먹다가 뭐 히딴 거라도 본 기가? 실성한 듯이 실실 웃게?

- 쿠쿠, 아니, 그런 말이 어딨어? 밭에서 채소가 공부를 하기라도 하나? 국어책 펴고 공책 펴고 연필 들고? 상추

하고 고추, 가지 같은 게 어떻게 1등을 해? 말이 안 되지.

엄마는 바보 취급을 당하자 어이없는 듯 벙하게 찐 눈으로 잠시 막내인 나를 내려다보았다. 한 대 내 머리통을 쥐어박으려 허공에 들어 올렸다가 그 손을 천천히 내려 놓았다.

-니가 뭘 알겠노? 내가 말을 말아야지.

-내가 모르긴 뭘 몰라. 글쎄, 시험 치고 나 1등 먹었어, 하고 말하는 오이나 가지 있으믄 한번 델꼬 와 보라니깐.

-하이구, 이 쬐깐한 것이. 계속 말대꾸 해싼네. 니, 입 닥치고 밥 조용히 못 묵나?

-아니지!

-뭐가?

-못 묵나가 아니지. 니 조용히 밥 안 먹나, 이렇게 엄마 가 나한테 말해 줘야 그게 맞는…….

-에라이 자슥아, 니 잘났다.

엄마는 손바닥으로 내 뒤통수를 후려쳤다. 그 소리가 탁! 하고 날 만큼 컸다. 그 통에 입안에서 씹혀지던 밥알들이 입 밖으로 튕겨 나갔다.

　나는 오랜만에 밥상머리에서 보는 아버지와 엄마의 금실이 보기 좋았다. 그래 그래, 웬만하면 한밤중에 양푼 나뒹굴어지는 소리 내지 말고 앞으로도 이처럼 사이좋게 잘 지냈으면 싶었다. 나는 아버지 엄마가 기분 좋아하자 숟가락을 들고 그렇게 엄마 아버지한테 타일러 주고 싶었다. 하지만 분위기를 깰 위험성이 있어 간신히 참았다.

리어카

5월로 접어드는 그 기간 동안 쇠 주물집 네 칸 외양간은 소들로 차례차례 채워졌다. 코뚜레를 꿴 중간 크기의 수소가 제일 먼저 첫 칸에 들어섰다. 나머지 칸들은 수소보다 몸집이 작은 송아지들로 채워졌다. 그리고 오동나무 앞 돈사 첫 번째 칸에도 제법 다 자라 허연 살집이 묵직해 보이는 암퇘지 한 마리가 부려졌다. 그 옆 칸에도 중간 크기의 두 마리 새끼 수퇘지가 집어넣어졌는데 마지막 칸은 비었다. 임시로 농기구와 사료 푸대, 비료 푸대를 넣어 두는 창고로 사용했다.

6월 중순경 나는 학교를 마치고 오면 인근 산기슭으로 가 망태기에다가 가지가 척척 늘어져 있는 무성한 아카시아잎을 따 담았다. 그 풀들을 우리 집 소들에게 먹였다. 우리 부모님이 국민학교 2학년인 나한테 낫과 망태기를 던져 주며 꼴을 베어 오라고 시킨 적은 없었다. 하지만 코뚜레를 콧구멍에 꿴 중소나 목둘레에 가죽 목대를 하고 나일론 줄에 묶인 송아지들이 나는 동생 같아서 좋았다. 순박하게 왕방울같이 커다란 눈을 끔벅여 대는 소들이 싱싱한 아카시아 잎을 좋아한다는 것을 알게 된 후 자발적으로 그렇게 했다. 수소와 송아지들은 망태기에서 아카시아 잎들을 들어내 여물통에 얹어 주자마자 순식간에 먹어 치웠다. 그리고 몸집이 제법 큰 수소는 '이 맛난 것을 따 온 곳이 어디냐? 내가 직접 가서 뜯어 먹게!' 하듯이 푸른 산기슭을 쳐다보면서 오래오래 되새김질을 했다.

그 무렵부터 엄마는 점심만 먹고 나면 밭으로 달려갔다. 미나리꽝에서 미나리를 잘라 방티 가득 쌓아서 그늘을 만들어 내는 돈사 처마 밑으로 가져가 바닥에 깔아 놓은 멍석 위에다가 부었다. 그리고 정구지(부추) 밭으로 달려가 낫으로 두서너 방티를 잘라 와 또 한 켠에다가 차곡차곡 쌓았다. 다음에는 상추를 몇 소쿠리씩 가득 뜯어 또 그늘 한 켠에 부었다. 넓적한 호박잎을 포장지처럼 두른 동글고 길쭉한 애호박 대여섯 개도 따서 조그만 방티 안에 넣어 두고, 쑥갓과 열무도 몇 방티씩 잘라서 그늘 밑에다가 쏟아부었다.

엄마는 온갖 밭작물이 주변에 쌓인 돈사 앞 그늘을 엉덩이로 깔고 앉아 물 먹인 서너 가닥 짚을 노끈 삼아 미나리단과 부추단을 빠른 손놀림으로 차례차례 엮어 내기 시작했다. 미나리단 같은 경우 시커먼 짚검불 같은 게 많이 달라붙어 있기 때문에 단을 모두 묶어 낸 후 마지막에는 미나리단 묶음째 받아 놓은 방티 물속에 첨벙첨벙 담갔다. 그리고 단을 주변에 휘둘러 물기를 깨끗이 떨어내고 그것을 방티 속에다가 차곡차곡 쌓았다.

정구지는 한 손으로 길쭉한 잎 쪽을 한 움큼씩 잡고 흙에서 바짝 잘라 낸 밑동을 손바닥으로 쓱쓱 훑어서는 깨끗하게 정리를 해 가지런히 쌓았다. 그래서 그 양이 어른 두 손아귀로 꽈악 모아 움켜쥘 정도가 되면 그것으로 한 단의 부추를 묶어 냈다. 기다란 열무잎도 마찬가지다. 노랗거나 시든 잎들은 다 뜯어내고 싱싱한 물기를 머금은 길쭉한 푸른 잎들로만 정갈하게 다듬어 쌓았다. 역시나 어른 두 손으로 꽈악 움켜쥘 정도의 양이 되면 열무 길이의 3분지 1 부분 아랫부분을 두세 가닥 물 먹인 짚으로 둘러쳤다. 밑면적이 길쭉한 타원형이 되도록 단단히 묶어 냈다. 그리고 시간적 여유가 있다면 자줏빛 가지도 열 개쯤 더 따고 어른 손가락보다 훨씬 더 크게 길쭉길쭉 달린 푸른 고추도 대여섯 바가지 땄다. 엄마가 이 정도의 일을 혼자 해내는 데는 보통 두세 시간이 걸린다.

엄마는 밭에서 수확해 정리를 마친 채소를 몇 개의 방티 안에다가 차곡차곡 쟁여 담았다. 그 방티들을 리어카에 싣고 엄마는 점촌읍 시장에 가서 팔았다. 6월 말경에 시작해서 이틀에 한 번 꼴이었다. 리어카에 실린 채소 양은 보통 정구지단 스무남은 묶음, 미나리 열 단 안팎, 그리고 열무단이 언제나 가장 많았는데 30-40단이 된다. 그리고 애호박 대여섯 개, 가지 열댓 개, 그리고 장터 바닥에 보자기를 깔고 작은 무더기로 파는 풋고추 무더기와 스무 장씩 겹쳐 파는 깻잎과 상추 묶음 50여 개…… 이 정도다.

엄마는 벽시계가 아니라 해가 중천에서 얼마나 이동했는가를 보고 시간을 가늠했다. 몸뻬에 챙이 긴 모자를 쓴 엄마가 찬물이 든 작은 주전자를 리어카 꽁무니에 싣는 것으로 점촌 원정행 채비를 다 차렸다. 엄마가 채소가 잔뜩 실린 리어카를 끌고 쇠 주물집 울타리를 벗어나는 시각은 평균 오후 3시 반 전후다. 함창 쇠 주물집에서 점촌읍 채소시장까지 거리는 3.5킬로미터, 10리가 약간 안 된다. 황소고개부터는 내리막길이 길게 이어진다. 엄마는 앞에서 리어카를 끌기 때문에 뒤에서 굴러오는 바퀴의 회전력에 의해 저절로 빠른 걸음을 내딛는다. 점촌중학교 앞부터 시작되는 점촌 채소시장까지 닿는 데는 도보로 40분 정도 시간이 소요된다. 막내인 나는 엄마 따라붙기를 좋아해서 엄마가 끄는 리어카를 따라 거의 반쯤 뛰는 걸음으로 몇 번 점촌 채소시장에 가 본 적이 있었다.

엄마는 채소시장 빈 곳을 보면 리어카부터 부려넣는다(세운다). 그리고 리어카에 실린 둘둘 말린 대나무 발을 먼저 꺼내 시멘트 바닥에 도르르 넓게 편다. 한 개의 대나무 발 크기가 엄마의 매장이 된다. 왼쪽에 열무단을 쌓고 그 위에 미나리단, 부추단을 순서대로 쌓는다. 그 옆쪽에다가 대파 묶음과 풋고추를 쌓고 상추 묶음을 쌓고 가지들을 쌓고 애호박 대여섯 개도 보기 좋게 옹기종기 둥글게 진열한다. 쑥갓 묶음을 제일 오른편에 쌓는다. 이로써 엄마가 쇠 주물집 밭에서 생산한 상품 배치가 끝나면 그제야 바쁜 손놀림을 멈추고 어깨너머 다른 집 채소 품질을 건너다보면서 둥근 왕골 방석을 시멘트 바닥에 놓고 거기에 앉는다.

오후 4시 반이다. 엄마 말투로 말하자면 팔자가 엿가락처럼 늘어진 공무원 여편네나 남편이 번듯한 점포를 가진 사장이라 지갑이 두둑한 마누라들이 꽃문양 달린 샌들을 신고 어기적어기적 저녁 찬거리를 준비하기 위해 채소전으로 나오는 시간이다. 엄마는 길거리 한 켠 채소전 맨 끄트머리 쪽에 물건을 진열했어도 다른 노전보다 확실히 손님들 신발이 많이 멈춰 선다. 다른 집에서 가져온 채소들보다 싱싱하고 큼지막한 것이 살이 통통 올라 보이기 때문이다.

　-아히구마, 이걸루 양념해서 손으로 조물락거린 뒤 참기름 몇 방울 떨어뜨려 보이소. 그만큼 입맛 돋구는 무침도 없을 꺼구마. 아, 한 단 더 달라구예? 글구 여기 열무단도 가져가시소. 물건 한번 들어 보이소. 얼매나 실합니꺼? 속살이 뽀득뽀득 올라 씹을 때마다 아삭거리는 기 일품이구만.

　내가 지켜본 엄마는 장사에 확실히 소질이 있었다. 부추전을 부쳐 먹기 위해서 손님이 정구지 한 단을 가리키며 "이거 얼맨교?" 하면 손님 장바구니에 그것만 담기는 게 아니었다. 애호박이며 풋고추 한 움큼이라도 손님은 더 사게 되는 것이다. 엄마는 손님한테 받은 지폐를 허리 앞에 찬 전대에 꽉꽉 쑤셔 넣고는 동전을 세어 거슬러 주면서 "꼭 또 오시소. 내가 더 잘해 드릴 테니께로!" 했다.

나는 쇠 주물집 거무스레한 밭에서 엄마가 왜 그렇게 고무호스로 온갖 채소에 매일매일 물을 줬는가 그 이유를 엄마 전대가 맹꽁이배처럼 불룩해지는 것을 보고서야 알았다. 그리고 몇 달 전 아버지가 펌프를 없애고 모터가 달린 수도꼭지로 바꾸었던 그날 저녁, 돼지고기 두루치기를 먹었을 때 엄마가 했던 그 말! "두고 보소. 내가 우리 집 채소를 1등으로 만들 틴께!" 했던 말이 온몸으로 이해되었다.

엄마가 점포 장사 하는 전문 상인이 아니듯이 채소전에서 약간의 채소를 펴 놓고 파는 할머니와 아줌마 거의 대부분이 엄마처럼 자신의 밭에서 수확한 것을 팔러 나온 사람들이었다. 손주 줄 용돈을 벌기 위해서, 점 찍어둔 꽃무늬 덧버선이나 포플린 치마를 사기 위해서, 20킬로 밀가루 포대를 사기 위한 목적을 가진 아마추어 장사꾼들이라 해도 어쨌든 제일 중요한 건 상품의 질이었다. 가지고 나온 채소 때깔이 좋아야 하며 크기와 속도 큼직하고 묵직하니 알차야 했다. 엄마는 그런 점에서 호언장담대로 그렇게 많이 좌대에 널린 채소들 중 우리 쇠 주물집 밭 채소를 1등 시킨 것이다. 엄마 주변의 채소 파는 아줌마들은 엄마 채소가 너무나 잘 팔리자 대놓고 입을 삐죽였다. 진열된 푸성귀들이 상대적으로 시들어 빠져 보여서 주전자 주둥이로 흘려 낸 물을 오므린 손바닥으로 받아서는 보다 싱싱하게 보이도록 채소 단 묶음 여기저기에 뿌려 대기 바빴다.

엄마는 오후 6시가 가까워지면 손바닥으로 손뼉을 치며 남은 채소를 떨이 판매를 했다. 남은 채소도 워낙 채소의 질이 좋기도 하거니와 개평이나 덤 인심도 팍팍 쓸 줄 아는 엄마였기에 다른 아줌마들이 가져온 것을 반도 못 팔았을 시간에 엄마는 시멘트 바닥에 빈 방티를 탁탁 털고 일어났다. 바닥에 깔았던 발도 탈탈 털고 둘둘 말아서는 빈 리어카에 찔러 얹을 수가 있었다.

솔직히 얘기하자면 점촌에서 돌아오는 빈 리어카에 가끔 올라탈 수 있다 하더라도 아홉 살짜리 애에게는 왕복 7킬로미터는 쉽지 않은 길이다. 먼 길이다. 엄마야 전대에 지폐를 쑤셔 박을 때마다 여지없이 즐겁고 신나하지만 그 돈 한 푼이라도 내 주머니에 들어오는 것도 아니고. 만화책도 없는 노상, 엄마 뒤편에 두 시간 가까이 쪼그려 앉아 장사가 끝나기를 기다리는 건 분명 지루한 일이었다.

그렇다면 배고프다고 칭얼대 얻어먹게 되는 시장의 찐빵 한두 개나 호떡, 양과자, 튀밥, 눈깔사탕 때문에 내가 너댓 번이나 점촌행을 줄기차게 따라갔을까? 아니다. 고깟 입이 잠시 즐겁자고 종아리에 알이 배게 하는 건 어리석은 짓이다. 나의 속셈은 따로 있었다. 채소전 옆에서 어른 주먹 두 개 크기만 한 조그만 강아지들을 팔기 때문이었다.

나는 처음 박스 속에 앉아 나를 올려다보는 하얀 강아지를 본 뒤 완전히 얼이 빠졌다. 강아지는 개새끼가 아니다. 절대로 욕이 될 수 없는 존재다. 까만 눈과 코가 별처럼 영롱하고 초롱초롱했다. 온몸이 폭신폭신하고 귀엽기가 한이 없는 완전 새로운 생명체였다. 그래서 나는 "엄마! 오늘 돈 많이 벌면 나한테 강아지 한 마리 사 줘! 응? 사 주면 내가 무지 말 잘 들을게!" 하면서 앞서 바삐 점촌을 향해 굴러가는 리어카 뒤를 엉겨 붙었다. 물건을 다 팔고 일어서는 엄마에게는 "엄마! 오늘 정말로 돈 많이 벌었으니까 강하지 한 마리 사 주라!"며 엄마 치마폭을 부여잡고 몸이 꽈배기가 될 만큼 좌우로 꼬아 댔다.

-아이구 강새 새꾸(강아지 새끼)는 뭣한다고 자꾸 보채싼냐? 안 돼! 절대로! 저것들 어미 젖 떨어진 지 얼마 안 돼 얼매나 낑낑거리는데. 입도 짧아 먹는 것도 얼매나 끼니마다 신경 쓰야 하는데!

엄마는 내가 책임지고 기르겠다고 했지만 세 번, 네 번 점촌 채소전까지 따라붙어도 사 주질 않았다. 나도 한 고집 하질 않는가. 아니, 나는 강아지를 포기할 수가 없었다. 기막히게 이쁘고도 몽실몽실한 강아지들을 본 뒤로 강아지가 내 눈에 밟히는 정도가 아니었다. 강아지가 꼬리를 살랑살랑 흔들며 이미 내 가슴속에서 폴짝폴짝 뛰어다니고 있었다.

나는 엄마가 점촌 채소전에 가지 않는 날에도 종종 엄마와 신경전을 벌였다. 엄마가 쇠 주물집 밭에서 고무호스로 훌훌 물을 줄 때마다 수도꼭지를 쥔 채 돌려 잠가 가면서 "강아지 사 줄 거야? 안 사 줄 거야? 사 주면 다시 틀고!" 식으로 엄마를 끊임없이 몰아붙였다. 그래서 시위를 하듯 주먹을 쥐고 강아지를 외치며 다섯 번째로 점촌 채소전까지 따라붙고 나서야 엄마는 두 손을 들었다. '너 키우는 것도 힘든데!' 하는 표정으로 엄마는 강아지들이 박스에 올망졸망 들어 있는 곳으로 가서는 누런 빛깔의 조그만 강아지를 손가락으로 가리켰다.

-고놈, 누리끼리한 그놈 말입니다. 얼맨교?

-나는 개 말고 이게 더 이쁜데!

나는 온몸이 하얀 털이어서 흰 실뭉치 같아 보이는 강아지를 가리켰다.

-강새는 그렇게 입 짧아 보이고 약해 빠진 거 고르문 못쓴데이.

엄마는 누리끼리한 강아지를 등가죽 채 잡아 번쩍 들어 올렸다. 앞발을 손으로 만져 봤고 코를 들여다봤으며 주둥이가 뭉툭한지 뾰족한지도 살피고 끝으로 강아지 두 눈동자를 들여다본 뒤 박스 속에 내려놓고는 흥정을 시작했다.

-아까, 4,500원이라 캤능교? 아이구마, 강새 값이 그 정도문 지금 분명 아자씨 떼부자 됐겠씸더.

-아이구, 긴말 필요 없고 4,000원에 가져가든 말든 하시소.

-옛쑤다.

엄마는 3,500원을 아저씨 손바닥에 쥐어 주고는 누렁이 강아지를 박스에서 번쩍 집어 들었다.

-아줌씨 계산이 틀립니다. 내가 4,000원까지라고 했었지 어디 3,500원이라고……

-하이구마, 나도 같은 장사꾼입니데이. 저기 채소전에

서 채소 팔아요. 같은 장사꾼끼리 바가지 씌우면 안 되지 라. 그것도 내가 눈 질끈 감고 드리는 것이니께 팔든 말든 맘대로 하시소. 이거…… 강새 다시 내려놓을까예?

　-아구구구, 내가 졌쑤다. 델꼬 가 잘 기르기나 하슈.

　엄마는 돌아서서는 몇 발자국도 안 걸어 너무나 행복한 얼굴로 황색 강아지를 두 손으로 품에 안은 나와 강아지를 동시에 내려다봤다.

　-니가 없었으문 3,000원에도 충분히 샀을 꺼구마. 니때문에 약점이 잡혀서리 공연히 열무 두 단 값을 그냥 날렸꾸만도.

　엄마의 그런 툴툴거림이 내 귀에 들려올 리가 없었다. 나는 조그만 몸 전체가 폭신폭신한 강아지를 품에 안자 점촌중학교 앞 시멘트 길조차도 폭신폭신하게 느껴졌다.

　엄마 말에 의하면 어느 학교에서 배웠는지 모르겠지만 강아지 고르는 법이 있다. 마당 개가 될 강아지는 첫째 발이 넓적하게 커야 한다. 땅을 밟아 낼 크기가 그 개가 클 몸집을 웅변한다는 것이다. 다음으로 털에 윤기가 있고 까만 강아지 코가 콧기름을 바른 듯 반질반질해야 한다. 강아지 영양 상태를 말해 준다. 또한 주둥이가 뭉툭해야 아무거나 잘 먹고 잔병치레를 하지 않고 먹는 대로 쑥쑥 키와 몸집이 큰다. 마지막 조건이 강아지 눈동자가 반짝거려야 멍청하지 않고 영리하다는 거였다. 이를테면 수박 고르는 법이 있듯이 강아지 고르는 법이 있다는 게 신기했다.

엄마는 쇠 주물집으로 이사 오고 밭 한가운데서 고무호스를 들게 된 이후로 확실히 표정이 달라졌다. 자신의 손으로 돈을 벌어들이게 되자 완전 자신감이 붙은 거였다. 시장통 함석지붕 집에 살 적의 엄마는 아버지가 그때그때 건네주는 생활비 이외에는 돈을 만진 적이 없었다. 아버지가 두어 달에 한 번씩 뽑은 명주실을 재 넣은 수십 개의 박스를 팔아 500원 100장 띠지를 두른 목돈 뭉치를 상자째 벌기도 했지만 그 돈이 엄마 손에 넘겨진 적은 없었다.

아버지는 고액권으로 열댓 뭉치나 되는 큰 목돈은 자신이 관리했다. 그 돈 묶음은 곧장 신문지로 둘둘 말려 아버지 비밀 금고로 들어갔다. 아버지 금고는 장롱 제일 밑단 서랍을 통째로 빼내고 머리까지 집어넣어 팔 전체를 깊숙이 들이밀어 놓는 그 구석이었다. 그리고는 다시 농 서랍을 맞춰 단단히 껴 닫아 두었던 것이다. 아버지의 두꺼운 겨울 잠바며 외투가 개어져 든 그 서랍은 엄마조차 함부로 열 수가 없었다. 하지만 쇠 주물집으로 이사 온 뒤 이 상황이 역전되었다. 명주실을 뽑는 잠사공장을 더이상 운영하지 않게 되자 아버지가 돈을 만들어 낼 주 수입원이 사라진 것이다. 집에서 잔일은 하시지만 백수나 다름없었다.

아버지는 하루 세 번씩 구정물 통에 모아 둔 쌀뜨물과 과일 껍질 같은 것을 바가지로 퍼서 양동이에 담았다. 거기에다가 돼지 사료인 단미가루(배합 사료)를 한 됫박 붓고 작대기로 휘휘 저어서는 돈사로 걸어가 양동이째 먹이통에 쏟아부었다. 빨빨거리며 뛰어다니는 작은 수퇘지들이 뻥튀기 기계에 튀겨져서 갑자기 집채만큼 커지거나 엉덩이가 벌겋게 부어오른 암퇘지를 교접시킨 뒤 새끼 돼지를 한 다스씩 뽑아내어 내다 팔지 않는 한 아버지가 지폐를 만져 볼 기회는 좀처럼 없었다. 엄마가 부엌과 밭을 관리한다면 아버지는 짐승 우리를 관리했다. 첫 칸 외양간에서 꽤나 덩치가 우람해진 중수소(내가 나중에 장군황소라고 이름 붙여 주었다. 하루가 다르게 몸집이 불어났으니까)를 성인 소로 다 키워 우시장에 내다 팔지 않는 한은 말이다.

그래서 아버지는 가축을 돌보지 않는 하루의 대부분 시간을 실업자 표정을 하고 있었다. 죽을 안 먹었어도 죽상이었다. 이사 온 후 한동안은 신작로를 사선으로 가로지르면 산꼬리에 외따로 위치한 황소고개 주막집으로 가 자주 들어앉곤 하셨다. 그런데 어느 날인가부터 그 발걸음을 뚝 끊고 안방에 들어앉아 흑백 TV에 나오는 씨름이나 축구만 보고 재방송을 또 보셨다. 나중에 들은 얘기지만 주막집 주모와 크게 싸웠다는 거다. 물론 주먹으로 치거나 손톱으로 뜯지는 않았지만, 그날 그 주막집 술이 그득했던 커다란 독항아리가 산산조각이 났으니 대판 싸운 것이다.

황소고개 주막집 주인인 주모는 아버지보다 나이가 대여섯 살 윗길로 30년 넘게 그 집에서만 막걸리를 판 여장부다. 이 여걸이 함창 면내에서 이사 온 함창장사를 별로 인정하지 않았던 모양이다(주모는 모든 술꾼을 똑같이 대우한 것일 수도 있겠지만). 그게 어느 순간 아버지 비위를 건드린 거였다. 아버지도 그러실 만한 것이 함창 부자와 관료, 큰 사업 한다는 사람들의 집은 모두 둥근 시장터와 거의 맞물려 있었다.

옹기공장, 시멘트벽돌공장, 꿀밤묵(도토리묵)을 만들어내는 탱자나무집, 그리고 소와 돼지를 잡는 도축장, 상여집과 두어 채씩의 민가가 섬처럼 뚝뚝 떨어져 분포해 있는 곳이 황소고개다. 아버지가 살았던 읍내 시장통과는 비교조차 할 수가 없는 촌구석이었다. 아버지는 그 시장통의 열 개 남짓한 주점과 선술집, 막걸리집, 소줏집에서 언제나 환영받고 대우받는 유명 인사였고 고객이었다. 그런데 황소고개 주막집 주모가 '만인은 평등하고 술꾼들은 더더욱 평등하다'는 장사의 철학과 신념을 가졌기에 아마도 이것들이 서로 충돌한 것이다.

덩치가 큰 여걸인 술집 주모와 함창장사의 한판 싸움! 초장부터 상대가 안 될 싸움인 것 같지만 그 현장을 목도한 다수의 사람들의 입에서는 아버지가 주모의 안다리걸기에 깨끗이 완패했다는 것이다. 왜냐하면 주모는 처녀적부터 아버지가 누군지 혼자만 아는 아들 하나를 공군장교로 길러 냈을 만큼 뚝심 있고 배포가 큰 중년 여자다. 30년 넘게 술을 파는 동안 별의별 인간을 다 겪었을 테고 산전, 수전, 공중전도 다 겪어 내지 않고는 술장사를 할 수가 없지 않았겠는가.

옛날 조선 시대였다면 주변에 산들이 널려 있는 황소고개 주막집은 텁석부리 산적들이 주로 드나들었을 것이다. 그때였다면 어쩌면 주모는 주막을 팔고 산적 두목을 따라가 산채 안주인이 되었을 수 있는 내공을 가졌다. 아버지가 그때까지 만난 술집 여자들이라 하면 한결같이 아양이나 교태를 부리는 여자들이었다. 작부가 아니고 선술집이나 막걸릿집 여주인들이라 해도 손님 비위를 건드리지 않기 위해 조심하는 약골들만 만나 온 것이다. 그 점에서 황소고개 주모는 정반대였다. 그리고 싸움 전 아버지는 정보전에 이미 지고 있었다. 주모는 아버지에 대한 정보를 이미 다 긁어내듯이 듣고 있어 상대의 장단점을 전부 파악한 상태였다. 반면에 아버지는 주모 내공에 대해선 전혀 몰랐다. 주먹질로야 승패는 간단했겠지만, 말질로는 도저히 당해 낼 수 없는 상대가 주모였기에 아버지는 질 수밖에 없는 싸움을 했던 것이다.

그렇다고 아버지가 선술집이 어디 여기뿐이더냐 하고 자전거를 타고 읍내 시장통의 예전 술집을 찾아가지는 않았다. 아버지는 이미 시장통 주민과 읍내 거주자로서의 자격을 잃었기 때문인지는 모르겠으나 옛 친구들과 어울리지 않았다. 술집 대신 방구석에 들어앉아 절치부

심하는 양 웅담 대신 청자 담배만 매일매일 뻑뻑뻑 줄기차게 피워 대셨다. 어쩌면 방구석에 숨어 있는 너구리를 잡으려 했던 건지도 몰랐다.

엄마는 아버지와 정반대였다. 엄마는 국가 경제는 모르지만 돈맛은 확실히 알아 가고 계셨다. 엄마가 채소를 이틀에 한 번씩 점촌 채소시장에 내다 팔아 벌어들이는 그 돈이 아버지 보기에 푼돈같이 보이긴 했을 것이다. 하지만 엄마가 아버지 없는 방안에서 하루에 번 전대에 든 돈들을 모두 방바닥에 쏟아 놓고는 500원짜리 지폐, 100원짜리 지폐, 50원, 10원짜리 동전을 정리하는 것을 보면 그게 절대로 그렇지가 않았다.

막내인 내 눈치를 살필 정도로 수북한 지폐를 어디다 감춰야 할지 모를 만큼 적지 않은 돈이었다. 그 작디작은 티끌을 모아도 태산이라는데, 엄마는 이틀에 한 번씩 리어카 가득 채소를 싣고 가 수십 명의 팔자 좋은 사모님과 귀부인의 지갑에서 빠져나온 빳빳한 돈으로 영락없이 바꾸어 오시지 않던가.

　사람은 돈을 만지고 안 만지고에 따라 얼굴 때깔부터 달라진다. 엄마는 확실히 표정이 밝아졌다. 엄마는 눈동자에 생기가 도는 반면 아버지는 더 과묵해졌고 눈가가 우묵해지다 못해 회색 이끼 핀 시멘트벽돌처럼 칙칙해지고 딱딱해졌다. 확실히 인간은 경제적인 활동을 해야 사람 티가 나고 훈기가 온몸에 배는 것이다. 그렇다면 혹시라도 아버지가 엄마 대신 채소 단을 묶고 리어카에 직접 손질한 채소를 왕겨 나르듯이 산처럼 싣고 가서 더 많은 돈으로 바꿔 오는 건 어떨까?

　그런 일은 상상 속에만 있다. 상전벽해가 이뤄져도 그런 일은 일어나지 않는다. 우리 아버지는 토착적 경상도 권위가 온몸에 잔뜩 밴 가장이다. 게다가 오랜 세월 동안 나름 면민들이 다 모여든 면 대회 씨름판에서 송아지를 탄 '함창장사'라는 입소문 타이틀을 무한한 자부심으로 여기며 살아오셨다. 아버지는 돼지 멱을 따거나 해머로 소 두개골을 내리쳐 쓰러뜨리는 백정이 될지언정 채소팔이 따위는 하지 않을 것이다. 한번 국회의원이면 영원히 의원이듯이 한번 장사면 영원히 장사다. 아버지는 함창 장사란 명성에 걸맞게 외양간을 짓고 돈사를 새로 만들고 소처럼 밭을 갈아붙일지언정 물 먹인 짚으로 채소를 둘러 묶는 일 따위는 쪼잔한 짓이라 여겼다.

처음에 아버지는 엄마가 리어카에 채소를 싣고 점촌으로 팔러 나가는 것을 강력하게 반대했다. 굳이 그렇게 나서지 않아도 채소 단을 묶어 쌓아 놓으면 직접 용달차로 싣고 가는 도매상들이 있었다. 그런데 왜 고생을 사서 하느냐는 거다. 엄마는 그럴 양이었으면 씨앗을 뿌리지도 않았을 거라고 했다. 도매상에 넘기고 받는 금액은 직접 소매하는 것의 3분지 1이 될까 말까 하다고. 누구 좋으라고 그렇게 하느냐는 거다.

아무튼 호랑이는 죽어서 가죽을 남기고 사람은 죽어서 이름을 남기지 않는다던가. '함창장사'가 어디 보통 이름이던가. 아버지는 엄마가 끄는 리어카를 대신 끌리도 없겠지만 만약에 엄마 위하는 마음에 한 번이라도 끌고 점촌길을 나선다면 그건 전설과 명예 모두를 내걸어야 한다. 사나이와 장사는 '폼생폼사'다. 아버지 친구들 중 누구 하나라도 아버지가 채소 리어카 끄는 것을 보게 된다면 그날로 함창장사 타이틀은 배춧잎처럼 단번에 시들어 버리고 곰삭아져 버릴 테니까 말이다.

출산

늦가을이 되자 엄마는 더이상 리어카를 끌고 점촌으로 가지 않았다. 상품이 될 채소 수확 시기가 지났기 때문이다. 나뭇잎이 붉게 물들고 하나둘씩 떨어지기 시작하자 엄마의 기름졌던 300평 밭은 차츰차츰 비워졌다. 결국은 텅 비게 되었고 검은 흙만 남은 밭은 을씨년스러워 보이기까지 했다.

찬바람이 불자 엄마는 수확한 배추와 무로 김장을 담갔다. 그때 잘라 둔 무청을 새끼줄로 엮어 처마 밑 대못이나 흙담 벽에다가 길게 주렁주렁 매달았다. 평상에 발을 깔고 골금짠지와 무말랭이를 만들기 위해 무를 썰어 말렸다.

그리고 아버지로 하여금 밭의 입구에 사람 허리 깊이까지 구덩이를 파게 했다. 그 안에다가 남은 배추와 무를 쟁여 넣은 뒤, 파인 지표면에 서까래를 길게 걸쳤다. 판때기와 함석과 가마니를 포개 덮은 뒤 입구인 흙구멍을 남기고 흙으로 다시 덮었다. 그 부위가 묘처럼 불룩해지도록 흙을 두툼하게 쌓게 했다. 그리고 미리 흙구멍에다가 짚을 뭉쳐 새끼줄로 탱탱 묶은 마개를 만들어 막아 뒀는데, 그건 흙이 안 들어가게 하는 조치이기도 했지만 본래 목적은 쥐와 맹추위가 그 안으로 쉽게 들어가지 못하도록 그 입구를 단단히 봉하듯이 끼워 막는 것이었다. 이른바 겨울 저장고였다. 엄마는 찬바람이 씽씽 부는 겨울에 저 짚 뭉텅이 마개를 빼낸 다음 두 무릎을 땅에다 대고 구부린 가슴이 흙에 쓸릴 만큼 엎드린 채 한쪽 어깨와 팔 하나를 깊숙이 구멍 속으로 집어넣어서는 국거리와 찬거리에 쓸 배추와 무를 끄집어낼 것이다.

엄마는 남은 작물 중 못생긴 배추와 무를 소여물 끓이는 쇠죽간 자그마한 보관 창고에도 쌓았다. 할머니 엉덩짝같이 생긴 주황빛으로 익은 커다란 호박들도 그 안에 잔뜩 들여졌다. 쇠죽간 처마 밑 봉당에 볏짚단이 쌓였고 아궁이 반대편 바닥에는 천막 칠 때 쓰던 낡은 가림막을 바닥에 깔고 그 위에다가 커다란 작두를 놓았다.

바깥에 놓인 구정물에 살얼음이 얼기 시작하자 엄마와 아버지는 사나흘에 한 번씩 볏짚을 작두로 썰었다. 소여물로 쓸 짚단을 어른 손마디 하나 크기로 잘라 내는 작두썰기였다. 아버지가 서서 한 발로 작두를 밟고 엄마는 앉아서 작두날 밑으로 볏짚을 밀어 넣었다. 엄마가 볏짚 단을 끌러 그 절반의 양을 넙적하게 펴서는 작두 밑으로 들이밀면 아버지가 작두 끝에 달린 나일론 줄을 당겨 한 손으로 위 작두날을 들어 올렸다가 디딤대를 힘차게 밟으면 작두 아래 날 위로 짚을 밀어 넣은 만큼 짚들이 싹둑싹둑 잘렸다.

일단 부모님이 작두 썰기를 시작하면 한 마리 중소와

세 마리 송아지가 먹을 3일 치 정도의 짚여물을 한꺼번에 수북하게 썰어 놓았다. 그해 4-5월에 외양간에 들였던 소들도 그동안 꽤나 몸집이 커졌다. 제일 먼저 우리 집에 부려졌던 수소인 중소는 가축 중 내가 제일 좋아하는 소다. 순둥이일 뿐 아니라 뭐든지 잘 먹고 나만 보면 가까이 오라는 듯 언제나 목에 달린 요령을 떨꺼덩대서이다. 중소는 이제 덩치며 골격이 어른 크기로 거의 우람하게 자랐고 나머지 세 마리 송아지 또한 중소의 면모를 드러내기 시작했다.

엄마는 밭을 폐한 뒤부터 쇠 주물집 외양간에 있는 네 마리 소와 돈사에 있는 돼지들을 도맡아 키웠다. 내가 언제 실제로 애를 키워 봤나 하듯이 아버지는 가축들 먹이 주는 일을 대충대충 했던 반면 엄마는 가축들에게 하나라도 더 챙겨 먹여야지 하는 정성이 있었다. 그래서 엄마는 신작로 가로질러 있는 주막집 주방 한 켠에다가 두껑 달린 커다란 플라스틱 통을 가져다 놓았다. 주막집은 황소고개 인근에서 가장 많은 사람들이 들락거리며 술과 밥을 먹는 곳이다. 한쪽 부위가 곪아 버린 사과와 배, 그 껍질이며 손님상에서 나온 콩나물, 먹다 만 묵, 두부 같은 것들이 그 통 안에 수북하게 쌓였다.

엄마는 이틀에 한 번씩 그것들을 싣고 와 쇠죽간 여물 끓이는 가마솥에 쏟아붓고 푹푹 끓여 식힌 뒤 잔반통에 따로 보관했다. 돼지 밥을 줄 때마다 잔반통에서 두어 바가지 양동이에 퍼 담고 구정물을 끓여 또 두어 바가지 퍼 담은 다음 거기에다가 단미가루를 넉넉하게 풀어서는 돈사로 들고 가 덩치가 커질 만큼 커진 암퇘지 죽통에 가득 쏟아부어 주었다. 나머지 돼지 칸에서 자라는 중돼지들 먹이통에도 마찬가지고. 엄마는 덩치가 커진 암퇘지에게 부쩍 신경을 더 썼는데, 언제 접붙였는지는 모르지만 그 암퇘지가 새끼를 배고 있어 잘 먹여야 한다고 했다.

엄마는 칠흑처럼 어둡고 찬바람이 쌩쌩 부는 새벽녘마다 안방에서 몸을 일으켰다. 내복 위에 몸뻬를 입고 자줏빛 스웨터에다가 허름한 털잠바를 껴입고는 머리에 수건까지 두른 뒤에서야 방문을 밀고 나갔다. 그리고 제일 먼저 쇠죽간 안으로 들어가 소여물을 끓이는 일로 언제나 하루를 시작했다. 소여물을 끓여 내려면 제일 먼저 큰 가마솥에다가 본채 부엌 구석 통에 받아 놓은 쌀뜨물을 양동이로 쏟아붓고는 모자라면 맹물을 더 부어 솥의 반쯤 되게 물을 잡았다. 그다음 삼태기로 썰어 놓은 짚을 수북이 담아 솥 안에 재 넣었다. 두 손바닥으로 솥 안의 짚을 꾹꾹 눌러 가마솥 높이까지 잰 다음, 여물간 광에서 배추 두어 개를 꺼내 칼로 네 쪽 되게 잘라 솥 안에 집어넣었다. 커다란 호박은 8등분 해서 넣었다. 그리고는 커다란 쇠솥 두껑을 두 손으로 당겨 닫은 다음 아궁이 속에다가 불을 살라넣었다.

이곳 불 재료는 시장통 아궁이 속으로 던져 넣던 왕겨나 지지껍데기가 아니다. 황소고개 도처가 산이라 마른 나뭇잎과 마른 솔잎, 마른 솔방울들이 지천으로 깔렸다. 사방에 널려서 아무데나 자라나던 아카시아 나무 굵은 가지를 톱으로 미리 잘라서 바짝 말려 단으로 묶어 뒀다가 필요한 만큼 꺼내 발로 밟아 분질러서 땔감으로 사용했다. 작두로 잘린 짚이 생짚이라 소들이 우걱우걱 씹어 먹게 만들려면 최소한 한 시간 이상 아궁이 속에 강한 불길을 살려야 했다. 가마솥 테두리가 김을 쉑쉑 내뿜어야 그 안에 든 여물들이 푹 삶긴 것이다.

새벽 4시에 불을 때기 시작해 5시 정도면 엄마가 아궁이 앞에서 엉덩이를 털고 일어났다. 가마솥 두껑을 열어 어느 정도 열기를 빼낸 뒤 소들이 좋아하는 누런 단미가루를 몇 됫박 종이 푸대에서 퍼내어 고동색 빛깔로 푹 익은 삶은 여물 위에 여기저기 쏟아부었다. 그리고는 여물간 벽에 세워 놓은 1미터 길이의 삽으로 가루와 여물이 잘 섞이도록 가마솥 안에 든 것들을 위아래로 힘을 주어 뒤집었다. 그 무렵이면 컴컴했던 새벽녘 바깥에 희뿌옇게 동이 터 오르기 시작했다.

해를 넘겨 열 살이 된 나는 안방에서 자다가 오줌이 마려워서 컴컴한 새벽녘에 몇 번 잠을 깬 적이 있었다. 신발을 꿰신고 내려와 담벼락에 오줌을 눈 나는 잠자리에 없던 엄마를 찾아 나섰다. 그럴 때마다 엄마는 언제나 어두컴컴한 쇠죽간 아궁이 앞에 앉아서 여물을 끓이고 있었다. 그렇게 이른 아침 녘마다 네 마리 소들의 여물통에 두 동이씩 여물을 퍼 주면 소들이 긴 혓바닥을 끄집어내서 김 오르는 여물을 맛나게 휘감았다. 소들이 잘 먹는 것을 본 그다음이 돼지들에게 밥을 줄 차례였다.

엄마는 가마솥에 남은 소여물 찌꺼기를 바가지로 긁어 덩치 큰 수소 여물통에 마저 부어 준 뒤부터 바가지와 양동이를 들고 몇 발자국 떨어진 벽 앞의 잔반통으로 걸어갔다. 미리 한 번 푹 끓여 둔 잔반죽을 양동이에 퍼 담아서는 뜨거운 화기가 남아 있는 가마솥 안에다가 쏟아붓는다. 새끼를 뱄다는 암퇘지와 나머지 칸에 든 네 마리 중 돼지들의 죽통을 채울 만큼 부은 다음 다시 헌 도마 위에 늙은 호박 하나를 놓고 이번엔 여덟 조각이 아니라 예순네 조각 정도 나도록 잘게 썰어서 가마솥 안에 넣는다. 그리고는 작대기로 휘휘 저은 다음 돼지죽이 남은 아궁이 불기와 달궈진 가마솥 자체 열기로 뜨뜻한 정도가 됐을 때 엄마는 그것을 바가지로 양동이 그득 퍼 담는다. 한 손에는 그 양동이를 남은 손에는 돼지가 좋아하는 단미가루와 바가지가 든 양동이를 동시에 들고 돈사를 향해 걸어간다.

첫째 칸에 든 새끼 밴 돼지는 엄마 발소리만 듣고도 기다란 귀를 쫑긋 세우면서 곧장 짧고 뭉툭한 두 앞다리를 이용해 전날 깔아 준 마른 볏짚 위에서 몸을 일으킨다. 꿀꿀꿀, 밤이 길어 배고팠다며 어서 먹을 것을 달라고 주둥이를 빈 죽통 안에다가 먼저 집어넣는다.

엄마는 돼지죽이 잘못 부어질까 싶어 허리 높이의 나무 문을 열고 들어가 죽통 가에 양동이 테두리를 대 놓고 죽을 그득 쏟아부어 준다. 그리고 한 바가지의 단미가루를 그 죽물 위에다가 노란 설탕처럼 설설설 골고루 뿌려주면 암돼지는 엉덩이 사이에 또르르 말린 짧은 꼬리로 신나게 좌우 엉덩짝을 때리면서 죽통 속에다가 주둥이를 깊이 쑤셔 박는다. 여지없이 쭈욱쭈욱 죽의 절반되는 양을 단번에 빨아들이듯 삼키는 소리가 들리고 이어서 와르르 쩝쩝, 와르르 쩝쩝! 혀와 이빨을 사용해 바쁘게 호박 조각이며 배춧잎을 씹어 삼키는 소리가 죽통 위로 크게 솟구친다.

엄마는 그렇게 가축들이 잘 먹어 댈 때마다 흐뭇한 미소를 지었다. 그 입가의 미소는 전대에서 채소를 판 지폐를 꺼낼 때의 미소와 유사하긴 했지만 입가 주름이 더 엷었고 더 흐릿했다. 가축의 끼니를 챙기고 나면 그 뒤에서야 엄마는 본채 우묵한 부엌으로 들어갔다. 부뚜막에 놓인 또 하나의 작은 가마솥에다가 지난 저녁 씻어 둔 쌀과 보리를 넣고 물을 잡은 다음 완두콩을 30-40개 설설 뿌린 뒤 또 아궁이 앞에 앉아 식구들의 아침밥을 지었다.

그러니까 엄마의 기나긴 겨울은 매일매일 이 과정의 연속이었다. 하루에 세 번씩 쇠 주물집 가축들에게 먹이를 먼저 주고 그다음 가족들의 식사를 둥그런 밥상 위에다가 차려 내는 일 말이다. 그 일만으로도 엄마는 쇠여물간과 본채 부엌 사이를 진종일 종종걸음 쳤다. 그 사이 빨래도 해야 하고 설거지도 해야 했고 밑반찬도 만들어야 했다. 못다 떤 깨가 있으면 떨어야 했고 꼭지를 다 못 딴 빨간 마른 고추 꼭지도 따야 했다. 엄마가 느긋하게 엉덩이를 안방에 붙일 수 있는 건 언제나 캄캄한 깊은 한밤중이나 되어서였다.

그렇다면 울 아버지는 엄마가 그렇게 진종일 종종대며 일하시는 동안 뭘 하셨을까? 내가 기억하는 아버지는 안방 뜨뜻한 아랫목에 배를 깔고 하루 종일 엎드려 있었다. 찬바람이 씽씽 들이치던 그 겨우내 안방에서 꿈쩍도 하지 않으셨다. 그렇다면 밥만 먹고 곰처럼 내쳐 잠만 주무신 것인가.

아니다. 아버지는 어릴 때 사벌면에 하나밖에 없는 서당을 다니셔서인지 겨울만 되면 한자만 빼곡히 적힌 두꺼운 책 몇 권을 머리맡에 쌓아 놓았다. 그리고 엎드린 턱 앞에다가 그중 커다란 책 한 권을 활짝 펴놓고 볼펜으로 흰 노트에 그 한자들을 끝없이 옮겨 적었다. 아버지 머리맡을 지키던 책들이 전부 다 한자만 빼곡히 적힌 책이라 한자를 전혀 모르는 나는 그 책 이름조차 몰랐다. 다만, 그중 한 책 머리말 한 장이 한글로 쓰여 있었다.

《동경대전》이었다. 동학의 창시자인 최제우 선생과 2대 교주 최시형의 생애에 대해 압축적으로 적혀 있었고 동학의 중심 사상인 '인내천'에 대해서도 풀이가 되어 있었다. '사람이 곧 하늘이다.' 하지만 아이였던 나는 당연히 그 말들이 무슨 뜻인지를 이해하지 못했다. 단지 나는 아버지가 이젠 쓸모없어진 장사 타이틀을 버리고 머잖아 꽃 피는 봄에 가까운 문경새재를 넘어 한양(서울)까지 과거를 보러 떠날지도 모른다는 생각을 막연히 했을 뿐이다.

한자는 한글에 비해 너무나 발이 많이 달린 딱딱한 곤충처럼 보였다. 너무나 어려워 보이는 한자를 볼펜을 붓삼아 노트에 휘갈겨 옮겨 적는 아버지를 굽어보던 나는 가만히 한숨을 연거푸 내쉬었다. 아랫목에 엎드려 있는 아버지 몸에 잔뜩 든 힘이 아까웠기 때문이다.

2월 말경, 새끼를 뱄던 암퇘지가 새끼를 낳았다. 찬바람이 부는 초저녁 무렵이었는데 엄마가 안방에서 굵은 실과 쇠가위, 서랍 속에서 헌 수건 몇 장을 찾아 들고 부리나케 돈사 쪽으로 뛰어가는 것을 보고 나도 곧장 따라나섰다. 밖은 이미 어두웠다. 돼지 막사 첫째 칸 낮은 천장에는 소켓 달린 전선을 끌어와 매단 60촉 알전구가 환하게 밝혀져 있었다. 몸집이 하마 여동생 같은 커다란 암퇘지는 수북이 깔아 놓은 마른 짚 위에 옆으로 길게 누워 있었다. 암퇘지는 연신 '꿀꿀 꿀꿀꿀!' 소리를 내며 불안한 듯 눈을 껌벅여 댔다. 쪼그려 앉은 아버지가 앞에 누워 있는 돼지 배 위 굵은 털들을 손가락빗으로 길게 긁듯이 쓸어 주었다.

엄마가 가위와 실, 마른 수건을 가까이 놓자 아버지가 앉은걸음으로 자리를 비켜 주었다. 엄마는 돼지 엉덩이 쪽 보드라운 마른 짚이 수북이 깔려 있는 곳에서 새끼 돼지 한 마리를 손으로 쑥 집어 들었다. 암퇘지는 이미 두 마리를 엉덩이 사이에서 뽑아 놓은 상태였다. 엄마는 아주 얇은 막이 온몸에 덮여 미끄덩거리는 새끼 돼지를 무릎 사이에 끼우고 수건으로 깨끗이 닦아 주었다. 새끼는 눈도 못 뜬 채 '꿀꿀'거리는 작은 소리를 연신 냈는데 엄마 돼지도 화답하듯이 '꿀꿀' 소리를 냈다. '아기야 안심해라. 주인아주머니시다' 하듯이.

나는 마른 수건에 닦여 아버지 손에 넘겨지는 새끼를 보고 '야하!' 하고 탄성을 내질렀다. 어른 손바닥 두 개 크기인 새끼 돼지는 온몸이 깨끗한 흰 털로 덮였고 주둥이는 봉선화 꽃 색깔인 보드랍기 그지없는 분홍빛이었다. 강아지에 능히 견줄 만큼 눈이 부시게 예뻤다. 도야지는 엉덩짝 여기저기 똥이 묻은 채로 뒤뚱거리며 걷고 뒤룩뒤룩 살만 찌운다고 여겼는데 그 새끼가 저렇게 눈이 부실 만큼 깨끗하고 예쁘다는 것에 나는 놀랐던 것이다.

엄마가 아버지에게 건네준 새끼 돼지 아랫배에는 기다란 탯줄이 달려 있었다. 아버지는 먼저 가위로 굵은 실을 어느 정도 길이로 잘라 냈다. 그 실로 새끼 아랫배 가까이 바짝 묶은 뒤 거기서 손가락 한 토막 정도 남기고 그 아래 탯줄을 가위로 싹둑 잘라 냈다.

 새끼들 중 첫째일 수 있는 그 새끼 돼지는 아버지가 미리 만들어 놓은 구석집 안에 따로 놓였다. 보드라운 짚들이 수북이 쌓인 그곳은 시멘트 두 벽과 맞대어 60센티 정도로 벽돌을 쌓아 정육면체로 지어졌다. 그 밑바닥에 새끼 돼지들이 드나드는 통로를 내고 거기에 개폐형 기다란 판자때기 나무 문을 끼웠다. 그리고 아직도 겨울인지라 갓 태어난 새끼 돼지들 체온을 보온하기 위해서 나무 덮개 안쪽에 전선을 연결시켜 두 개의 소켓을 달고 60촉 알전구 두 개를 환하게 켜 놓았다. 그래선지 밝기도 밝기지만 두 개의 전구가 내는 열 때문에 그 안에 훈기가 돌았다. 나는 새끼 돼지가 너무 이뻐서 손을 뻗어 만져 보려다가 "걸구치니까 고만 나가 있으라!"고 아버지가 나무라는 통에 돼지우리 안에서 밖으로 쫓겨날까 싶어 엄마 뒤쪽으로 와 얌전히 서 있었다.

 곧 하마 여동생 몸집을 한 암돼지가 '꾸럭' 하는 힘쓰는 소리를 냈다. 동시에 옆으로 눕혀졌던 엉덩이 쪽에서 '철퍼덕'거리는 소리가 연이어 났다. 그야말로 암퇘지는 엉덩이 사이에서 흰 무를 뽑아내듯이 순식간에 하얀 살막을 뒤집어쓴 두 마리 새끼를 연속해 더 낳았다. 엄마는 재빨리 두 무릎에다 새끼 돼지를 끼우고 마른 수건으로 미끄덩거리는 점액질로 된 막을 깨끗하게 닦아 냈다. 엄마 옆에 앉아 있던 아버지는 다시 줄로 탯줄을 묶고 나머지를 잘라 낸 뒤 전구가 달린 새끼집 지붕인 나무 판을 비스듬히 들어 올려 보드라운 밀짚이 쌓인 곳에다가 두 마리 새끼들을 조심스레 내려놓았다.

30분도 안 돼서 두 개의 알전구가 천장에서 열을 내뿜는 새끼집 안에는 아홉 마리 새끼가 놓였다. 연신 서로에게 몸을 비벼 대고 꿀꿀거리며 엄마를 찾았다. 그 아홉 마리 새끼를 낳느라 기진맥진한 어미 돼지는 힘이 떨어져서 그 뒤부터 10분, 20분이 걸려 새끼 두 마리를 더 낳았다. 열한 마리였다. 그 뒤로 30분이 지나도록 암퇘지는 눈을 감고 간간이 가쁜 숨을 내쉬며 꾸울꿀 소리를 냈을 뿐 아예 잠이 든 건지 움직임이 거의 없었다.

　-다 나온 거 아녀?

　-아직 태가 안 나왔잖아요. 태반이 나와야 다 나온 거지.

　-하이구, 기다리느라 다리 저려 죽겠꾸만.

　-그라면 당신은 먼저 들어가 쉬시소. 거의 다 끝나 가
는 건 분명하니께로.

　아버지는 엄마의 그 말이 떨어지기 무섭게 끄응 하는
신음을 내면서 몸을 일으켰다. 아버지는 엄마 뒤쪽에 서
있는 나를 돌아보았다. '너 안 들어갈 거냐?' 묻는 눈빛이
어서 나는 고개를 가로저었다. 아버지는 성큼성큼 걸음
을 걸어 돼지 막사 문을 열고 밖으로 나갔다. 엄마는 손을
뻗어 기진한 듯 눈을 감고 간헐적으로 '꾸럭꾸럭' 소리만
내뱉는 어미 돼지 몸통을 부드럽고도 길게 연신 쓸었다.

　-힘 많이 들제. 어찌 안 그렇것냐. 하나 낳는 데도 그리
힘든데 니가 열한 마리나 낳았는디 어떠케 죽을 만큼의
힘이 안 들 수가 있것나. 장하데이. 참말로 우리 돼지 장
하구마.

사람과 가축의 차이가 있는지 모르겠지만 같은 동물인 걸로만 치자면 엄마와 누워 있는 돼지는 같은 여자고 엄마다. 여자로서 출산과 산통, 해산의 고통이 얼마나 큰지를 너무나 잘 아는 엄마는 그 생각을 한 것일까. 엄마는 누운 돼지 몸을 계속해 쓰다듬던 손을 갑작스레 자신의 코 쪽으로 가져갔다. 훌쩍거렸다. 마음이 통한 것일까, 암퇘지는 그 순간 눈을 번쩍 뜨면서 두 앞발을 짧게 비비적거렸다. 그 와중에 엉덩이 쪽에서 마지막 새끼 돼지가 철퍼덕 소리를 내며 떨어졌고 이어 엉덩이 속 내용물을 훑어 낸 허연 창자 더미 같은 것이 물컹 하고 짚더미 위에 쏟아져 내렸다.

 ―하이구 하이구, 정말로 장하구마. 안 그래도 되는데 한 마리를 더 낳아 주었네그려. 이자 태반까지 나왔으니 끝났구마. 우리 도야지 정말로 애 많이 썼대이. 열두 마리씩이나 낳느라 참말로 수고가 많았꾸마.

 엄마는 그 마지막 새끼 전신을 수건으로 닦고 실로 탯줄 위를 바짝 묶은 뒤 그 나머지를 잘라 냈다. 그리고 새끼 돼지 공간 안으로 막내를 들여놓았다. 엄마는 잘라 낸 탯줄들과 태반을 집어 손으로 뭉쳐서는 기진해 누워 있는 돼지 주둥이 쪽으로 들이밀었다. 저, 저게 뭐하는 짓인가? 나는 엄마의 그런 행동에 놀랐다. 하지만 암퇘지는 냄새를 큼큼 맡으며 눈을 번쩍 떠서는 그 태반을 누운 채로 척쩝 척쩝 소리를 내며 우적우적 씹어 먹기 시작했다. 나는 이마를 찡그렸다.

　-뭐하러 그딴 걸 먹여? 징그럽게시리!

　-모르는 소린 하덜 말거래이. 이렇게 자기가 뽑아낸 태반을 다시 먹어야 야가 기력도 빨리 찾고 회복도 빠른 거데이.

　엄마는 어미 돼지가 태반을 다 먹자 몸을 일으켜 돼지 우리를 빠르게 빠져나갔다. 잠시 뒤 조그만 방티에다가 커다란 주먹밥 크기로 단미가루 덩어리를 대여섯 개나 뭉쳐 담아 들고 들어왔다. 평소 돼지죽에 한 바가지씩 타 주는 것으로 돼지가 제일 좋아하는 먹이였다. 엄마가 누운 돼지 주둥이 가까이 한 덩어리씩 대어 주자 어미 돼지는 대가리 부분만 쳐들어서는 그것을 입안에 받아 넣고 첩첩첩 삼켰다. 한두 덩이를 엄마는 그렇게 더 먹인 후 몇 덩이가 남아 있는 방티를 돼지 주둥이가 닿기 좋도록 바닥에 기대 세운 뒤 나보고 받치고 있으라고 말했다.

내가 그렇게 하는 동안 엄마는 따로 만든 새끼 돼지 우리 구멍을 막고 있던 판자때기를 뽑아서 사각진 구멍을 냈다. 그러자 여덟 마리 새끼 돼지가 서로를 밀쳐 대면서 큰 우리로 나와 곧장 길고 커다랗게 누워 있는 엄마의 배 쪽으로 뛰어들 듯이 달려들었다. 뒤늦게 구멍에서 나온 두 마리도 짧은 다리를 접어 무릎에 힘을 주고는 어미 젖꼭지에서 젖을 쪽쪽쪽 빨아 꼴깍꼴깍 삼켜 댔다. 엄마는 동작이 굼뜨거나 뚫린 구멍조차 구분해 내지 못해서 여전히 우리 속에 든 나머지 두 마리 새끼를 집어내 어미 가슴 제일 앞쪽에 달린 젖을 물려 주었다. 그러자 녀석들은 힘차게 빨기 시작했다. 임산부에서 비로소 엄마가 된 어미 돼지는 아래위로 달려 젖꼭지가 스무 개는 족히 되어 보이는 젖들이 환하게 다 드러나도록 무거운 몸을 더 안정스럽게 틀어 자리잡아 주었다. 그리고는 빨아 젖히는 열두 마리 새끼들의 주둥이질에 박자를 맞춰 주기라도 하려는 듯 '꿀꿀 꿀꿀, 꿀꿀, 꿀꿀꿀' 하는 옅은 소리를 반복적으로 냈다.

─어이구나. 첫 출산인데도 이렇게도 에미 역할을 잘 해 내는 건 처음 봤데이. 장하데이. 참말로 장하데이.

엄마 말이 어미의 그 꿀꿀거림은 갓 난 새끼들에게 안정감을 주고 젖이 더 잘 나올 수 있도록 한다는 거였다. 나는 돼지가 새끼를 낳는 것을 처음 봤기 때문에 그 놀라움과 신기함에 여전히 빠져 있었다.

─엄마도 저렇게 나를 낳았나?

돌연한 내 물음에 엄마는 놀란 듯 잠시 나를 돌아보고 눈을 끔벅거렸다.

─그랴. 열두 마리는 말고.

엄마는 고개를 끄덕이더니 입가에 미소를 머금어 내며 새끼 돼지들에게 젖을 먹이느라 커다란 배를 드러내고 누운 어미 돼지 귀밑을 연신 손바닥으로 쓸었다.

　-그랬제. 엄마 배 속에서 니도 저렇게 세상에 나온 기다.

　-나도 저렇게 이뻤나? 쟤들처럼?

　-그래, 그랬제…… 이뻤다마다. 머리칼도 까맸고…….

　엄마는 나를 낳던 그때를 회상한 것일까. 내가 두 손으로 무릎을 짚고 들여다본 엄마 얼굴에 담겨진 입술은 얕은 웃음 속에 흐릿하게 떠 있었다. 긴 속눈썹이 살포시 내려앉도록 즈려뜬 실눈이 물기로 살짝 젖어 있었다.

◆   마음이 아파 말하지 않으려 했지만 여름에 점촌에서 사 온 누런 털을 가진 강아지 얘기를 하는 게 맞겠다 싶다. 나는 그 강아지에게 '도꾸'란 이름을 붙여 주고 매일매일 찬장에 든 마른멸치 푸대에서 멸치를 한 주먹씩 훔쳐 줄 만큼 애정을 쏟았다. 그런데 어느 날인가 학교를 다녀오니 '도꾸'가 죽어 있었다. 어느 집에서 놓은 건지 모르겠지만 쥐약 넣은 그 무엇인가를 먹고 죽은 것이다. 먹성이 너무 좋아도 안 좋은 거다. 강아지가 쇠 주물집으로 안겨 온 지 한 달 반 만에 일어난 사건이다. 나는 슬퍼서 며칠 동안 밥도 제대로 먹지 않았다. 나는 엄마가 묻었다는 밭둑 앞 불룩한 강아지 무덤 앞에서 다시는 강아지를 기르지 않겠다고 맹세를 했다. 내게 있어 강아지는 '도꾸' 너뿐이라고 여러 번 말해 줬다.

◆ ◆   《동경대전》은 동학의 경전이다. 내가 어른이 되고 난 뒤 동학을 공부해 보니 그 중심 사상이 '사람이 곧 하늘님'이었다. 그러니까 여자도 하늘님이고 엄마도 당연히 하늘님이었다. 그 당시 아버지는 하늘님이 저토록 추운 한데서 혼자 진종일 일하시는 것을 몰랐을까. 자신의 마늘님인 그 몸뻬 입은 하늘님을 아버지는 왜 전혀 돕지 않았을까? 아버지는 《동경대전》을 읽으면서도 여전히 남존여비의 유교적 관습에 빠져 있으셨던 걸까. 아버지한테 정확히 여쭤 본 적이 없으니 잘 모르겠다. 하지만 아버지는 동학의 교리는

공부하셨지만 정작 수운(水雲) 선생과 해월(海月) 선생의 마음과 깊은 뜻을 삶에서는 놓치셨던 게 분명하다.

◆◆◆　엄마는 겨우내 방안에서만 계시는 아버지를 두고 불만을 터뜨린 적이 없었다. 좋다, 싫다, 내색도 하지 않았다. 어쩌면 엄마는 아버지가 힘만 써 대는 장사를 버리고 뒤늦게라도 유식한 선비가 되고자 하는 노력을 자랑스러워하셨던 걸까. 아니면 겨우내 일거리가 떨어진 인근 대부분의 나이 든 사내들이 주막으로 몰려들어 밤늦게까지 술이나 마셔 대고 화투 패나 쪼아 대는 그 속에 아버지가 끼어 앉지 않은 것만으로도 다행이라 여기셨을 수도 있겠다.

장군이

내가 열 살이던 국민학교 3학년 여름방학이었다. 엄마
는 작년에 그러했듯 검은 채소밭에다가 기다란 고무호스
로 물을 주어 온갖 채소를 길러 냈고 그 채소를 리어카에
싣고 신작로를 따라 점촌으로 팔러 갔다. 나는 늘 주막집
뒤편 기슭진 언덕에 앉아 엄마 리어카 꽁무니가 완전히
사라질 때까지 지켜봤다. 덩치 큰 시내버스나 지에무시
(GMC) 트럭이 리어카 곁을 지나칠 때마다 부옇게 흙먼지
가 구름처럼 일어나 리어카를 사라지게 만들었다. 결국
은 강물처럼 S자형으로 길게 나 있는 신작로 끝에서 엄마

리어카는 잠기듯이 사라졌다.

내가 점촌 가는 엄마를 더이상 안 따라나선 것은 강아지를 사 달라고 떼를 쓸 이유가 없어서였고 장군황소 때문이기도 했다. 아버지는 여름방학 기념으로 나에게 장군황소를 맡겼다. 아침밥을 먹고 나면 아버지는 장군황소를 주막집 뒤편 산기슭으로 끌고 가 높다란 꿀밤나무(갈참나무)에 줄이 길게 매어 놓았다.

내 임무는 황소를 지키는 거였다. 내가 '장군이' '장군황소'라고 이름 붙인 그 소는 쇠 주물집으로 이사 오던 해 4월경 우리 집 외양간에 제일 먼저 부려진 중간 크기 수소다. 나는 시간 날 때마다 아카시아 잎을 수북이 따서 먹였다. 내가 하도 아카시아 잎을 많이 따 먹여서 야트막한 산기슭 한쪽 머리가 벗겨져 보일 정도였다. 그래서였을까, 장군이는 1년 남짓 지나자 이름에 걸맞게 정말로 덩치가 집채만큼 커져 버렸다.

이 일대 농가는 저마다 소 한 마리쯤은 키웠다. 하지만 나는 우리 장군이만큼 키 크고 덩치가 우람한 황소를 보지 못했다. 물론 엄마가 지난겨울 내내 컴컴한 새벽녘에 일어나 쇠죽간에서 호박과 배추를 섞은 여물을 삼시 세 끼 하루도 빠짐없이 끓여 내고 사료를 듬뿍듬뿍 손으로 비벼 줘서 그만큼 컸겠지만, 아무도 인정하지 않는 숨은 내 공도 적지 않았다. 소에게는 여물이 주식이긴 하지만 어쨌든 5월부터 늦가을까지 아카시아와 질경이, 참외, 수박 껍질을 매번 장군이 먹이통에 수북이 담아 준 사람은 바로 나였기 때문이다.

내가 장군이를 좋아한 것은 녀석이 너무나 잘생겼고 순해서였다. 녀석은 한 번도 나를 향해 지 곁에 가까이 오지 말라는 뿔질을 한 적이 없었다. 녀석이 외양간 기둥에 묶여 있을 때 나는 곧잘 여물통을 밟고 올라가 옆으로 서 있는 장군이 잔등에 올라탔다. 녀석은 그때마다 내 몸무게쯤은 아무렇지도 않다는 듯 꿈쩍도 하지 않았다. 나와 노는 게 좋다는 듯 가끔씩 목대에 달린 커다란 요령만 떨렁거릴 뿐이었다.

그래서 나는 아버지가 장군이를 산언덕 꿀밤나무에 줄

을 길게 늘어뜨려 묶어 놓으면 장군이 잔등에 올라타서
는 막대기 칼을 휘두르며 놀았다. 녀석은 틀림없이 전생
에 말이었을 것이다. 나를 태우고서도 아주 편한 느린 걸
음을 걸어 근처에 늘어져 있는 아카시아 잎을 긴 혀로 휘
감아서 주둥이 안에 집어넣고 우적우적 씹어 먹었다.

내가 거대한 황소 잔등을 타고 논다는 얘기가 그 일대
아이들에게 삽시간에 퍼졌다. 그래서 동네 아이들이 장
군이에게로 몰려들기 시작했다. 나보다 고학년인 형들도
있었고 같은 3학년이지만 체구가 왜소한 나보다 키가 한
뼘이나 더 큰 또래도 있었다. 또 1-2학년 후배들도 있었
다. 이 애들은 모두 황소고개에서 태어나고 자란 토박이
였다. 우리 집이 쇠 주물집으로 이사 오기 전 공장이 비워
져 있을 때만 해도 매일같이 쇠 주물집을 본거지로 뛰어
놀던 동네 조무래기들이었다.

다들 장난꾸러기지만 순박했다. 함창국민학교 등하굣
길에 이들을 자주 맞닥뜨리곤 했는데 누구 하나 나를 째

려보거나 주먹을 들어 올리는 것 같은 적대심을 나타낸 적이 없었다. 그들은 등교하는 나를 보면 실실 웃거나 뒷머리를 긁적거리며 함박웃음을 지어 댔다. 처음부터 나랑 친해지고 싶어하는 우호감을 적극적으로 드러냈다.

그 이유는 내가 쇠주물공장 집 새 주인의 막내아들이어서였다. 황소고개에 사는 여남은 명의 아이들이 쇠 주물집에 처음 나타난 것은 우리 가족이 이사 온 지 열흘정도 지나서였다. 일대 산에 있는 도토리나무에서 도토리란 도토리는 다 떨어내 사시사철 도토리묵을 만든다는 탱자나무집 아이가 뒷머리를 긁으면서 내 앞에 나섰다. 그 애는 나보다 한 살 많은 4학년이었다. 걔가 자신의 옆에 선 한 아이가 두 손으로 낑낑거리며 안고 있는 쇳덩어리를 손가락으로 가리켰다.

-저걸 니네 집에서 좀 끌어도 되냐?

묵직한 그 쇳덩이는 어른 손바닥보다 더 컸고 U자형이었다. 나는 그 말이 대체 무슨 말인지를 몰라 눈을 크게 떴다.

-끌면 되냐니? 저게 뭔데?

-말굽자석이야. 쇳덩이가 달라붙는.

내가 좀체 이해를 못 하자 그 4학년 형이 손짓 발짓을 섞어 내며 설명을 했다. 말인즉슨 기다란 나일론 줄이 묶인 그 큰 U자형 말굽자석을 땅바닥에 눕혀 놓고 용광대 근처에서 끌고 다니면 구슬보다 더 큰 쇳조각과 쇠 알들이 억마구리떼처럼 철썩철썩 달라붙는다는 거다. 그러면 그것을 훑어 내 빈 나무 상자에 담아 모은다고. 사과 궤짝에 반 넘게 쇳조각을 채워 놓으면 엿장수가 온다는 거였다. 그래서 울릉도 호박엿이나 가락엿, 혹은 강냉이 튀밥이나 쌀 튀밥 몇 바가지와 맞바꿔 먹는다는 거였다. 두 개의 엿판과 커다란 튀밥 봉지를 리어카에 실은 엿장수는 매 주말에 온다고 했다. 내일이 엿장수 오는 토요일이어서 금요일 오후에 애들이 쇠 주물집으로 몰려온 거였다. 그러니까 동네 애들은 쇠 주물집이 폐가였을 때 주기적으로 말굽자석을 마당 곳곳에 끌고 다녔던 모양이다.

황소고개에도 산도비스킷, 건빵 재질의 ABC과자, 쫀

드기, 국자에 녹여 먹는 포도당, 알사탕, 껌, 사이다 정도를 파는 점방이 하나 있긴 했다. 하지만 그 어느 집에서도 아이들에게 과자 사 먹으라고 용돈을 주는 경우는 없었다(당시엔 '용돈'이란 용어 자체가 없었다). 그래서 걸신들린 듯 입이 늘 궁금하지만 주머니가 구멍 난 아이들에게 주에 한 번씩 엿장수가 온다는 것은 가슴 설레게 하는 매혹적인 기다림이었다.

아이들은 등하굣길 풀숲에 빈 병이 떨어져 있다 치면 주워 숨겨 놓았다가 집으로 가져가 모았다. 자루가 녹슨 낡은 삽자루며 부러진 쇠 부지깽이, 찌그러진 굴렁쇠, 양은솥, 냄비, 숟가락 등 가리지 않고 닥치는 대로 모았다. 그리고 쇠 주물집 마당 쇠 부스러기까지 긁어모아서는 공동의 장소에 모아 뒀다가 엿장수가 커다란 쇠가위를 철커덩거리면서 나타나면 그 모은 것들을 한꺼번에 들고 갔다. 그렇게 그걸 울릉도 호박엿 두 조각이나, 막대 엿가락 세 개씩, 혹은 각각 한 바가지씩의 강냉이 튀밥이나 쌀 튀밥이 든 비닐봉지와 맞바꿔 왔던 것이다.

-정말 우리 집 마당에 쇳조각들이 그렇게나 많다고?

-그래. 긁어 보면 금방 알 거잖아.

-그렇담 어디 그래 봐.

나는 아이들 말이 잘 믿기지 않았지만 쇠 주물집 막내 아들로서 선선히 앞을 터 주었다.

-니네 아부지 엄마는?

-지금 밭 가에다가 돼지집 짓느라 정신이 없어.

-잘됐다!

아이들은 익숙한 걸음걸이로 본채와 펌프가를 지나쳤다. 첨성대 모양을 하고 그 크기의 2분지 1 정도로 우뚝 솟아 있는 용광대 근처까지 가 모두들 멈춰 섰다. 그리고 그 4학년생이 커다란 말굽자석을 땅바닥에 눕힌 뒤 그 중심에 묶은 긴 나일론 줄을 두 손으로 당기면서 땅바닥 위에서 끌고 다니기 시작했다. 지켜보던 나는 '야하!' 탄성이 저절로 나왔다.

너무나 신기했다. 철 성분을 빼고 쌓아 둔 구멍이 뻥뻥 난 가벼운 돌무더기 밑을 말굽자석이 지나가자 숨어 있던 쇳조각, 손톱 크기의 쇠 부스러기들이 자석에 철썩철썩 달라붙었다. 붙은 쇳조각 뒤에 또 크고 작은 쇠 부스러기들이 꼬리를 이어 붙었다. 한 아이가 말굽자석에서 붙은 쇳조각이며 부스러기들을 목장갑 낀 한 손으로 쓰윽 훑어 내 떼서는 나무 상자에 담았다.

–나도 해 보면 안 돼?

–안 되긴. 당연히 되지!

나는 4학년에게서 줄을 넘겨받아서는 땅바닥에 쓰러져 있는 말굽자석을 끌어당겼다. 한 손으로는 힘이 달렸다. 두 손으로 끌어야 했다. 나는 말굽자석을 변소 가는 쪽으로 끌고 갔는데 호박잎들이 자라는 그 밑에서 척척척 처적 소리를 내면서 손가락 크기의 쇳덩이들이 마구 달라붙었다. 어떤 쇳조각은 작은 개구리라도 되는 양 말굽자석 위로 올라붙었다. 아이들 말은 거짓말이 아니었다. 말굽자석을 끈 지 30분도 안 되어 나무 상자 반 이상을 채웠다. 그 무게는 아이 둘이 양쪽에서 나무 상자를 함께 들어야 할 정도였다.

나는 마당 가운데 우뚝 솟아 있는 용광대를 존경스러운 눈길로 쳐다보았다. 용광대는 그냥 폼으로 서 있는 게 아니었다. 수많은 쇳물을 땅 곳곳에 튀겨 냈던 그 전설이 완전히 녹슨 게 아니라는 듯 한층 더 위용을 자랑하고 있었다.

동네 아이들은 만족스런 얼굴로 나에게 "또 와도 되지?" 하고 물었고 나는 "응!" 하고 대답했다. 하지만 동네 아이들은 그 이후 말굽자석을 용광대 근처에서 다시는 끌지 못했다. 아버지 엄마가 허락하지 않아서였다. 필요도 없고 눈에 잘 보이지도 않는 쇳조각이나 쇠 부스러기 따위가 아까워서가 아니었다. 외양간도 들이고 돈사도 한창 짓는 중인데 아이들이 마당에서 시끄럽게 하는 게 성가시다고 어른들이 판단했기 때문이다.

어쨌든 쇠 주물집 막내아들인 나는 "안 돼. 이거 전부 다 우리 거야!"라고 말하지 않았다는 이유만으로 동네 텃세 없이 그 무리에 자연스럽게 낄 수 있었다. 그래서 내가 산기슭 커다란 꿀밤나무 밑에서 장군이를 타고 앉아 있으면 아이들은 자신도 한 번만 꼭 태워 달라고 저마다 목을 길게 뺐다. 애원을 했다. 그때까지 나는 "안 돼!"라는 말을 잘 하지 못했다. 거절의 의사를 표현할 줄도 알아야 했지만 거절해 본 적이 거의 없어 그 말 자체가 낯설었다.

나는 장군이가 순둥이고 힘도 아주 세니까 아이들이 한 번씩 타고 놀아도 괜찮다고 생각했다. 그래서 아이들이 잔등에 올라타기 좋도록 장군이를 근처 커다란 바위 아래로 끌고 갔다. 그러면 바위 위와 장군이 잔등 높이가 엇비슷해 아이들이 그 위에서 옮겨 타기가 수월했다.

동네 아이들 중 장군이만 타면 곧장 흥분하는 애들이 있었다. 적진을 공격하려 나무 작대기를 칼처럼 휘두르며 선봉에서 말 타고 달리는 장수처럼 고래고래 소리를 질러 댔는데, 어느 날 아버지가 그렇게 노는 것을 목격했다. 그날 나는 난생처음으로 아버지한테 머리통을 쥐어 박혔다. 함창장사 주먹에서 떨어지는 꿀밤이 어디 보통 크기일 것인가. 나는 닭똥 같은 눈물을 흘렸다. 아버지로 부터 한참이나 꾸지람을 들어야만 했다. 풀이나 잘 뜯기 며 지켜보랬더니만 아이들을 불러 말도 못 하는 소를 괴 롭혔다는 이유에서였다.

아버지는 그다음 날부터 장군이를 주막집 뒤편 산기슭 으로 데려가지 않고 우리 집 마당에서도 잘 보이는 앞쪽 산 구릉으로 데려갔다. 거기에는 웃자란 야생풀이 많지 만 대신 줄을 매 둘 수 있는 나무가 없었다. 까닭에 나는 진종일 긴 줄 끝을 붙든 채 소풀*을 뜯기며 앉아 있어야 만 했다.

우리 집과 구릉 사이에는 논밭밖에 없어 시야가 뻥 뚫 렸다. 그렇게 시야가 트인 곳이 아니었다면 나는 장군이 등에 올라타서 플라스틱 뿔피리를 목가적으로 불어 댔을 것이다. 학교 음악 시간에 배운 '시냇물은 졸졸졸 고기들 은 왔다 갔다……' 하는 멜로디를 흥겹게 말이다. 하지만 나는 그럴 엄두를 내지 못했다. 만약에 내가 소 등에 올라

●   '꼴'의 사투리

탄 것을 본다면 아버지는 집 마당에서 구릉으로 한달음에 달려올 것이었다. "내가 올라타지 말랬지? 분명히 말했어? 안 했어?" 하면서 그 커다란 눈알을 부라리고 커다란 주먹을 머리 위까지 들어 올릴 터였다.

장군이는 풀을 되새김질하면서도 구릉에 앉아 마냥 지루해하는 나를 연신 돌아보았다. 그 순하디 순한 왕방울만 한 두 눈망울에 자꾸만 나를 담아 내면서 커다란 대가리를 자신의 잔등 쪽으로 계속해 한 번씩 돌려 댔다.

나는 장군이가 나한테 하는 말이 귀에 들리는 것 같았다.

'타라니깐, 타! 오늘은 왜 안 타?'

―아니, 됐어. 아버지가 타지 말래.

'왜 타지 말래?'

―니가 무거워한다고.

'내가 무겁다고? 아닌데. 니는 무지 가벼운데. 하나도 안 무거운데. 그러니까 얼른 타. 내가 니 타기 좋게 이렇게 철퍼덕 엉덩이를 깔고 앉아 줄까?'

―아니, 괜찮아. 됐다니깐.

'사양하지 말라니깐. 내가 좋고 재밌어서 그래. 그러니까 어여 타라구!'

장군이가 나를 보면서 네 다리 중간 관절을 모두 구부려서는 풀밭 위에 배 전체를 깔고 앉았다. 나를 향해 한가롭게 요령 소리를 떨렁거렸다.

'야야! 뭐 하냐? 타지 않고?'

-······.

나는 강아지풀을 이빨로 잘근잘근 씹으면서 쇠 주물집 쪽을 힐끗 건너다보았다. 아버지는 앞으로 내가 한 번만 더 장군이 등에 올라타고 있는 걸 보게 되면 그날로 내 다리몽다리를 작신하게° 부러뜨려 놓겠다고 호통쳤다. 아버지는 평소 화를 잘 안 내지만 한번 화가 나면 불같이 화를 낸다. 아무도 못 말리니까 아버지가 내 다리를 뿔갠다(부러뜨린다) 해도 당연히 엄마도 말리지 못한다.

그런 내 속도 모르는 장군이는 풀밭에 앉아 되새김질하면서 그 순하디 순한 눈망울을 끔벅여 대지만, 그건 장

● '작살나다'의 사투리

군이가 아버지 성격을 아직 잘 몰라서 그렇다. 올라탔다가는 눈에 띄는 그 즉시 다리가 두 동강 나진 않겠지만 목침 위로 올라가 반바지라 바지 걷어 올릴 필요도 없이 굵은 싸리나무 회초리로 종아리를 열 대 이상 맞을 게 뻔했다. 미쳤다고 굵지도 않은 내 가는 종아리에 시뻘건 줄 치겠나. 정 뭔가를 타고 싶으면 학교까지 뛰어가서 쇠줄 그네를 타거나 하다못해 도토리나무나 밤나무 굵은 가지에 올라앉아 타고 팡팡팡 굴러 대는 게 안전하다.

엣다! 모르겠다! 나는 풀밭에 벌렁 누워 버렸다. 오늘 점촌으로 돈 벌러 간 엄마는 언제 돌아오나…… 나는 작년 여름에 뭣도 모르고 처음 엄마를 따라나섰던 그날을 떠올렸다. 엄마는 길이 멀다고 나를 만류했다. 점촌 채소 시장을 향해 굴러가는 리어카에게 고무바퀴가 있다면 내게도 똑같은 개수인 두 개의 다리가 달렸다, 바퀴가 굴러가면 나도 걸음을 걸어 내면 되는데 내가 왜 못 따라가냐며 야단법석을 해서는 따라붙긴 했는데, 나는 처음 점촌에 다녀온 그날 밤 꿈속에서도 다리가 아파 칭얼칭얼 잠꼬대까지 했다. 왕복이 좀 모자란 20리 길, 돌아오는 그 길의 절반을 빈 리어카를 타고 왔다고 해도 아홉 살 아이에겐 멀었다. 무리였던 것이다. 나는 쥐약 먹고 죽은 강아지가 떠올랐지만 깊은 한숨과 함께 고개를 흔들어 생각을 서둘러 지웠다.

엄마는 '도꾸'가 죽고 나서 내가 하도 시무룩해하자 "내가 강새 한 마리 더 사 주까?" 하고 물은 적이 있었다. 강아지 한 마리 가격은 채소 단을 스무 묶음이나 팔아야 살 수가 있다. 엄마는 그 돈이 아깝긴 하지만 막내가 워낙 풀이 죽어 지내서 넌지시 그렇게 물어 온 것이다. 나는 고개를 가로저었다. 새로운 강아지를 만나는 기쁨보다 그 강아지가 차에 치이거나 쥐약 먹고 죽어서 겪게 될 내 고통이 싫고 너무나 무서웠다. 나는 죽은 '도꾸' 말고 세상의 모든 강아지는 더이상 강아지가 아니었다.

그때 나는 엄마에게 심드렁하게 "강아지는 됐고 100원짜리 설탕 뿌린 꽈배기 한 봉지나 사 와!"라고 말했고 엄마는 흔쾌히 "그러마!" 했다. 하지만 그날 채소 단을 다 팔고 난 텅 빈 리어카 방티 속에는 꽈배기 봉지가 아니라 짚으로 묶은 간고등어 한 손이 신문지에 둘둘 말린 채 들어 있었다. 엄마는 "하이구마, 내가 서두르느라 깜박 잊어 뿌릿네! 내가 담번에 꼭 사다 주꾸마!" 했지만 그다음 번 리어카에도 흰 설탕 뿌린 꽈배기가 아니라 굵은 소금을 온몸에 뒤집어쓴 꽁치 댓 마리가 들어 있었다.

나는 어른이 되기 전까지 설탕 가득 뿌린 꽈배기를 먹어 보지 못했다. 엄마는 꼭 지출할 생활비로만 돈을 쓴다. 내 군것질을 쓸데없는 낭비라고 생각한다. 엄마는 왜 그렇게 악착같이 돈을 모으려는 걸까? 모아서 대체 뭘 하려고? 잘 모르겠다. 아무리 생각해 봐도 돈이란 건 쫀드기나 라면땅을 사 먹는 게 맞다. 산도나 줄줄이 사탕을 사 먹는 데 아낌없이 쓰이는 게 마땅하다. 그런데 엄마는 내가 아무리 졸라도 그 돈은 절대 주지 않았다.

그 점이 좀 야속해도 엄마가 미운 정도는 아니다. 그래도 내게 있어 세상에서 제일 만만하고 편한 사람이 엄마다. 그 엄마가 빈 리어카를 끌고 온몸에 땀 냄새를 풍기면서 돌아오는 시각은 해거름 녘 전후다. 근데 아직도 멀었다. 해가 중천에서 약간 기울어져 있다. 주변은 온통 햇빛이고 풀이고 나무고 밭이고 논일 뿐이다. 지루해. 지루해. 지루해 죽을 지경이야! 나는 연신 가짜 하품을 해 댔다. 그 하품을 낚싯줄 끝에 매달아서 허공 어디선가 돌아다니는 잠이라도 낚아채고 싶을 정도로 무료했다. 쥐고 있던 소 줄 끝을 허리에 묶은 나는 다시 구릉 풀밭 위로 벌러덩 드러누웠다. 깍지 낀 두 손을 베개로 베었다.

뜨거운 햇볕이 내 얼굴 위로 쏟아졌다. 나는 이글거리는 해를 맨 눈으로 노려보고 올려다본다. '어라? 이게 감히 나랑 눈싸움하자네!' 해가 내 눈을 내려다봤다. 강렬한 햇빛에 찔린 내 두 눈은 이내 멀어 버린다. 내 눈 속은 금방이라도 불이 옮겨붙은 듯 눈 속 전체가 분홍빛 불바다로 변한다. 덥다. 얼굴에 닿는 햇빛이 따갑다. 나는 물총을 쏘아서라도 공연히 불타는 여름 태양을 꺼트리고 싶다는 생각을 한다. 그런데도 잠이 올 듯 말 듯했는데 그

잠마저 불볕에 타 버렸다.

구릉이 나무 그늘이라도 달고 있다면 얼마나 좋았겠는가. 나무 그늘 가에 땡볕이 넘쳐 들지 못하도록 해 놓고 시원한 바람줄기를 불러 짧은 앞머리카락 날리며 낮잠을 잘 수도 있었을 텐데. 구릉은 산도 아니고 논밭도 아닌 그저 밋밋하게 둥그스름한 언덕 꼬락서니일 뿐이다.

한참 동안 눈을 지르감고 있던 나는 천천히 눈을 즈려떠서는 한 손을 눈썹 위에 붙여 세운다. 그 손바닥 그늘 속에서 차츰 짙어져 오는 푸른 하늘을 올려다보았다. 여름이 첨벙첨벙 뛰어다니는 하늘에 커다란 새들이 날아가고 있었다. 어쩌면 자유로워 보이는 새들도 진작에 하늘에 통행료를 내고 나는 건지도 몰랐다. 그 새들이 하늘에 빼앗겨 만들어진 새털구름 사이로 오리 모양의 흰 뭉게구름이 둥둥 떠내려가고 있었다.

－……어?

나는 두 눈을 비비며 화들짝 일어나 앉았다. 저녁을 먹자마자 난 깜박 잠이 들었는데 그 밤에 서울에서 대학 다니는 큰형이 내려와 아버지 엄마와 안방에서 마주 앉아 있었던 것이다.

　-큰형님 왔네…….

　나는 반가워 반색을 하며 인사를 했지만 큰형은 내 쪽으로 고개도 돌리지 않았다. 그저 아버지와 엄마를 향해 무표정한 얼굴로 앉아 있었다. 아버지 엄마 표정이 나라 잃은 백성처럼 무거웠다. 나는 앉아 있는 큰형의 모습부터 살폈다.

　천장 중앙에 달린 흐린 형광등도 큰형의 빛나는 모습을 지우지는 못했다. 큰형의 반팔 흰 와이셔츠는 눈이 내린 것처럼 하얬다. 그 어깨선이 다림질로 각까지 서 있다. 그리고 양복바지 역시 앉아 있어도 다림질한 선이 전혀 뭉개지지 않을 만큼 날카롭게 살아 있었다. 얼굴과 드러난 팔과 손도 우윳빛으로 하얬다. 큰형은 서울에서 대학을 다니는 동안 완전히 서울 사람이 다 됐다. 그렇게 멋쟁이일 수가 없고 그렇게 외모가 수려할 수가 없다.

엄마는 그런 번듯한 장남에 대해서 내놓고 자랑한 적은 없지만 내심 '내가 어떻게 저렇게 잘난 자식을 낳았나? 정녕 얘가 내 아들이란 말인가?' 할 정도의 자부심과 기쁨이 늘 얼굴에 충만하게 어려 있었다. 하지만 그날 밤만은 달랐다. 아버지 표정은 납덩이처럼 딱딱했고 엄마 얼굴은 한층 더 시들어진 채 가끔 깊은 한숨을 내쉬었다. 아버지 목소리가 깊은 동굴에서 울려 나왔다.

－방 하나 바꾸는 데 그리도 돈이 많이 드나? 글고 방이 무슨 방인지 모르겠지만서도 어떻게 월세가 아니고 반년 치를 한꺼번에 내야 하는 게 어딨더나?

－중간쯤 하는 서울 방이 모두 그 정도 해요. 전부 다 일시불로만 받구요.

－그래도…… 니 2학기 등록금에다가 생활비며 책 사 볼 돈, 용돈 마련하기도 만만치가 않은데, 거기에다가 반년 치 방세를 한꺼번에 달라고 하면…… 갑자기 그 큰돈이 어디서 나오냐? 우리 집이 무슨 큰 사업을 하는 것도 아니고 은행도 아니잖느냐.

엄마가 얘기를 거들고 나섰다. 하지만 엄마 얘기가 넋두리나 신세타령으로 들리는지 큰형 얼굴이 일그러졌다.

-그만 됐어. 얘도 꼭 필요하니까 달라는 거겠지. 알았다. 내일모레 올라가야 한다구?

-네.

-아이구, 야야 그건 아니지. 니가 얼마 만에 집에 온 건데 그렇게 후딱 올라간다는 거냐? 내가 닭도 잡아 주고 할 틴께 며칠 푹 쉬었다 올라가래이.

-아녜요, 엄마. 입사 준비를 위해 친구들과 그룹을 짰는데 그 일정을 따르려면 모레 아침에 급히 올라가야 해요.

-그, 그룹? 그기 대체 뭔데?

-야, 이 사람아! 당신이 그걸 알아서 어따 써? 좋은 회사 취직할라믄 그게 필요한 거겠지. 알았다. 서울서 내려오느라 피곤했을 터이니 그만 건넌방으로 건너가 쉬거라.

-네.

큰형은 아버지 말이 떨어지기 무섭게 몸을 일으켜서는 안방 문을 열고 나갔다. 마루에서 쪽마루로 걸어간 큰형

발자국 소리가 건넌방 문을 열고 닫은 뒤 조용해지자 엄마는 자신의 헌 내의며 속옷들이 든 장롱 밑단 서랍을 빼냈다.

-갑자기 뭐 하는 기여?

-좀 가만있어 보시소.

엄마는 손을 깊숙이 집어넣어서는 신문지로 둘둘 만 뭉치를 꺼냈다. 꾸깃꾸깃한 헌 돈 500원 지폐를 차곡차곡 쌓아 고무줄로 묶은 돈뭉치였다. 그 돈은 엄마가 내 손가락으로는 도저히 다 꼽아 낼 수 없을 만큼 많은 날들을 리어카에 채소를 싣고 가 점촌에서 벌어 온 그 전부의 돈이었다. 아버지는 그 돈뭉치를 눈짐작으로 어림잡아 본 뒤 끙, 하고 신음 소리를 내뱉었다.

-이걸로는…… 택도 없지요?

-그럼, 택도 없지. 공납금 절반도 안 되겠꾸만.

-하이구나, 그럼 어떡혀요? 자가 모레 아침에 급히 올라가야 한다문 내일밖에 돈 구할 기한이 없는데…… 어떻게 돈 빌려 볼 데가 없습니껴?

-야, 이 사람아! 사는 기 전부 다 고만고만한데 어디서 갑자기 그 큰돈을 구혀?

-그라문 우떠케요? 좋은 회사 들어갈려문 조용하고 공부하기 좋은 방이 꼭 필요하다는데! 아무리 서울이라 캐도 어떻게 밥을 차려 준다고는 혀도 방값이 그리 비싸다요? 그까짓 하숙상 하나 차리는 거 얼매나 든다고?

-시끄럽소 고마! 누워 자기나 하소.

아버지는 높다란 베개를 베고 엄마와 내게로부터 등을 보인 채 모로 누웠다.

-아이구, 돈 마련할 방도를 마련해 놓구서 주무셔야지. 무작정 그리 드러누우면 어떡헌대요?

-나도 몰러. 내일 해가 뜨면 무슨 수가 나겠지.

아버지는 얇은 홑이불 속에서 팔짱을 끼면서 두 눈을 그러감았다.

-대체 무신 수로…….

-시끄럽다니깐. 당장 불 끄고 자지 못해!

아버지가 소리를 버럭 지르자 엄마는 그제서야 입을

닫았다. 그리고 천천히 일어나 형광등 밑에 달린 메추리 알 크기의 스위치를 눌러 불을 껐다. 엄마는 아버지 옆에 눕지 않고 방안에 고인 어둠 속에 잠긴 채 우두커니 앉아 있었다. 가는 한숨을 가끔 길게 내쉬면서.

나는 갑자기 벌어진 이런 상황이 도무지 이해가 안 됐다. 1년에 한두 번 볼까 말까 할 정도로 큰형은 시골집에 잘 내려오지 않는다. 평소에 돈 부치라는 것도 등기우편 짧은 편지를 보낸다. 그런데 이번에는 평소보다 훨씬 많은 돈이 필요하게 되자 직접 집까지 내려온 것이다. 부모님을 뵈러 온 게 아니라 필요한 큰돈을 타 가지고 가기 위해 온 거였다. 나는 큰형이 야속한 게 아니라 시골 부모님 돈을 바닥까지 딸딸 긁어 가야 대학 공부를 하고 생활도 할 수 있는 그 서울이란 곳이 싫었다. 서울에는 돈 잡아먹는 하마가 수만 마리 사는 것 같았다. 어쩌면 창경원(창경궁) 동물원 우리엔 하마만 잔뜩 들어 있을지도 몰랐다.

아버지는 팔짱을 끼고 모로 누워 눈을 감고 있지만 장롱에 등과 뒷머리를 기대고 앉아 있는 엄마처럼 이따금 깊은 한숨을 내쉬었다. 가만히 누운 나도 이맛살을 찌푸렸다. 누가 내 코를 납작하게 짓누른 것처럼 코끝이 찡했다. 대체 이게 뭔가. 아버지 엄마는 너무나 오랜만에 잘생기고 멋진 대학생 큰아들을 만난 기쁨은 온데간데없었다. 그날 밤 나는 아버지가 늦게까지 부스럭부스럭 홑청 구겨내는 소리를 들었다. 내가 잠들기 직전까지 엄마는 여전히 장롱에 기대앉아 끝없이 길게 가는 숨만 내쉬었다.

다음날 오후 3시 무렵이었다. 큰형은 점심을 먹자마자 고향 친구를 점촌에서 만나기로 했다며 집을 나갔다. 엄마는 내게 심부름을 시켰다. 읍내 장터 쪽에 있는 시외버스 매표소로 가서 내일 아침 9시 서울 가는 버스표를 사오라고 했다. 상주에서 출발해 함창을 경유하고 점촌에서 만석을 채운 뒤 문경새재를 넘어가는 시외버스는 전날 사 두지 않으면 좌석을 못 구하는 경우가 잦았다. 시간이 11시로 밀릴 수도 있었다.

심부름을 갔다가 쇠 주물집으로 돌아온 나는 잔돈을

손에 거머쥐고 엄마를 찾았다. 본채에는 엄마가 없었다. 나는 엄마를 찾아 밭을 향해 갔는데 저 위쪽 용광대 앞에 어른들이 서 있는 것이 보였다. 외양간 앞쪽에 서너 사람이 모여 있었다. 그중 두 사람이 외양간에 들어가 매여 있던 황소, 장군이를 밖으로 끌고 나오고 있었다. 나는 불길한 느낌에 휩싸여 그쪽으로 뛰어갔다.

　-어르신 생각해서 진짜로 많이 쳐 드리는 겁니데이.

　나는 아버지에게 지폐 다발을 건네는 금테 두른 챙모자를 쓴, 얼굴이 붉은 남자를 이미 알고 있었다. 우리 집과 그리 멀리 떨어져 있지 않은 상지여고 위 감나무집 할아버지의 둘째 아들이었다. 그는 40대 초반이고 직업은 소와 돼지를 잡는 거였다. 백정 말이다. 마을 행사 때 그 사람이 커다란 집돼지 네 발을 밧줄로 묶어 놓고 해머로 돼지 두개골을 뻑뻑 내리치는 것을 나는 본 적이 있었다.

　-금액이 맞는지 시어 보이소.

　-시보긴. 맞겠지뭐…….

　아버지는 묶음만 손가락을 넣어 짚어 보더니 그 돈다

발을 검은 가죽 가방 속에 넣고는 지퍼를 단단히 채워 올렸다. 나는 용광대 앞까지 끌려 나온 장군이가 앞으로 어떻게 될 것인지 눈앞에 선했다. 우리 집에서도 보이는 높고도 커다란 검은 루핑지붕을 한 도살장(도축장을 예전에 그리 불렀다)은 논 사이의 달구지도 가는 큰 흙길을 통해 쇠 주물집으로부터 70-80미터의 거리에 있다. 장군이가 요령 소리를 내면서 경악해 얼어붙은 듯이 서서는 떨고 있는 나를 돌아봤다.

-아, 안 돼요. 아버지……

어른 한 사람이 장군이 코뚜레를 한 손아귀에 단단히 감아쥐고 끌려고 하자 나는 두 팔을 벌리고 그 사람 앞을 막아섰다. 아버지를 바라보는 내 눈에서는 눈물이 마구 쏟아졌다.

-아, 아부지. 장군이를 팔면 안 돼요. 저, 절대로 안 돼요!

-어허! 어른들 하는 일에! 당장, 비켜서지 못해?

아버지가 무서운 눈을 하고 한 손으로 장군이 앞을 가로막고 선 내 등짝을 떼밀었다. 나는 아버지의 강한 완력에 저만치 흙바닥에 픽 쓰러지며 나뒹굴었다. 하지만 나는 일어나 쇠 주물집 대문을 향해 장군이를 끌고 가는 뒤쪽 아저씨 허리를 두 손으로 부여잡았다.

–아, 안 돼요! 내 소 끌고 가지 말아요. 장군이는 내 소라예. 내가 풀 뜯어 먹인 내 소라구요.

장군이는 외양간 안에서부터 무슨 분위기를 느꼈는지 처음부터 잘 나오려고 하지 않았다. 더구나 내가 울부짖으며 악을 써 대자 우워엉 소리를 울고 콧구멍과 입가에 거품을 씩씩하게 뿜으면서 강력하게 버텼다. 하지만 한 아저씨가 앞에서 코뚜레를 단단히 잡아 힘차게 끌어당기고 다른 한 아저씨가 뒤에서 엉덩짝을 두 손으로 있는 힘껏 떼밀자 장군이는 한 발씩 끌려 나갔다.

내가 아예 땅바닥에 주저앉아 소 엉덩짝을 밀던 아저씨의 한쪽 다리를 두 손으로 붙들고 늘어지자 그 아저씨가 아버지를 힐끗 돌아보았다.

–형님! 야 좀 우째 해 주시소. 이라면 일이 안 되잖습

니껴.

아버지는 나의 발버둥질에 잠시 기도 안 찬다는 듯 지켜보던 중이었다. 하지만 그 말에 정신이 번쩍 드는지 성큼성큼 걸어와 두 손으로 나를 가볍게 번쩍 들어 올렸다. 나는 아버지의 강력한 두 팔에 가슴팍과 허리가 탱탱 감긴 듯 붙잡힌 채 본채 부엌 안으로 들려져 갔다.

ㅡ장군이 큰형님 돈으로 바꾸는 거지예. 내가, 내가 큰형님 오문 얘기할게요. 아부지, 아부지 당장 물리시소. 장군이를 죽게 하문 안 됩니더.

아버지는 고래고래 소리 지르고 바락바락 울어 젖히는 나를 부엌 안쪽 광에 등 떠밀어 넣고는 두꺼운 나무 문을 닫았다. 그리고 바깥 걸이대에 커다란 놋쇠 숟가락을 꽂아 문을 아예 잠가 버렸다. 나는 꼼짝없이 정지 광에 갇혔다. 나는 그 나무 문을 발로 차고 손으로 치면서 문을 열어 달라고 악을 써 댔다. 두 주먹 쥔 옆면으로 나무 문을 치자 텅텅텅 소리가 났다. 그 소리에 나는 또다시 기겁을 했다. 시장통 붉은 함석지붕 집에 살았을 때 나는 뒤주에 몇 시간을 갇혔던 적이 있지 않았던가.

쇠 주물집 정지에 딸린 광은 사람 하나가 간신히 누울 수 있는 협소한 크기였다. 내겐 조금 더 큰 뒤주일 수밖에 없었다. 나는 발작적으로 문을 두드리고 걷어차면서 당장 열어 달라고 숨막혀 죽겠다고 소리쳤다. 그러나 밖에서는 아무도 반응하지 않았다. 나는 기가 막혔다. 예닐곱 살 시절에는 나 혼자 장난치다가 쌀뒤주에 갇혔지만 이번엔 아버지가 직접 막내인 나를 가뒀다. 장사 타이틀을 이런 데 쓰다니! 이렇게 흉악무도한 일이 어딨나! 내 아버지가 어린 나를 감옥에 가두다니! 그것이 또 서러워진 나는 머릿속에서 분수처럼 솟구치듯이 욕을 하기 시작했다. 또 장군이를 끌고 간 피 냄새 나는 그 어른들을 향해 마구 욕을 해 댔다.

돼지새끼, 말새끼, 낙타새끼, 판다새끼, 고슴도치새끼, 다랑어새끼, 오징어새끼, 칼치새끼, 가시나무새끼, 나팔꽃새끼, 장미꽃새끼, 병두껑새끼, 성냥갑새끼 등등 세상의 온갖 새끼들을 불러 대다가 결국은 개새끼, 씨발새끼까지 마구닥지로 힘껏 불러 젖혔다.

　-어른이면 다냐? 힘만 세면 다냐? 왜 나한테는 허락도 없이 장군이를 끌고 가냐? 우리 장군이가 뭘 잘못했냐? 대체 뭘 잘못했다고…… 그렇게…… 흑흑흑 흐윽흐윽, 사람을 이렇게 막 가두기까지 하문서 델꼬 가냐? 너거들은 모두 천벌 받을 거다. 이 쏭악한 놈들아! 나쁜 놈들아!

　광에 갇힌 나는 바닥에 주저앉아 어른들을 저주했다. 저런 것들이 어른이면 나는 어른 따위는 되고 싶지 않았다. 나는 목이 쉬고 쉬어 붉은 쇳조각 소리가 나도록 울고 또 울었다.

　그날 밤 우리 쇠 주물집은 늦게까지 30촉 알전구 불이 켜지지 않았다. 푸른 유도등이 퍼르르 떨어서야 간신히 불이 들어오던 흐린 형광등도 켜지지 않았다. 쇠 주물집 늙은 기와지붕이 폭삭 내려앉은 듯 깊은 어둠 속에 잠겨 있었다.

　아버지는 엄마에게 검정 돈 가방을 던져 주자마자 곧

장 길 건너편 주막집에 들어가 앉았다. 엄마는 저녁상을 보지 않았다. 나는 그 부엌 광에 몇 시간을 갇혀 있었는지 모른다. 나는 광 안에 걸려 있는 채며 곡식 까부는 키 같은 대나무를 엮은 물건들을 마구 집어던지고 짓밟아 대면서 울고 또 울었다. 그러다가 졸도하듯이 제풀에 지쳐 결국 나가떨어졌다. 누가 광 바깥 문고리에 꽂힌 숟가락을 뽑아 놓았는지 모르겠지만 기절했다가 깨어난 내가 문을 밀었을 때 두꺼운 나무 문이 스르륵, 귀신 옷자락 소리를 내며 열렸다.

밖은 칠흑같이 어두웠다. 마루 위, 안방 안도 불이 켜져 있지 않았다. 큰형은 엄마가 리어카를 끌고 가는 점촌 큰 음식점에서 오랜만에 만난 여러 친구들과 소주를 곁들인 구운 고기로 저녁을 먹고 있는 중인지 모르겠지만, 큰형의 묵직한 검은 학생 가방이 지키고 있는 건넌방도 불이 꺼져 캄캄했다.

나는 혹시라도 장군이가 다시 돌아왔을 것만 같았다. 장군이가 외양간 첫 칸에서 요령 소리를 내며 그 큼지막

한 눈망울을 뜨릿거리고만* 있을 것 같았다. 그래서 나는 외양간으로 뛰어갔다. 첫 칸이 텅 비었다. 장군이는 없었다. 대신 엄마가 칠흑의 어둠이 고인 그 외양간 바깥에서 여물통에 한 손을 올려 둔 채 이마를 외양간 벽 쪽에다 대고 쭈그리고 앉아 있었다. 나는 엄마 때문이 아니라 장군이가 이 세상에 없을지도 모른다는 슬픔 때문에 섣불리 엄마 쪽으로 걸어가지 못하고 한참 동안 그 자리에 서 있었다.

속이 상할 대로 상한 아버지는 그때까지도 주막집 방에 들어앉아 뿌연 막걸리를 붓다시피 들이켰다. 엄마의 큰아들은 막역한 고향 친구들과 저녁을 먹고 늦게 들어가겠다고 인편으로 기별을 알려 온 모양이었다. 큰형도 그때까지 돌아오지 않고 있었고, 막내인 나는 광 속에서 울다 지쳐 바닥에 모로 쓰러져 잠이 들어 버렸고, 엄마는 이 모든 게 괴롭고 슬퍼서 혼자 그렇게 장군이 여물통을 붙들고 앉아 구슬피 울고 있었던 것이다.

●　'끔벅대다'의 비표준어로 큰 눈이 잠깐씩 감겼다 뜼였다 한다는 뜻

과연 엄마한테는 장군이가 어떤 존재였을까? 장군이가 끌려가고 난 뒤 텅 빈 그 외양간에서 엄마가 그렇게 한쪽 손으로 가슴을 짓누르며 가늘고 가는 울음을 혼자서 토해 내는 것을 나는 넋이 반쯤 빠진 채 지켜보고만 있었다.

그날 밤 늦게서야 엄마는 내 저녁 밥상을 차려 주었다. 하지만 나는 물 말은 밥도 한 숟갈을 삼키지 못하고 계속 토했다. 아버지는 자정이 지나고 새벽 2시를 넘기고서야 혀가 꼬부라져 쇠 주물집으로 돌아왔다. 하지만 그날 밤은 웬일인지 머리꼭지까지 만취되었음에도 주정을 하지 않았다. 그냥 커다란 썩은 나무토막 쓰러지듯이 '쿵!' 하고 이부자리 위에 곧바로 쓰러져 나뒹굴었다.

◆　　　장군이는 그날 그길로 도축장 안으로 끌려 들어가서 죽었다. 하지만 소를 100마리도 더 넘게 잡은 사람들 넷이 달라붙어서야 간신히 철봉처럼 생긴 쇠틀 안으로 장군이를 끼워 넣고 사지를 붙들어 맬 수가 있었다고 한다. 그렇게 힘이 들었던 소는 이전에도 그 이후에도 없었다고 한다.

◆◆　　훗날 나는 어른이 된 후 엄마에게 장군이 얘기를 한 적이 있었다. 그때 엄마가 장군이 외양간 여물통을 붙들고 왜 그리 구슬프게 혼자 우셨냐고 물었다. 엄마는 그날 장군이가 끌려가는 게 보기가 싫어 쇠죽간 문을 닫고 부뚜막에 앉아 있었다고 한다. 그런데 내가 울어 젖히며 가로막는 것을 보니 가슴이 찢어지는 것 같았다고. 또한 장군이는 엄마가 처음으로 그렇게 크게 키워 본 거대한 황소라서 평소 너무나 의지가 되었고 기쁨을 크게 주던 소였기에 그 일이 가슴에 오래도록 깊은 상처가 됐다고 말씀하셨다.

◆◆◆　　한 주먹 거리가 안 되는 내가 그때 왜 아버지에게 그렇게 처음이자 마지막으로 바락바락 악을 써 댔는지 아직도 그 이유를 잘 모른다. 아니, 나는 너무나 잘 안다. 하지만 말하고 싶지 않다. 어쨌든 분명한 건 그 일 이후부터 나는 큰형을 좋아하지 않게 되었다.

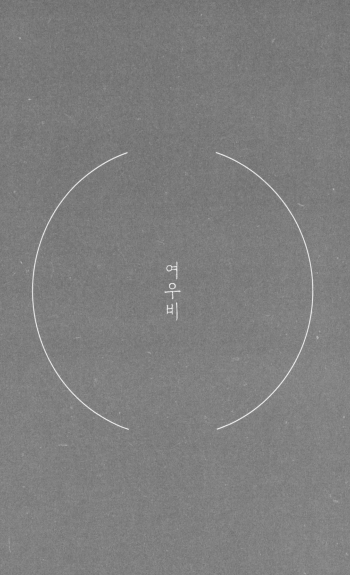

여우비

햇살이 눈부셔 얼굴을 들었는데

빗방울이 후두둑 떨어졌다.

잘못 맞으면 넋이 홀린다는

여우비였다.

꿈인 듯 한순간이었는데

한 생애가 내렸던가 보다.

40년 세월이 훌쩍 흘러 버렸다.

쇠 주물집 마당에 서서

올록볼록 커다란 왕지네처럼 보이는

옹기가마 근처, 검은 루핑지붕 도살장을

한없이 쳐다보던 소년의 이마에

검불 같은 주름살이 내리고

중년의 사내가 되어 버렸다.

인생은 애초 그런 것이었을까.

여우비 맞고 난 그 순간처럼

어리둥절하고 허망하다.

원래 순식간 흘러가는 것이

삶의 본질이고 정체였을까.

그럼에도 불구하고 슬픈 것은

마음만은 늙지를 않나 보다.

지금도 여전히 마른 가슴속에서

그 소년이 쪼그려 앉아 있고

고개 숙인 채 걸어 다닌다.

에
필
로
그

엄마와의 이별

　서울에 있는 편집자와 원고 교정 문제로 통화 중이었다. 원고가 잔뜩 쌓인 책상 위에 있던 내 휴대폰이 울렸다. 받아 보니 대전에 사는 둘째 형님이었다. 둘째 형은 사관학교를 나와 소령으로 예편했다. 대전에서 외국계 기계 전문회사 관리부장으로 일한다. 오랜 군인 생활 특유의 어조가 각지고 언제나 본론만 간단하게 얘기한다.

　-여기, 대전 을지병원이다.

　첫마디가 그랬다. 그러니까 둘째 형이 며칠 전에 고향 세 번째 집인 세진아파트에 혼자 사시는 엄마한테 들렀다가 엄마가 마른기침을 연신 내뱉는 것을 발견했다. 여든둘, 적지 않은 연세라 걱정이 된 형은 엄마를 차에 태우고 대전으로 갔다. 그 형이 사는 아파트 단지에서 한 블록만 건너면 대전에서 제일 큰 을지종합병원이 있다. 그래서 형제들한테 알리지도 않고 엄마에게 종합검사를 받게 했는데 오전에 폐암 말기라는 진단이 떨어진 것이다.

나는 그 소리를 듣는 순간 끙, 하며 신음을 내뱉었다. 눈을 질끈 감았다. 애써 외면하면서도 조바심을 태웠건만 기어이 올 것이 왔구나 싶었다.

-의사는 뭐래?

-엄마 연세도 그렇고 다른 장기까지 전이됐다며 치료에 회의적이더구나.

-그래도 손놓고 있을 수는 없어. 어떻게든 해 봐야지. 어떻게 다른 형들한테 연락은 했어?

-그래. 니가 끝이다. 저녁에 여기 병원 앞에서 모두 모이기로 했는데. 엄마도 뵙고. 네 상황은 어떠냐?

-알았어. 일 정리하는 대로 곧바로 출발할게.

말은 덤덤하게 통화를 끝냈다. 하지만 두 다리가 후들거렸다. 자꾸만 눈물이 났다. 밖으로 나와 떨리는 손으로 담배 한 개비를 입에 물었다.

아버지를 8년 전 보내드렸듯이 이번에는 엄마 차례인 것이다. 사람 나이 40-50이 되면 어쩔 수 없이 치뤄 내야만 하는 대사(大事)다. 연세가 높으신 부모님 한 분 한 분을 이 세상에서 여의는 일. 누군들 피할 수가 없다. 생로병사의 순환에 따라 아버지를, 엄마를 이승에서 저승으로 속절없이 보내 드려야만 한다.

그 순리를 모르진 않는다. 알면서도, 잘 알면서도 나는 결국 손으로 입을 틀어막으며 크흡, 하고 울음을 터트렸다. 엄마가 삶의 벼랑 위에 홀로 서 계시다는데 어떻게 슬프지 않을 수가 있겠는가. 어떤 사람이 자신에게 생명을 주신 분들, 피와 살과 뼈를 주신 그 소중한 부모님을 이 세상에서 잃고 싶어하겠는가.

내 몸은 빌딩 숲을 건너다보며 장승처럼 서 있어도 마

음은 자꾸만 구부러졌다. 마음에서 자꾸만 손이 기어 나와 가시지 말라고, 엄마 가면 안 된다고 엄마 발목을 부여잡고 매달리고 있었다. 나는 아랫입술을 짓씹었다. 동아줄로 내 몸과 엄마 몸을 친친 동여매서라도 붙들어 보고 싶지만, 그게 어디 가능하겠는가. 될 수 있는 일이겠는가.

5형제가 2인 병실 침상에 누운 엄마를 뵈었다. 엄마는 다섯 형제가 한꺼번에 나타나자 놀란 눈치였다. 하지만 눈동자가 노랗게 물들 정도로 얼굴에 황달기가 심한 엄마는 자신의 위중함을 감지했기에 애써 미소를 머금어 내셨다. 본인 병 걱정보다 장성한 아들 다섯을 한꺼번에 보는 기쁨이 훨씬 더 크다는 듯 웃으셨다. 초저녁이었다.

–엄만 병원에 절대 안 온다고 하시더니만 어찌 이리 누워 계시나?

–그랴, 내도 몰랐는데 이리되고 말았구만.

-너무 걱정하지 마세요. 곧 쾌차하셔서 집으로 돌아가실 수 있을 거예요.

-암, 그래야제. 너거들 다섯이 있는데 내가 무슨 걱정을 하겠노. 근데 너거들…… 아직 저녁 안 먹었제? 바삐들 오느라고.

엄마가 어두워지는 병실 창 쪽을 돌아본 뒤 말했다.

-어여 모두 나가 먹고 오거라. 내 그사이에 아무데도 도망 안 갈 틴께.

-도망은 무슨…….

-그러니께 언능 갔다 와.

-음, 그럼 간단히 해결하고 돌아올 테니까 그동안 엄마 편히 누워 계세요. 한잠 주무셔도 좋고.

-알았꾸마. 안 그래도 약 탓에 자꾸만 눈꺼풀이 무거워지는구만. 내가 너거들 직접 밥 차려 주문 좋긴 하겠꾸만서도…… 상황이 이리됐다. 대신 맛난 거 먹고 오거라.

-별 말씀을…… 편히 한잠 주무시소. 눈 뜨시면 우리가 와 있을 테니까.

-그랴 그랴…… 어여 어여…….

엄마가 검버섯 핀 손등으로 미적거리는 자식들을 병실 밖으로 훑쳤다. 저녁도 저녁이지만 엄마에 대한 대책이랄까 상의가 필요해서 우리 5형제는 을지병원 6층 입원실을 나왔다. 잠시 후 우리는 병원 정문 쪽 음식점 2층의 한 격리된 공간 안으로 들어가 앉았다.

-폐암 말기라…….

앉자마자 파출소장인 셋째 형이 침울하게 중얼거렸다.

-아버지는 평생 담배를 많이 태우셨기 때문에 폐암이 이해가 갔는데 엄마가 어떻게 폐암을 받으신 건지 영문을 모르겠구만.

셋째 형이 두 손바닥으로 얼굴을 쓱쓱 부비면서 말하자 나머지 네 형제가 서로를 번갈아 쳐다보았다.

-아니, 그렇잖아. 엄마는 담배 피우신 적이 전혀 없다구.

하지만 그렇게 말 꺼냈던 셋째 형조차 쓴 입맛을 다신 것처럼 나머지 형제들 모두 짐작 가는 바가 있었다. 엄마는 담배를 안 태웠지만 골초인 아버지와 평생을 함께 사셨다. 어린 시절 아버지와 함께 생활했던 안방은 늘 아버지가 내뿜어 놓은 독한 '청자'나 '새마을' 담배 연기가 가득했다. 그 방에서 함께 자야 했던 엄마는 그 긴 세월 동안 간접흡연을 피할 수가 없었다. 또 엄마는 오랜 세월 동안 시장통 붉은 함석지붕 집 아궁이와 쇠 주물집 본채 정지 아궁이, 쇠죽간 아궁이에 불을 지펴 넣지 않았는가. 천장 쪽으로 그을음이 날려 올라가 시커멓게 붙을 만큼 아궁이 불을 지필 때마다 연기가 자욱했다. 밥을 짓고 소여물을 끓이면서 해로운 그 연기를 얼마나 많이 들이키셨겠는가.

또 한 가지는 쇠 주물집 신작로에서 일어나던 허연 먼지 가루였다. 그 길은 비포장도로여서 차가 지날 때마다 마치 소독차가 지나가는 것처럼 부옇게 먼지가 일어났다. 쇠 주물집 본채 마루는 아침저녁으로 방 빗자루로 쓸고 걸레로 닦아야 했을 만큼 먼지가 눈 내리듯이 쌓였다. 원인으로 추정된 그 세 가지만으로도 엄마 폐가 지금까지 견뎌 낸 것이 용하다면 용하다고 여겨질 정도다.

우리 형제들은 머리통이 굵어지면 저마다 일찌감치 시골집을 벗어났다. 중학교 때부터 대구로, 서울로 유학을 떠났다. 우리 부모님은 자신들이 힘들게 사는 것이 공부를 많이 하지 못해서라고 여겼다. 그래서 우짜던가 자식 공부만은 끝까지 시켜 내는 것을 가장 큰 목표로 삼으셨다. 자식들 뒷바라지하느라 뼈빠지게 평생을 일하신 그분들의 노력 덕분으로 다섯 자식들은 저마다 대학을 졸업하고 취직하고 결혼을 하고 삶을 안착시켰다.

5형제가 모인 그 자리에서 엄마를 대전 을지병원에서 서울 현대아산병원으로 모시기로 했다. 가능성을 1퍼센트라도 더 높이려면 국내 암 권위자 의사들이 포진한 보다 좋은 병원으로 모셔야만 했다. 그 과정은 큰형님이 맡기로 했다. 큰형님은 우리나라에서 판매고가 가장 높은 큰 제약회사 이사였다. 큰 병원과 거래가 많았기에 아는 의사들이 많았다.

다음에 누가 엄마 옆을 주로 지키는가, 얘기가 나왔는데 막내인 내가 맡기로 했다. 대전이 근거지인 둘째 형과

에필로그

313

점촌인 넷째 형은 일찌감치 제외됐고 남은 건 서울에 사는 큰형님과 셋째 형, 그리고 나였는데 내가 자청했다. 큰형님은 회사 중역이라 맡은 일들이 무겁고 셋째 형은 파출소장이라 빡빡했다. 작가인 내가 상대적으로 일을 조정하기가 쉬웠기 때문이다. 예전에 아버지 돌아가실 때도 나는 아예 한 달을 조정받아서 아버지 곁을 엄마와 함께 끝까지 지켜 드렸다.

그렇다면 다섯 형제 중 내가 효자인가? 아니다. 평소 부모님 건강을 가장 살갑게 챙기며 자주 들여다본 효자는 대전 사는 둘째 형이다. 본인은 '어떻게 나 같은 게 효자일 수가 있나?' 손을 홰홰 내젓지만, 그나마 뻣뻣하고 과묵하기만 한 우리 형제들 중 제일 나았다.

그로부터 사흘 뒤 엄마는 대전에서 한강변에 위치한 현대아산병원으로 옮겨지셨다. 그 병원에서 새로 CT 검사를 받고 흉곽 엑스레이를 찍었다. 피검사를 포함한 여러 검사를 통해 진단을 다시 받았다. 을지병원의 오진을 기대했지만 담당 의사는 대전의 병원과 같은 진단을 내렸다. 고개를 가로젓기까지 했다. 폐의 3분지 1 정도가 이미 암세포에 먹혀들었고 위와 쓸개를 비롯한 다른 장기까지 전이가 됐다며 치료에 회의적이었다. 환자의 연세와 체력 상태를 보건대 암세포와 함께 건강한 세포도 죽이는 방사능 치료는 적당치 않다는 거였다. 하지만 최근 '레이사'라고 하는 좋은 신약이 나왔으니 그 약물에 기대를 걸고 치료를 해 보자고 했다. 큰형님과 내가 의사로부터 그런 얘길 들었는데 고개를 끄덕거릴 수밖에 없었다. 병원에 가면 의사 말을 들어야지 달리 무슨 뾰족한 수가 있겠는가.

엄마는 한 달 반 정도 아산병원 2인실 병실에 계셨다. 자식들 입장에서는 엄마가 돌아가실 판에 돈이 중요하진 않았다. 하지만 엄마는 2인실이 6인실 병실보다 돈이 세 배 이상이나 든다는 걸 어떻게 알았는지 내가 침대 옆에다가 의자를 붙여 앉기라도 하면 고향 집으로 돌아가자고 졸랐다. 병실이 답답하고 크레졸 냄새가 코를 찔러 머리가 아프다는 거였다. 돈도 돈이지만 엄마가 왜 눈치가 없으시겠는가. 아침저녁으로 회진을 들어오는 의사 태도가 건성건성하고 병원에 아무리 누워 있어도 몸 상태가 계속해서 나빠지고 있다는 것을 누구보다 본인이 잘 아셨기 때문이다.

─엄마, 왜 자꾸만 집으로 가겠다고 해? 엄마는 지금 편찮으시잖아. 사람이 아프면 병원에서 치료를 받아야지.

─하이구나 내가 엉기나서 안 글나. 맨날 누워만 있자니 뒷골에 납덩이가 들은 거 같고.

그렇게 엄마와 명확하게 의사소통이 가능한 날은 엄마 상태가 좋은 날이었다. 엄마는 점점 쇠약해져 의식을 잃어버리는 일이 잦아졌다. 그럴 때마다 간호사들이 달려와 크고 작은 링거를 주렁주렁 매달고 크고 작은 주사를 놓았다. 상태가 아주 많이 안 좋다 싶으면 중환자실로 실려 들어가기도 했다. 엄마가 중환자실에서 다시 2인실 병실 침대로 돌아와 눕자마자 검버섯이 손등에 가득 핀 손을 내게로 뻗었다.

-마, 막내야!

-네, 엄마!

나는 엄마 두 손을 부여잡았다.

-나, 날 지금 당장이라도 집에다 데려다 다고…….

-어휴, 참! 엄마 지금 막 중환자실에서 나왔어. 이러지 말아요. 엄마는…….

나는 깊은 한숨이 터져 나와 말을 멈췄다. 왜 이렇게 줄 기차게 집 타령인가 싶었기 때문이다.

-집은 왜? 도대체 시골집에 누가 기다린다고 그렇게 집에 가시려고 그래? 아무도 없잖아? 빈집이야.

-아니……다. 아니래니까.

엄마가 고개를 천천히 가로저었다.

-아니긴? 아무도 없는 빈집이 맞는데.

-아녀 아녀. 니 아부지가…… 있짜……나.

-아, 아버지가?

-그려…….

얕은 베개에서 머리를 쳐들지도 못할 정도로 쇠약해진

엄마는 눈을 그러감은 채 쿡, 하고 아주 작은 울음을 터뜨렸다. 처음에 나는 엄마가 정신까지 혼미하시구나 하는 생각을 했다. 아버지는 이미 8년 전에 돌아가셨다. 어떻게 지금 그 집에 계실 수가 있나 싶었던 것이다. 나는 엄마 울음을 달래야만 했다.

-아버지가 집에 계신다구? 진짜?

-그랴 그랴…… 내가 지금이라도 가야…… 볼 수가 있지러. 그 양반이 어, 얼매나 기다리……겠노?

엄마는 눈을 뜨지 않은 채 중얼거리듯이 말했다. 엄마의 검버섯 가득 핀 마른 손등과 나뭇가지처럼 딱딱하게 곱은 다섯 손가락이 모아 쥔 내 두 손아귀 안에서 가늘게 떨렸다. 나는 엄마의 감은 눈가에서 가늘게 넘쳐흐르는 눈물 줄기를 한동안 지켜봤다.

아……! 미련하기 짝이 없는 나는 그제야 엄마의 말 뜻이 무엇인가 알아차렸다. 우리 아버지도 생의 마지막을 병원에서 마치는 것을 거부하셨다. 자신이 살았던 집에서, 자신이 누워 자던 방에서, 자신이 덮었던 이불을 덮고 잠을 자듯이 영면하길 바라셨다. 그래서 아버지는 '본인의 소원이다'라고 말씀하셔서 문경병원 중환자실에서 세진아파트 108호 안방으로 모셔졌다. 아버지는 그 방에서 하룻밤을 주무시고 다음날 오전 10시경에 운명하셨다.

그러니까 엄마는 아버지가 돌아가셨던 그 방에서 본인도 돌아가고 싶어하신 것이다. 아버지가 목숨을 거두셨던 그 방에서 자신이 숨을 거두어야 죽어 아버지를 찾아헤매지 않고 만날 수 있다고 여기고 계신 것이다. 마치 죽은 자리가 서로의 영혼을 찾는 좌표이고 부표이기나 한 듯이.

나는 아버지가 엄마한테 평생 잘해 준 게 없다고 여겼다. 말로 다 할 수 없는 고생만 시키셨다고 생각해 왔다. 자식인 나는 그렇게 여기고 있는데 반해 엄마는 아버지가 너무 보고 싶으신 거다. 머잖아 죽게 된다면 저승에서 남편인 아버지를 제일 먼저, 꼭 다시 만나고 싶어하신다는 것을 깨닫는 순간 나는 고개가 팍 꺾어졌다. 나는 한

에필로그

손으로 내 입을 틀어막았다. 핏덩이 같은 울음이 목젖 밑에서 울컥울컥했기 때문이다. 하지만 이미 내 두 눈가에서는 눈물이 비 오듯이 흘러넘쳐 나왔다.

－그, 그러자 엄마…… 그러고 보니 엄마 말이 맞네. 엄마 말대로 집에…… 집에 가자! 아, 아버지가…… 기다리시는 그 집으로 가자!

나는 울먹거림을 참아 내며 그렇게 떠듬떠듬 말했다. 엄마는 그 말을 들으셨는지 눈을 깊이 그러감은 채로 희미한 미소를 지으셨다.

그 시간 이후 나는 형들 모두에게 차례대로 전화를 넣었다. 그날 늦은 밤, 우리 다섯 형제는 병원 4층 휴게실 구석진 테이블을 앞에다 두고 둘러앉았다. 나는 엄마를 고향 집으로 모시고 내려가고 싶다고 첫마디를 뗐다. 내일 당장이라도 그러고 싶다고 말했다. 그러자 네 명의 형은 놀라서 입을 다물거나 벌렸다.

‘얘가 갑자기 뭔 뚱딴지같은 소리냐? 현대아산병원은

암 환자들이 모두 입원하고 싶어 안달이 날 만큼 크고 좋은 병원이다. 엄마가 여기 입원해 계신데 그 자리를 남한테 비워 주자구? 어떻게 그게 말이 돼? 그것도 느닷없이 갑자기?'

형들 모두가 어이가 없다거나 이해가 안 간다는 표정이었다.

'대체 그 이유가 뭐냐? 안 그래도 중환자라 병원에 모셔야 할 판에 그런 엄마를 되레 시골집으로 모셔 가자니? 그렇게 무턱대고 모셔 가면 어쩌자는 거냐? 우리도 엄마가 회복되시리라고까진 기대하지 않는다. 하지만 위급 시 병원 조치가 없다면 하루도 생명을 보장받기 힘들다. 그게 엄혹한 현실 아니냐? 엄마 빨리 돌아가시라고 고사 지내는 게 아니라면 어떻게 니가 형들한테 이런 무리한 요구를 할 수가 있냐? 엄마를 포기한 거냐? 완전히 포기했더라도 그렇지…… 어떻게 위중한 상태인 엄마를 시골집으로 모셔 갈 생각을 했냐?'

형제들 모두가 서운해했다. 반대 의사가 분명했다.

에필로그

나는 천천히 고개를 가로저었다. 당사자인 엄마께서 그동안 내게 자신을 집으로 데려가 달라는 말을 백번도 더 하셨다. 나도 형들처럼 생각했기에 지금까지 엄마의 그런 호소를 애써 외면해 왔다. 최근에도 혼수상태에서 의식이 돌아왔을 때 엄마 첫마디가 본인을 집으로 데려가 달라는 말씀이었다. 그래도 나는 엄마가 위중한 상황을 덜 인식하고 고집을 부리신다고 생각했다. 억지를 부린다고 여겼다. 나는 엄마를 위한다는 것을 방어막으로 치고 내 생각과 내 판단에만 빠져 있었던 것이다. 엄마 몸 상태만 살폈지 정작 엄마 마음은 살펴 드리지 못한 것이다. 내 불찰이다. 미련하기 짝이 없는 나는 오늘에서야 엄마의 그 맘을 알아차렸다. 엄마는 본인께서 멀지 않았다는 것을 아신다. 그래서 병원에서 숨이 끊겨 시신이 되어서야 집으로 돌아가기를 원치 않으신다. 그 이유는……
분명 아버지 때문이다.

아버지가 돌아가신 고향 집 그 방에서 엄마도 돌아가고 싶어하시는 거다. 그래야만 엄마는 나중에 돌아가신 아버지를 구천을 찾아 헤매지 않고 만날 수가 있다고 믿으신다. 부부가 한자리에서 숨을 거두어야만 구천에 흩어진 숱한 망령들 속에서도 아버지를 만날 수 있다고 믿으시기 때문이다. 엄마의 이 갈급한 심정을 어떻게 미욱한 내가 다 헤아려 드릴 수가 있었겠는가. 그러니 이제라도 형들 마음만 고집하시지 말고 엄마 심중을 헤아려 엄마의 이 마지막 부탁을 들어 주시라!

나는 눈물을 흘리며 형들에게 말했다. 그 얘길 들은 네 형들은 더이상 아무 말도 하지 않았다. 두 명의 형들은 의자를 돌려 앉아서 손목을 눈가로 가져갔고 나머지 두 형은 가슴에 이마가 닿을 만큼 고개를 깊이 떨구었다.

엄마는 고향 집으로 돌아가기로 결정이 났다. 그 밤 지나고 하루를 아산병원에 더 있다가 그다음 날 오후 3시를 넘겨서 엄마는 함창 고향 집을 향해 출발할 수가 있었다. 의사는 병원 조치가 없다면 환자 목숨이 하루도 연명키 어렵다며 퇴실을 허락할 수 없다고 했다. 하지만 큰형님과 얘기를 나눈 뒤 의사는 퇴실 확인서에 사인했다. 큰 형님 역시 병원에 이후 책임을 묻지 않는다는 확인서에 사인했다.

엄마는 그 전날 밤부터 의식이 없었다. 이미 혼수상태에 빠져 있었다. 환자를 중환자실로 옮겨 가 인공호흡 장치 관을 끼워야 하느냐 마느냐로 나는 의사와 의견이 맞부딪쳤다. 나는 환자의 콧구멍과 목구멍 속으로 두꺼운 플라스틱 관을 찔러 넣어 인위적으로 생명을 연장시키는 것에 대해 환자에게 도움이 되지 않는다는 생각을 일찍부터 해 왔다. 특히나 회생 가능성이 거의 없는 80대 고령의 환자들에겐 더더욱 말이다. 왜냐하면 환자가 잠깐이라도 의식이 돌아오면 콧구멍과 목구멍의 깊은 삽관으로 인해 너무나 고통스러워한다는 것을 나는 이미 아버지를 통해 절절히 경험했다.

장사셨던 아버지는 문경병원 중환자실에서 의식이 돌아오자 침대에 벌떡 일어나 앉으며 자신의 두 손으로 직접 그 긴 플라스틱 관을 뽑아냈다. 병원 간호사들이 기겁을 하며 놀랄 만한 그런 의지적인 행동을 하신 탓에 그 이후 집으로 옮겨 가 본인의 마지막 숨을 집 안방에서 거두실 수가 있었다.

다행히 엄마는 의식이 없으셔도 약하게나마 자가 호흡을 유지하고 있었다. 언제 멎을지 모르는 가늘고 불규칙한 숨이었다. 의사는 퇴원 후 엄마는 하루 안에 운명하실 거고 아무리 길어야 이틀일 거라고 예측했다.

걸어서가 아니라 누워서의 엄마 퇴원은 큰형님이 절차를 밟았다. 맏이와 막내 두 사람이 엄마의 퇴원 현장에 있었다. 나는 큰형님이 병원 관계자들을 만나는 사이 지하 주차장에서 내 차를 빼 병원 현관 앞에서 대기 중인 앰뷸런스 앞에다가 정차시키고는 운전석에서 내렸다.

엄마가 바퀴 달린 침대에 누운 채 실려 나와 앰뷸런스 안으로 옮겨졌다. 직원 한 사람이 이동 중 엄마 상태를 살피기 위해 함께 그 안에 올라탔고 운전자가 앰뷸런스 운전석에 앉았다. 내 차는 엄마가 실린 앰뷸런스를 앞에서 집까지 인도하기로 했다. 운전자는 상주와 점촌은 들어 봤어도 함창이란 지명은 처음 들은 사람이었기 때문이다. 큰형님이 내 차에 오르기 직전에 나에게 말했다.

　-다른 동생들에게는 내가 다 연락을 취하마. 집으로 잘 모셔라. 수고해라. 나도 곧 따라 내려갈 테니까.

　큰형이 내 어깨를 툭 치는 것을 신호로 나는 내 차 운전석에 올라탔다. 나는 시동을 건 뒤 엄마가 실린 하얀 앰뷸런스를 돌아보았다. 고향 집까지는 두 시간 반에서 세 시간 정도 소요될 것이다.

　-가요, 엄마! 이제 집으로 가는 거니까 조금만 참아 내세요! 아셨죠?

　왈칵 눈물부터 솟았다. 하지만 나는 어금니를 꽉 깨물고 기어를 넣었다. 차를 천천히 움직여 앞으로 나아갔다. 내 차가 움직이자 경광등을 켜지 않은 앰뷸런스가 따라서 움직였다. 엄마가 지금 앰뷸런스가 아니라 내 차 조수석에 타고 계시다면 얼마나 좋겠는가, 문득 그런 생각이 들었다.

　병원을 빠져나와 강변로로 접어드는 교차로에서 붉은

안녕, 엄마

신호등으로 바뀌자 나는 차를 멈춰 세웠다. 차창 밖을 내다보니 은행나무 가로수에 노랗게 단풍이 들어 있었다.

'막내야, 단풍물이 참 곱게도 들었구나. 집에 내려가문 조만간 니 차로라도 우리 둘이 단풍 구경 가자꾸나. 지보나 퇴강 쪽으로 가면 해마다 단풍물이 그리 잘 들어서 온 산이 얼룩덜룩한 게 마치 꽃비단 펼쳐 놓은 것 같다고 허던디. 그길에 은척 들러서 니 좋아하는 송어회도 같이 먹구.'

엄마가 앰뷸런스에서 내려 내 차 조수석 문을 열며 금방이라도 들어앉을 것 같아 나는 몇 번이나 뒤에 묵연히 서 있는 병원차를 돌아보았다.

─그래요, 엄마! 집에 가면 꼭 쾌차하셔서 우리 단풍 구경 갑시다. 세상이 이리 아름다운데…… 그렇게 서둘러 떠나실 필요가 없잖아요.

그렇게 중얼거리면서도 나는 그동안 뭣을 하고 살았나 싶었다. 나는 내 차로 엄마를 단풍 구경 한번 제대로 못 시켜 드렸다는 자책감에 손목으로 젖은 눈두덩이를 연신 비벼 댔다.

내 차는 강변로를 달리다가 경부고속도로로 이어지는 연결 도로를 향해 빠르게 달렸다. 10여 분 뒤, 양쪽이 8차선인 4차선 고속도로 위로 내 승용차가 올려졌다.

고속도로가 비교적 한산해져서인가. 내 마음속 기억의 둥지 안에 든 알들이 부리로 톡톡 쪼아지는 느낌이었다. 저 멀리서 내가 태어나고 자랐던 시장통 붉은 함석지붕 집과 황소고개 쇠 주물집 대문이 삐거덕 소리를 내고 열리는 느낌이었다. 눈꺼풀을 깜박여 눈물방울을 밀어내자 고동색 몸뻬를 입은 엄마가 보였다. 엄마는 아무렇지도 않은 옛날 얼굴을 하고 삼태기를 들고 여물간에서 부산스럽게 움직이고 있었다.

엄마……

시장통 붉은 함석집에서 나를 품안에 안고 장독대 뒤에 숨으셨던 엄마…… 그때 엄마의 어깨 위로 떨어지던 노란 감꽃이 후두둑, 내 안에 깊숙이 떨어져 굴렀다. 그리고 내게는 컴컴한 지옥이었던 그 높은 뒤주 안으로 두 팔을 내려 나를 구원하듯이 안아 들던 엄마의 그 품 하며…… 독학으로 잠사 기술자가 되기 위해 펄펄 끓는 대야 안에 두 손을 연신 담갔다가 결국은 두 손 모두를 친친 흰 붕대로 감았던 엄마 모습이 내 눈에 주마등처럼 지나가며 순간순간 맺히듯 어리자 내 눈에서는 눈물이 비 오듯이 흘러내렸다. 앞이 제대로 안 보여 운전 중이던 내 차가 좌우로 심하게 흔들릴 수밖에 없었다.

내 뒤를 따라오던 앰뷸런스에서 '빵! 빵!' 하고 연신 경적을 울려 댔다. 내 차가 술에 만취된 운전자가 타기라도 한 듯이 차선을 이쪽저쪽으로 넘어설 만큼 갈지자 운전을 심하게 하자 경고음을 울려 댄 것이다.

나는 세차게 머리를 가로젓고는 이를 악물었다. 집까지 가는 동안만이라도 엄마와의 회상에 젖지 않기 위해서 평소 듣던 음악을 크게 틀어 놓고는 운전대를 단단히 부여 잡았다. 그때 흘러나온 음악들이 정태춘의 〈사랑하는 이에게〉였고 〈떠나가는 배〉였다. 재즈 CD도 많았는데 왜

하필 그 CD가 데크에 들어 있었던 걸까. 강물이 흘러가는 듯한 그 노래는 왜 그다지도 내 가슴 속살을 시퍼런 칼날로 저미듯이 에이게 하던가. 왜, 푸른 그 강물 위로 엄마 모습이 나룻배에 담겨 둥둥 물살을 헤적이며 떠오던가.

엄마가 채소가 가득 실린 리어카를 끌고 점촌 시장으로 가던 모습, 겨울 새벽녘마다 쇠죽간 가마솥을 끓여 장군황소에게 여물통 가득 훈기 오르는 먹이를 부어 주던 모습이 떠오르자 나는 결국 참지 못했다. 차를 몰고 달리면서도 흑흑흑 소리 내 울기 시작했고 끝내는 차 안에 아무도 없다는 것을 방패 삼아 엉엉엉 소리 내 목청껏 울었다.

섧디 서러웠다. 고향 집으로 돌아가는 길이 엄마의 마지막 길이란 게 비통했다. 이후, 다시는 그 따뜻한 엄마 목소리, 엄마의 손, 엄마의 얼굴을 보지 못하게 되는 이 길을 그저 무력하게 달려가고만 있다는 게 너무나 괴로웠다. 나는 어릴 때 말고는 그렇게 목놓아 크게 운 기억이 없다. 소리 없는 눈물을 흘린 적은 몇 번 있지만 사람이 어른이 되면 크게 소리 내 울 일은 없다. 어른이 되면 감정쯤은 합리적 이성으로 볼륨을 충분히 조절할 수 있으니까 말이다.

하지만…… 몰랐다. 엄마 마지막을 맞닥뜨리면 전혀 그렇지가 않다는 것을. 따지고 보면 울음은 인간 몸에 남은 유일한 원시성이다. 공포와 슬픔에 홀로 저항하는 자가 치유의 방식이다.

나는 달리는 차 안에서 맘을 풀어 놓고 목청껏 울었다. 사내아이가 어른이 되면, 중년이 되면, 크게 울어 젖히는 그 울음소리에서 '어헝 어허어웅!' 하고 호랑이 울음소리가 난다는 것을 그때 처음 알았다. 어깨를 들썩이며 격하게 우는 통에 나는 어느 사이 내 옆 3차선을 빠르게 질주해 통과하는 트럭과 거의 충돌할 뻔했다. 이렇게는 도저히 운전이 불가능했다. 나는 달리던 4차선을 벗어나 갓길에 차를 급정거시켰다. 따라오던 앰뷸런스가 내 차 뒤에 천천히 멈춰 섰다.

에필로그

331

나는 왜 그렇게 울었을까. 왜 그렇게 많은 눈물이 났을까. "아니다 야야아, 너거들 자리 잘 잡는 기 효도제. 무슨 효가 따로 있겠노? 지금꺼정 무탈하게 잘 살아 줘 온 그기 나한텐 바로 효도인 기라." 평소 엄마는 자식들에게 그리 말씀하셨다. 하지만 그렇다 해도 이건 아니었다. 잠시만 골똘히 생각해 봐도 그동안 못 해 드린 게 너무나 많고 잘못한 것도 너무나 많았다. 부모와 자식, 엄마와 아들, 엄마와 막내 관계가 이렇게 속절없어서는 안 된다. 삶에서 그 모든 관계가 한꺼번에 삭아 끊어지려고 하니 나는 뒤늦게 그렇게 서러울 수가 없었다. 나의 늦됨이, 모자람이, 어리석음이 욕되고 부끄러웠다. 나는 자동차 핸들에 이마를 짓찧어 가며 갓길에 세운 자동차 안에서 한참이나 울었다.

그 울음이 5분 넘게 지속되었다. 그럼에도 불구하고 뒤에 있는 앰뷸런스 운전자는 클랙슨을 울려 갈 길이 멀다고 재촉하지 않았다. 자신도 이미 부모님 중 한 분을 보내 드려 그 마음 익히 잘 안다는 듯이. 단지 시간이 좀 지체

되더라도 내가 마음을 잘 단도리*해서 다시 고속도로 위로 안전하게 차를 제대로 올려 주기만을 기다리고 있는 듯했다.

안녕, 엄마!

함창읍사무소 뒤 세진아파트에 도착한 건 오후 5시를 넘긴 무렵이었다. 땅거미가 이제 막 기기 시작하는 해거름 녘이었다. 의식이 없는 엄마는 병원 직원 두 사람이 든 들것에 실려 안방으로 모셔졌다. 지근거리인 점촌시에서 근무하는 내 바로 위 형이 이미 집에 들러 보일러를 가동시켜 놓았던지 실내 방바닥에 미적지근한 온기가 돌았다. 하지만 오랫동안 비워 둔 집인 만큼 집 안 전체 공기가 서늘하고 눅눅했다. 나는 직원 두 사람의 도움을 받아 엄마가 누우실 요 밑에다가 전기장판부터 깔았다.

현관문을 나서는 직원들에게 "가시다가 식사나 하세요"라며 돈을 내밀었으나 그들은 눈두덩이가 물기로 잔뜩 부풀어 개구리눈을 하고 "아닙니다. 어머님이나 잘 모시세요!"라는 말만 남기고 그냥 나가 버렸다.

　-엄마, 드디어 집에 왔네. 좋지?

　안방으로 들어온 나는 먼저 전기장판 온도를 최대치로 올렸다. 엄마 몸 위에 부드러운 담요를 새로 덮고 장롱에서 가벼운 오리털 이불을 꺼내 턱밑까지 끌어다 덮어 드렸다. 10월 중순이라 저녁 공기가 쌀쌀했다.

　나는 광으로 쓰는 베란다를 뒤져서 평소 전기료 많이 먹는다며 엄마가 전혀 안 쓰던 전기스토브를 찾아 꺼내서는 안방으로 날라 왔다. 플러그를 꽂아 열선 두 줄이 시뻘겋게 달아오르도록 전부 다 작동시켜서는 엄마를 덮고 있는 이불 전체를 비추었다. 아무래도 뜨거운 물이 필요할 것 같아 주방으로 가 가스레인지를 켜고 커다란 주전자 가득 물을 받아 올려놓았다. 그리고 황급히 안방에 누워 있는 엄마 옆으로 가 무릎으로 앉아서는 엄마 상태를 살펴보았다. 눈을 감고 있는 엄마는 가늘긴 하지만 비교적 옅은 숨을 규칙적으로 쉬고 있었다.

　-엄마, 이제 집에 왔으니까 편안하게 주무시고 계셔요. 이 방이 아버지와 10년 가까이 함께 지내던 방이니까 엄마한테도 편할 거예요. 어쩌면 엄마는 한잠 푹 주무시고 내일 아침에 기지개를 켜면서 '야하 몸이 개운해질 정도로 오랜만에 깊이도 푹 잤꾸마' 하실지도 몰라. 응? 난 엄마가 그리하시면 참 좋겠는데. 엄마가 그리해 주실랑가.

　나는 납빛으로 가라앉아 있는 엄마 이마에 흩어진 흰 머리카락 몇 올을 귀 뒤로 가지런히 쓸어 넘겼다.

　-엄마는 이제 아무 걱정 마요. 막내가 엄마 곁에 이렇게 바짝 붙어 앉아 지킬 테니까 안심하시고 좋은 꿈만 꾸며 계세요. 아버지는 나중에 만나시고. 아버지야 엄마밖에 없던 분이신데 느긋하게 기다려 주실 거야. 그러니까 남을…… 우리 자식들을 생각해서라도…….

　나는 그 뒷말에 목이 메어 왔다. 그런 말을 하기가 부끄러웠다. 죄송했다. 죄스러웠다. '야 인석아! 그러니까 진

작에 잘허지! 이제 와서 무슨!' 하는 엄마 말이 귀에 생생
하게 들리는 듯했기 때문이었다.

　-그래요. 잘할게요.

　나는 엄마 얼굴 쪽으로 크게 고개를 끄덕여 댔다.

　-진짜로 잘할 테니까…… 엄마 1년만, 아니 한 달만이
라도 더 살아 줘요. 엄마 일어나시면 정말로 정말로 업고
라도 내가 다닐게. 엄마 업고서라도 내가 전국 유람을 다
닐게. 들리지? 엄마, 약속한 거야…… 응?

　나는 손등에 마른 검버섯이 가득 핀 엄마 손을 두 손
으로 부여잡았다. 그 마른 손바닥이 칙칙해 보였다. 피돌
기가 안 돼서 그런 건가 싶어 나는 지압하듯이 두 엄지
손가락으로 조금 힘을 주어 엄마 손바닥을 꾹꾹 눌렀다.
그러면서 안방 열린 문 너머 닫힌 현관문 쪽을 건너다보
았다.

　그런데 왜 형들은 안 오는가? 밖은 이미 컴컴해지고 있
었다. 엄마 목숨이 경각에 달린 이 위중한 시간에 도대체

형들은 뭣들을 하기에 지금까지 나타나지 않고 있는가? 사실 나는 근무지가 서울인 첫째 형과 셋째 형은 나보다 한 박자 더 늦게 도착하는 게 당연했지만 엎어지면 코 닿을 거리에 있는 넷째 형은 더더욱 그렇고, 대전 둘째 형도 모든 일을 작파하고 뛰어왔을 거라 여겼기에 앰뷸런스 도착 전에 두 사람 모두 고향 집에 미리 대기하고 있을 거라 예상했었다.

이미 형들끼리는 숨 가쁘게 전화를 나눴을 것이다. 모두들 지금 고향 집을 향해 달려오고 있을 것이지만 나는 만에 하나 나 혼자서 엄마가 운명하시는 것을 보게 될까 전전긍긍했다. 그 큰 슬픔을 나 혼자 맞는다는 건 두려운 일이었다. 누워 있는 엄마에게 그 사실부터 알려야 했다. 나는 엄마의 작은 코에 귀를 가져다 댔다. 가는 들숨과 날숨이 금방이라도 끊어질 듯 말 듯 이어지고 있었다. 겁이 덜컥 난 나는 장판으로 두 손바닥을 데운 뒤 이불 속으로 손을 집어넣어 엄마의 마른 두 다리를 빠르게 주무르기 시작했다.

-엄마! 형들이 거의 다 와 간대요. 네 형 모두 엄마를 만나러 지금 열심히 차를 몰고 오고 있는 중이니까 엄마, 절대 이대로 혼자 떠나시면 안 돼. 알았죠? 엄마가 얼마나 힘들게 길러 낸 형들인데 직접 얼굴을 봐야지…… 그럴 거지? 그래 주실 거지?

　엄마의 마른 두 다리를 주무르면서도 내심 나는 놀랐다. 내 손에 닿는 엄마 체온이 서늘하게 느껴져서 방금 혹시 숨이라도 놓은 게 아닐까 싶어 나는 다시 무릎걸음으로 엄마 입술 가까이, 코 가까이, 가슴팍에도 귀를 바짝 가져다 댔다. 엄마 호흡은 실밥처럼 토막 쳐진 듯이 가늘게라도 이어지고 있었다. 가끔 엄마의 병든 폐가 뿜어내는 쉑쉑 하다가 마른 거품이 끓는 듯한 소리가 엄마의 가슴 쪽에서 들렸다.

　-엄마, 힘을 내 줘요. 이렇게 가면 안 돼. 내가, 내가요…… 내가 많이, 아주 많이 잘못한 거 너무 너무 잘 아니까…… 이렇게, 이렇게 무릎 꿇고 용서를 빌 테니까 부디…… 힘을 좀 내 주세요.

나는 엄마 두 다리와 팔을 연신 돌아가며 바삐 주무르면서 입으로 흐득거리기 시작했다. 엄마 종아리가 한줌도 안 됐다. 그야말로 뼈와 살가죽밖에 남지 않으셨다. 툭 튀어나온 무릎도 소나무 옹이 같았다. 허벅지는 또 왜 그리 얇고 가늘던지 살점이 거의 잡히지 않아 나는 얼굴을 내 가슴 쪽으로 쿡쿡 처박으며 흑흑흑, 소리 내 울기 시작했다.

나는 엄마의 발목까지 덮는 긴 포플린 치마가, 여든을 넘기시고도 호미 들고 조그만 밭에 나가실 때 입던 고동색 몸뻬가 이 지경이 되도록 엄마 다리를 감추고 있었다는 것을 전혀 몰랐다. 어디 이게 사람 다리인가 싶었다. 엄마가 이미 혼자 저승길을 걸으셨구나 하는 생각이 들자 나는 서럽고 또 비통했다.

아무래도 엄마 온몸의 체온이 식는 것 같았다. 전신의 피돌기가 금방이라도 멎을 것 같기도 해서 나는 두 손으로 연신 엄마의 몸 곳곳을 주무르고 손바닥으로 길게 쓰다듬고 쓸었다. 손바닥 마찰열로 엄마 체온을 덥히려던 거였는데, 그 와중에 엄마의 아랫배도 자연스럽게 쓸게 되었다. 내 손이 엄마 아랫배에 닿자 툭 떠오른 생각에 나는 입술을 짓씹을 수밖에 없었다.

어렸을 때 나는 목욕탕에 가 본 적이 없다. 시장통 붉은 함석지붕 집이나 쇠 주물집에 살 때 겨울 목욕을 하긴 했는데 그 공간이 언제나 정지 안이었다. 엄마는 밥을 짓는 커다란 가마솥을 깨끗이 씻어 낸 뒤 그 안에 물을 가득 채웠다. 그리고 아궁이에 장작불을 지폈다. 100포기 200포기 김장 담글 때 사용하는 붉은 플라스틱 커다란 다라이(용기)를 정지 바닥에 두 개를 옮겨 놓은 뒤 미리 그 안의 절반 정도를 양동이 물로 채웠다. 그리고는 가마솥에서 끓는 뜨거운 물을 퍼부어 두 개의 커다란 다라이를 목욕하기 좋게 물 온도를 맞추었다.

바로 그날이 1년에 몇 차례 안 되는 우리 식구들 단체 목욕 하는 날이었다. 아버지가 먼저 하고 집에 남아 있던 형들 한둘이 차례로 목욕하고 나가면 엄마와 막내인 나는 언제나 제일 나중에 함께 목욕했다. 내가 톱밥 말려 있는 것 같은 회색 때 덩어리가 둥둥 떠 있는 구정물이 싫다고 그 안에 안 들어가겠다고 버티면 엄마는 어느 정도의 새 물로 갈아 주셨다. 엄마는 제일 어린 막내인 나를 뜨뜻미지근한 물이 든 통 속에 세워 놓고 머리를 감겨 주는 것으로 목욕을 시작했다.

그때 나는 엄마의 벗은 모습을 처음 봤는데 그 속살이 너무나 하얘서 눈부실 정도였다. 수증기를 듬뿍 뒤집어쓴 엄마 얼굴이 발갛게 물들어 예뻐 보일 정도였다. 하지만 내 어린 눈길이 가장 많이 갔던 곳은 엄마의 아랫배였다. 전신 다른 부분은 하얗고 매끈했던 반면 아랫배만이 쭈그렁방탱이(내 어렸을 때의 표현)였기 때문이다. 커다란 늙은 바가지를 엎어 놓은 것을 아랫배에 단 것처럼 곳곳의 살갗이 터져 푸른 실핏줄과 함께 주름 자국으로 자글자글 뒤덮였기 때문이다.

-엄마, 이거 왜 이래? 되게 못생겼어!

나는 흉해 보이는 엄마 아랫배를 손가락으로 찔러 대

며 킥킥거렸다. 엄마는 그런 내 머리통을 가볍게 쥐어박고는 젖은 수건으로 아랫배를 황급히 가리셨다.

나는 이불 밑에서 엄마의 그 배가 손에 만져지자 가슴 속이 단번에 홍수 지고 두 눈 둑이 터져 버렸다. 아무리 내가 그 당시 애였어도 그렇지. 엄마의 흰 살갗이 다 터져 버린 그 배는 우리 다섯 자식을 낳느라 그렇게 되신 것이다. 그것도 불알 달린 사내새끼 다섯을 낳는 통에 그 부드러운 아랫배 살가죽이 어떻게 온전할 수가 있었겠는가. 힘이 좋다 못해 사납기 짝이 없는 형들과 나는 태아일 적에 엄마 배 속이 비좁다고 발버둥질을 쳐 댔을 것이다. 그 힘찬 발길질을 당할 때마다 얇을 대로 얇아진 엄마 아랫배 살갗이 툭툭 단추 나가듯이 터져 나갔을 것이다. 그것을 맨 마지막까지 최후까지 악착같이 차 댄 놈이 바로 나였던 것이다.

　－차라리 날 낳지 말지 그랬어요…… 그깟 자식이 뭐라고…… 아직도 도착하지 않는 이딴 자식 놈들이 대체 뭐

에필로그

343

라고…… 나같이 미련한 자식을 어따 쓰시겠다고…… 배가…… 엄마의 배가 이 지경이 되도록 자식을 낳으셔야만 했어요…….

나는 납빛으로 고요히 누워 있는 엄마를 껴안고 울었다. 엄마 어깨를 부둥켜안고 울었다. 내 굵은 눈물이, 뜨거운 눈물이 엄마 얼굴에 떨어지고 바싹 마른, 움푹 들어간 엄마 뺨을 적셨다.

그렇지 않은가. 대체 사는 게 뭐란 말인가. 자식이 뭐고 부모가 뭐란 말인가. 엄마가 대체 뭐고 이렇게 뒤늦게 목놓아 우는 자식인 나는 대체 어떻게 생겨 먹었단 말인가. 나는 엄마가 운명하시기라도 한 듯이 울었다.

그러고 보면 엄마는 벌거숭이 내 몸만 낳은 게 아니다. 삶에서 지천이던 본인의 슬픔과 고난, 햇살 스민 미소와 넉넉한 기쁨으로 내 영혼까지 싹을 틔우고 키우셨다. 내가 가지고 태어난 영혼은 자생적인 것이 아니라 엄마가 본인의 피와 땀이 서린 마음으로 키운 거라는 것이 내 온몸에 느껴져 오자 나는 참을 수가 없었다. 나는 다시 호랑이 울음소리를 내며 어헝 어허헝! 하고 울었다.

그때 놀란 눈을 홉뜨고 둘째 형이 열린 안방 안으로 들어섰다. 그 한쪽 어깨 옆으로 당혹감이 가득 실린 얼굴인 넷째 형도 황급히 따라와 서는 것이 보였다.

-도, 돌아가……셨나?

지레짐작한 둘째 형이 엄마 어깨 가까이 무릎을 꿇으며 부들부들 떨리는 두 손을 엄마 얼굴에 가져다 댔다. 넷째 형은 아랫입술을 짓씹고 있었다.

-안 돌아가셨어. 씨발!

형들은 내 입에서 부지불식간에 튀어나온 욕에 놀라 어리둥절한 얼굴로 나를 돌아보았다.

-형들은 지금까지 뭣들 하고 있었냐? 밖이 저리도 캄캄해졌는데. 이미 엄마가 집에 도착하신 지 한 시간 가까이나 되는데!

나는 화가 나 벌떡 일어나서 거실로 걸어 나왔다. 돌아가시지 않은 게 너무나 다행이어서인지 둘째 형과 넷째 형은 엄마 가까이 무릎 꿇고 연신 머리를 조아려 대며

에필로그

345

늦게 도착한 것에 대해 용서를 빌었다. 내가 성질이 나 사정 살피지 않고 형들에게 욕은 했지만, 그때도 지금도 나는 충분히 안다. 엄마와 나랑 단둘이서만 있었던 그 한 시간은 막내인 내가 엄마로부터 하사받은 축복의 시간이 었다.

형들은 나보다 한참이나 늦게 흐득흐득 울기 시작했다. 내가 말하지도 않았는데 자진해서 이불 속으로 두 손을 집어넣어서는 엄마 다리며 팔을 주무르기 시작했다. 나는 우리 5형제를 다 맞이할 엄마를 위해 커다란 주전자에 끓여 둔 뜨거운 물을 세숫대야에 부어 따뜻할 정도로 온도를 맞췄다. 평소 엄마는 자식들이 타지에서 고향 집으로 온다 하면 화장까지는 공들여 안 하셔도 얼굴은 깨끗이 씻고 깨끗한 옷으로 갈아입고서 자식을 맞으셨다.

지금 옷까지는 갈아입혀 드릴 수 없다 하더라도 다른 형제들이 들이닥치기 전에 나는 깨끗한 수건을 온수에 적셔서 엄마의 얼굴과 드러나 있는 두 손과 두 발을 깨끗이 닦아 드렸다. 엄마가 맞이할 죽음 때문이 아니라 엄마가 맞이하던 자식들에 대한 엄마의 정갈하고픈 그 마음 때문이었다.

엄마는 자식들이 모두 도착하는 그때까지 태산같이 무거운 시간을 이겨 내셨던 걸까. 자식이 제 엄마 마지막을 지키지 못했다는 아픔을 주지 않기 위해 안간힘으로 버텨 내셨던 걸까. 엄마는 자식 넷이 자신을 에워싸고 앉은 다음인 그날 밤 9시가 조금 못 된 8시 52분에 숨을 거두셨다.

나는 그 순간 형들에게 차(茶)를 내기 위해서 주방에 있었다. 네 개의 찻잔을 쟁반에 담아 들고 막 안방에 걸어가기 직전이었다. 네 형님들이 엄마 몸 쪽으로 한꺼번에 무너져 내리며 "엄마!" 하며 목청껏 울부짖었다. 커다란 덩치의 형들이 엄마 손목과 발목을 저마다 붙잡으며 매달렸어도 엄마는 손가락 사이로 새 나가는 공기처럼 본인 몸에서 마지막 숨을 거둬 가뿐히 날아오르신 것이다.

차 쟁반을 두 손에 받쳐 든 나는 허벅지와 종아리가 동시에 감전된 듯 두 다리가 휘청했다. 나는 쟁반을 바닥에 내려놓고는 엄마를 향해 천천히 두 무릎을 꿇었다. 어금니를 꽉 깨물었다.

아버지가 가셨고 이제 엄마마저 기어이 떠나셨다. 우리 자식들은 어른이긴 하나 모두 고아가 된 것이다. 나는 많이 울어서일까 형들처럼 목놓아 울지는 않았다. 그럼에도 불구하고 소리 없이 흘러내리는 눈물이 내 앞을 가렸다. 네 명의 형들이 울부짖으며 날뛰었다. 어느 형은 방안을 떼굴떼굴 굴렀다. 한꺼번에 흘리는 다섯 자식의 굵은 눈물에 의해 숨이 멎은 엄마의 가볍디가벼운 몸이 떠올랐다. 둥둥, 어룽진 내 눈 속으로 그렇게 떠오셨다. 두 개의 흰 폭을 날개처럼 활짝 펼친 한 척의 조그만 배 같았다.

문간에 꿇어앉은 나는 "안녕, 엄마!" 하고 작은 읊조림으로 엄마를 향해 고개 숙여 인사를 드렸다. 내 눈물 속으로 엄마의 얼굴에서 분말처럼 흩어진 미소가 흰 꽃잎이 되어 둥둥 떼밀려 왔다.

'엄마…….'

'엄마, 이제 자식들 얼굴 모두 다 봤으니 가셔도 돼…….
편하게 가세요. 훨훨 가볍게 날아가세요.'

'하늘나라 가셔서, 장사인 아버지 다시 만나 해후의 그
기쁨 마음껏, 영원히 누리세요.'

나는 그렇게 입안에서 쉼 없이 중얼거렸다. 머리를 숙
이고 또 수그렸다.

'안녕! 엄마…….'

'잘 가요, 엄마!'

나는 두 손으로 바닥을 굳건히 짚었다. 엄마는 건장한
형들 어깨를 성채처럼 두르고 가없는 편안함으로 누워
계셨다.

'그동안 애 많이 쓰셨어요. 수고 참 많으셨어요.'

'저희들을 낳아 주셔서 고맙습니다. 이렇게 잘 길러 주
셔서 정말로 감사합니다.'

나는 일어나 섰다. 그리고는 두 손을 앞에 가지런히 모
으고 방안을 훨훨 날아다니고 계시는 엄마를 향해 천천

히 큰절을 올리고 또 올렸다.

'나…… 죽을 때까지 엄마 절대 잊지 않을 거예요.'

'엄마, 세상에 단 한 분인 울 엄마…… 나중에 우리 꼭 다시 만나요. 나는 저승 가서도 엄마 막내아들로 살 테니까…… 엄마, 나 밉더라도 부디 절 잊지 말아 주세요.'

'안녕, 엄마.'

안녕, 엄마

2022년 4월 20일 초판 1쇄 발행

지은이 김하인
펴낸이 최세현   **경영고문** 박시형

책임편집 김명래   **디자인** 윤민지   **교정교열** 김정현
마케팅 양봉호, 양근모, 권금숙, 이주형, 박관홍, 신하은, 정문희
디지털콘텐츠 김명래   **해외기획** 우정민, 배혜림
경영지원 홍성택, 이진영, 임지윤, 김현우
펴낸곳 (주)쌤앤파커스   **출판신고** 2006년 9월 25일 제406-2006-000210호
주소 서울시 마포구 월드컵북로 396 누리꿈스퀘어 비즈니스타워 18층
전화 02-6712-9800   **팩스** 02-6712-9810   **이메일** info@smpk.kr

© 김하인 (저작권자와 맺은 특약에 따라 검인을 생략합니다)
ISBN 979-11-6534-513-6 (03810)

· 이 책은 저작권법에 따라 보호받는 저작물이므로 무단전재와 무단복제를 금지하며, 이 책 내용의 전부
  또는 일부를 이용하려면 반드시 저작권자와 (주)쌤앤파커스의 서면동의를 받아야 합니다.
· 이 책의 국립중앙도서관 출판시도서목록은 서지정보유통지원시스템 홈페이지(http://seoji.nl.go.kr)와
  국가자료공동목록시스템(http://www.nl.go.kr/kolisnet)에서 이용하실 수 있습니다.

· 잘못된 책은 구입하신 서점에서 바꿔드립니다.
· 책값은 뒤표지에 있습니다.

쌤앤파커스(Sam&Parkers)는 독자 여러분의 책에 관한 아이디어와 원고 투고를 설레는 마음으로 기다리
고 있습니다. 책으로 엮기를 원하는 아이디어가 있으신 분은 이메일 book@smpk.kr로 간단한 개요와 취
지, 연락처 등을 보내주세요. 머뭇거리지 말고 문을 두드리세요. 길이 열립니다.